너는 다시 외로워질 것이다

너는 다시
외로워질
것이다

공지영 산문

해냄

어디선가 '너는 다시 외로워질 것이다. 너는 또다시 소수의 편에 서게 될 것이다……' 하는 속삭임이 들리는 듯했다. 하지만 너는 택해야 한다, 그 고독을. 그것이 참된 것이라면……. 아득하고 슬픈 바람이 미지근하게 불어왔고 계속해서 불어왔다.

| 일러두기 |

- 본 도서에서 성경 구절 인용 시, 신약은 『200주년 신약성서』(분도출판사, 1998) 를, 구약은 『공동번역성서』((재)대한성서공회, 1999)를 참고하였습니다.

얼마 전에 허리를 다쳤다. 떨어진 비눗갑을 집어 들려고 허리를 굽히는 순간 고통이 번개처럼 나를 덮쳤다. 겸손이란 무엇일까? 들을 사람은 없었지만 홀로 헛되이 비명을 지르면서 잠시 멈추어 서 있었다. 그날 이후 잠결에 뒤척이는 것, 걷는 것, 눕는 것, 양말 신는 것, 의자에 앉는 것, 운전 중에 핸들을 살짝 트는 것조차 그동안 내가 잘나서 한 것이 아님을 깨닫는다. 내 몸의 잔근육, 온몸의 연결 상태를 고통이 비춰준다. 어찌 보면 참으로 복된 고통이다.

예전과 달라진 점이 있다면, 마치 전과 23범이라도 된 듯이 내가 고통의 수갑을 반항하지 않고 묵묵히 찬다는 것이다. 뼛속까지 동의하느냐는 다른 문제이다. 오늘 내내 생각했는데, 야뽁강가에서 천사를 만나 축복해 달라고 떼쓰던 야곱이, 나였다. 아마도 곧 나도 환도뼈를 다치고 커다란 축복을 얻겠지.

이 책을 쓰는 동안 또 한 사람의 부고를 받았다. 나와 동갑인 신부님이었다. 그가 암 투병을 한다는 소식을 들은 것이 지난여름이었다. 내가 우리 집 사진을 보내드리며 어서 나아서 놀러오시라 했더니 꼭 그러마고 약속하며 그는 덧붙였었다.

"저를 위해 기도해 주시겠어요? 죽고 사는 거 말고 어떤 경우에도 내가 잡동사니를 다 버리고 단출할 수 있게, 그걸 기도해 주시겠어요?"

살아 있을 때 그와 나는 거의 몇 년씩 소식을 주고받지 않은 때도 있었다. 그런데 그가 죽었다는 소식을 듣고 난 후 매일 그를 생각했고, 마음이 아렸다. 며칠 동안 그를 생각하고 기도 드렸다. 나는 먼저 세상을 떠난 그가 나보다 더 불행하다고는 생각하지 않는다. 다만 만일 저세상이 있어 우리가 만날 수 있다면, 육체의 장벽이 사라진 곳에서 우리는 술 한잔을 나눌 수도 있겠다. 희망이란 본디 억지로 가지는 것이라고 하니 말이다.

그리고 다른 부고도 도착했다. 내가 바로 전해 가을에 떠나온 이스라엘과 가자에서의 전쟁 소식이었다. 아이들의 시체를 찍은 사진이 연일 인터넷에 올라왔다. 거기서 만났던 오렌지를 팔던 농부 가족들의 얼굴이 제일 먼저 떠올랐다. 수줍던 소년과 엄마에게 안겨 있던 그 아기는 무사할까. 체념과 절망에 절여진 얼굴로 버스에 앉아 흔들리던 팔레스타인의 젊은이들은?

예루살렘. 샬롬, 평화라는 뜻에서 그 이름이 유래된 도시, 그런데 그 평화만 빼고 다 있는 그 도시. 그곳을 다녀와 나는 무엇을 얻었을까. 그 무모한 살육을 멈추기 위해 내가 할 수 있는 일이 도대체 무엇이란 말인가.

새벽에 일어나 기도 방 문을 열 때마다 나는 이곳의 평화에 소스라쳤다. 위험하기로 치면 우리 한반도도 그에 못지않은데 이 모든 고요와 평화가 실은 기적만 같아 나는 눈곱도 떼지 않은 채 늘 감사에 목이 메었다. 이건 내가 나이 들어 얻은 축복이며, 그들을 위하여 기도하라는 명령일 것이다.

온 천지는 가을이다. 내가 사는 지리산 남녘은 아직도 따스하지만 집 앞의 은행은 이미 노란빛으로 물들어간다. 저 멀리 가을과 이어진 겨울의 매듭이 보인다. 이 바람은 수풀을 메마르게 하고 꽃들을 지게 하며 뿌리를 더 깊이 땅속으로 밀어 넣을 것이다. 나비는 바람에 해진 날개를 떨면서 마지막 힘을 다해 알을 낳을 것이다. 천지는 숨을 죽이고 더 깊숙이 엎드려 겨울의 눈보라를 견딜 채비를 할 것이다. 시골에 살다 보니 자연의 빛이 내게 흘러들어오는 것이 아니라 내가 자연의 빛 속으로 들어간다. 이 자연은 가만히 놓아두기만 하면 모든 것이 하나가 된다. 아무리 큰 통나무라 해도 생명이 다한 후에 그것들은 아스라이 흙 속으로 스며들어 하나가 된다. 어쩌면 죽는다는 것은 소멸이 아니라 하나 됨이다.

그러나 사람이 만든 것은 아무리 작은 것들도 자연과 하나가 되지 못하고 영원히 썩지 않은 채 자기 자신으로 남는다. 그것들이 포기하지 않는 것은 그 본질이 아니라 껍질이다. 그래서 그것들은 저 넓은 바다까지 흘러들어가 미세플라스틱이라는 이름으로도 떠돌아다닌다.

사람이 만든 것들에 둘러싸여 있으면 그래서 외로웠나 보다. 도시에서, 그 많은 사람 사이에서, 그 많은 건축물의 아름다움과 화사함 속에서도 나는 오래된 목욕탕의 굴뚝처럼 외로웠다. 그런데 이 적막, 이 침묵, 이 자연 속에서 나는 외롭지 않았다. 저 나무, 산, 바위, 그리고 바람과 구름들, 우리 집 강아지 동백이와 자태가 아름다운 들고양이들조차 에덴의 신성을 간직하고 있는 듯했다. 그들은 껍질의 허망함을 아는 듯했다. 그들은 도시에서 헤매다가 하늘이 주신 신성을 다 잃어버리고 누더기가 되어 돌아온 나에게 그것들을 한 숟가락씩 먹여주는 듯했다. 이곳에서 내가 혼자였지만 혼자가 아닌 까닭이 그것이었다.

가을이 떠나고 있는 뜰에 앉아 나는 섬진강과 이 세상을 바라보고 있다. 마지막 가을의 햇볕이 쏟아져 내리는 나무 데크에 붉은 고추를 말린다. 동백이는 양지 녘에서 잔다. 난간에는 흰 리넨 이불보가 지난여름의 자취를 떨구며 아주 작게 바람에 나부끼고 있다. 아까부터 이상하고 아름다운 향기가 달콤한 바람에 실려와 고개를 들어보니 금목서의 꽃들이 벌써 노랬다. 가끔 새들이 울 뿐 아무도 오지 않는 집 앞, 삼백오십 년 된 팽나무 밑, 빈 햇빛이 거기에도 내리쬐고 있다. 가끔씩 오는 택배 트럭 소리조차도 먼 봉우리에서 이리로 오는 바람 소리를 닮아간다.

모차르트조차 버거워 나는 음향 스위치를 내렸다. 발목으로 내리 쬐는 햇볕도 따가워 그늘로 들어섰다. 천국보다 낯설다. 나는 이미 지상을 떠나 그곳으로 온 것 같은 착시에 빠진다. 이 고요, 이 정적, 이 고독 가운데에 하느님이 헐겁게 그러나 꽉 차 계시는 듯했다.

사랑하는 나의 벗들, 그분께서는 나를 산과 바다로 인도하시고 고통의 낚싯바늘에 걸리게도 하셨다. 나는 배고픈 물고기처럼 미끼들을 물고 아슬아슬 죽음을 비켜 여기까지 왔다. 우울하고 눈물 흐르던 시간도 있었고 불면으로 쭉 이어진 새벽도 있었다. 가장 큰 후회는 더 사랑하지 못했던 것, 사랑함을 소유로 굳혀버리려던 것. 이제 나는 마지막으로 찬란한 가을볕 아래 서 있다. 그럼에도 불구하고 사랑받았고 사랑했던 시간이 더 많았음을 깨닫는 것은 가을이기 때문이리라. 여름을 떨구는 리넨 이불처럼 나는 지난날의 나를 조용히 떨구며 생각한다. 삶은 지중해풍 샐러드 같아.

죽음을 거쳐온 사람들, 사랑에 상처 입은 사람들, 주린 이들과 배고픈 이들, 그리고 샘물을 갈망하는 사람들, 밤새 광야를 헤맨 사람들에게 내 책을 전하고 싶다. 그들은, 아니 어쩌면 그들만이 이 글을 이해할 수 있을 것이다. 그들이 나의 벗이다.

2023년 11월

공지영

차례

작가의 말 7

천 번 별이 지다

내가 해야 할 일을 묻기 전에 나는 누구인가를 먼저 물어라.

인생에서 무엇을 이루려 하기 전에

인생이 당신을 통해 무엇을 이루려 하는지 귀 기울여라.

인생의 문이 닫힐 때

그 앞에 너무 오래 서 있지 마라.

문이 닫힐 때 나머지 세상이 열린다.

―파커 J. 파머, 『삶이 내게 말을 걸어올 때』 중에서

그 무렵 나는 가끔 깊은 밤중에 깨어나곤 했다. 대개는 창이 은빛으로 눈부셨다. 부스스 일어나 창밖을 보면 달빛을 받아 은빛 물결로 일렁이는 섬진강이 보였다. 모내기를 하려고 물을 가두어놓은 무디미 벌 논에도 은빛들이 출렁였다. 내가 사는 곳은 지리산 중턱. 지리산 형제봉에 등을 기대고 앞으로는 평사리 벌판과 섬진강 굽이를 바라보고 있다. 누군가 밤새 손바느질이라도 해서 펼쳐놓은 것처럼 아름다운 네모들이 83만 평의 광활한 무디미 벌에 아침마다 초록과 브라운이 어우러진 새로운 조각보 전시회를 여는 곳이다.

나는 별일 없이 잘 지냈다. 새벽에 잠이 깨고 나면 기도 방으로 가서 우선 촛불을 밝혔다. 어둠이 물러서면 밤새 내 머리맡에 놓였던 시간들의 상자가 열리고 밤새 대기를 떠돌던 찬 물방울들이 이슬로

맺혔다. 새 아침의 새벽, 천지창조의 첫 순간처럼 여리고 고요하고 순결한 시간.

모든 것을 정리하고 섬진강가에 정착한 지 3년이 넘게 흘러갔다. 그동안 수없이 많은 별들이 천 번쯤 뜨고 또 지고 반딧불이들이 날고 죽고 다시 태어났다. 건너편 마을의 불빛들은 늘 오렌지 빛으로 희미했다. 이곳에 와서 먼동은 새들의 지저귐으로부터 터온다는 것을 나는 알았다. 어둑하고 좁은 골방에서 새벽기도를 하고 있으면 창밖에서 새들이 노래하는데 이상하게도 창은 아직 어두웠다. 하지만 일어나 창문을 열고 고개를 내밀면 멀리서 희미하게 반드시 동이 터오고 있었다.

나는 이 시간의 여행자, 여정의 종착지를 안다.

서울 집을 처분하고 이삿짐을 싸서 완전히 이곳으로 내려오던 날, 나는 아이들에게 문자를 보내 내가 죽으면 화장을 해서 뒤뜰의 성모상 곁 동백나무 아래 뿌려달라고 미리 유언까지 해둔 터였다. 그 문자를 받고 갑자기 아이들이 난데없이 빠른 답장을 보내오고 생전 안 하던 안부를 묻길래 피식 웃었던 적도 있다. 아이들이 너무 걱정할까 싶어, '지금 말고 나중에'라고 말하려다 말았다. 그걸 누가 알겠는가.

나는 십 대 이후로 죽음에 대해 거의 하루도 잊은 적이 없다. 어려운 일이 닥치거나 선택을 해야 할 때 하다못해 이사를 할 때도 나는 '이곳에서 생을 마쳐도 좋은가?' 하고 스스로에게 묻곤 했다. 지

16

금도 날마다 한다. '이렇게 하고 죽어도 좋은가' 혹은 '이것이 너의 마지막이어도 후회하지 않을 텐가' 하고.

그렇기에 나에게는 지금 이 한순간들이 너무나 소중하다. 그리고 생의 각 순간들도 그랬다. 그렇지 않았을 때도 있었는데 그건 대개 내 생이 나쁘게 흘러갈 때였다. 아마도 남들에게 "몰라 몰라, 요새 정신없이 바빠"라고 말하던 때였을 것이다. 하지만 정신이 좀 나서 '네 마지막이 이래도 좋은가?' 하고 질문을 던졌을 때 나는 대개는 지금 다시 돌아봐도 올바른 결정을 내리곤 했다.

"혼자서 뭐 하고 지내요?" 하고 물으면 나는 가볍게 "네, 저는 죽음을 준비하고 있어요"라고 한다. 사람들은 못 들을 소리라도 들은 듯 소스라친다. 그리고 행여 자살이라도 하려는 여자를 보듯 내 기색을 살피다가 내가 많이 명랑해 보이는 것을 확인하고는 약간 의아한 표정으로 바뀐다. 그들이 더 물으면 그것에 대해 나는 할 이야기가 많을 테지만, 대개 사람들은 죽음에 대해 아무도 더 입을 열지 않는다.

내가 거의 평생에 걸쳐 죽음을 그토록 의식하는 건 그것이 공평하게도 모든 인간에게 오기에 얼결에 떠나고 싶지 않아서이기도 하지만, 그보다 더 중요한 이유는 다른 데 있었다. 그것은 대개 죽음의 질이 삶 전체의 질을 결정하기 때문이다. 평생을 정직하게 그리고 타인을 위해 고생까지 하면서 살아왔지만 안 좋은 일에 연루되어 모든 걸 포기하고 스스로 죽은 지인들이 있다. 이들은 그럼으로써 살아왔던 삶 전체를 무효로 만들어버리고 말았다. 그 죽음은 그 자신은 물론 주변 사람에게도 영영 회복의 기회를 주지 않았으며 그를 사랑하던 우리에게도 큰 상처를 주고 말았다.

그 반대도 있다. 역사적으로는 예수 오른편에 매달려 같이 사형당한 도둑이 그렇고, 지금 내가 20년째 만나 함께 미사를 드리고 빵을 나누는 사형수들이 그렇다. 그러므로 죽음이야말로 혹은 그 죽음 직전 우리의 자세야말로 어쩌면 생을 두고 우리가 가장 의식해야 할 소중하고 조심스러운 순간일 것이다. 그러니 죄 많은 내게는 희망도 있다. 가톨릭의 격언처럼 "성인에게는 과거가 있고, 죄인에게는 미래가 있다."

살수록 신기한 것은 이 나이가 되도록 여전히 '처음'이라는 것이 존재한다는 사실이다. 하늘 아래 새로운 것이 없다지만 하늘 아래 똑같은 것도 실은 없다. 어제 그 하늘이 오늘의 저 하늘은 아니다. 사람들이 여전히 그것을 섬진강이라 부른다고 해도 어제 그 강물이 오늘 저 강물은 아니며, 수만 년 동안 남들이 한 그 사랑이 내 첫사랑은 아닌 것이다.

나는 이곳에 와서 그냥 자연에 맞춰 살아보고 싶어서 아침 시간에 알람을 사용하지 않았다. 글쓰기와 육아 혹은 강연이나 행사 같은 모든 의무를 벗어버리고 온전히 '그냥' 살아보고 싶어서였다. 돈을 벌어야 한다는 의무, 밥을 해줘야 한다는 강박을 모두 벗어던질 수 있는 것, 그것이 시골에서 혼자 사는 것의 미덕이다. 생활비가 반이하로 줄었다.

해 뜨는 시간이 빨라지면 내 기상 시간도 빨라졌다. 먹고 싶을 때 먹고 눕고 싶을 때 눕는다. 겨울이 되면 내 잠도 길어지는 것은 물론이었다. 다만 침대 곁의 동쪽 창이 밝아오면 나는 더 누워 있을 수가 없다. 오늘에 대한 설렘 때문이다.

오늘 나는 무슨 '처음'을 맛볼까? 오늘은 어떤 꽃이 새로 피고, 오늘은 어떤 싹이 새로 돋고, 오늘은 어떤 구름이 어떤 바람을 타고 내 곁을 스칠까? 그것은 모두 처음이 될 것이고, 이 처음은 내가 맛볼 마지막 처음일 것이기에 이 단어를 쓰고 있자니 다시 설렌다. 설렘을 가진 나는 얼마나 행복한 사람인지.

대가족의 막내로 태어난 나는 평생을 혼자 있어본 일이 없었다. 태어나 보니 할아버지, 할머니, 엄마, 아빠, 언니, 오빠, 게다가 봉순이 언니까지 있었고, 삼촌과 이모 들이 자주 우리 집에 머물렀다. 그래서였을까. 나는 늘 혼자인 것이 두려웠다. 두려웠기에 한 번도 그래보지 못했고 그래서 공포는 더 커져갔을지도 모르겠다. 이 세상의 모든 시와 노래도 혼자인 것은 외롭고 서럽고 힘든 일이라고 했으므로 별로 의심할 필요조차 없었던 것은 아닐까.

게다가 삶의 격랑 속에서 나는 혼자일 수 없었다. 스물두 살에 첫 결혼을 했고 우선 아이들, 그리고 지금은 남이 된 가족들과 함께였다. 한참 아이들이 클 때는 도우미 아주머니도 있었다. 잠시 말고, 곧 돌아가야 하는 것 말고, 곧 돌아오거나 좀 있다가는 반드시 돌아

저 멀리 지리산과 악양 벌판, 오른쪽 구제봉에서 지리산 남단이 끝난다.

올 가족도 없이, 정기적으로 방문하는 도우미 아주머니도 없이 온전히 혼자란 이번이 처음이었다. 그래서 처음에는 엄두가 나지 않았다. 우선 서울과 하동을 오가며 살기로 했다. 이곳은 그냥 내려와 쉬는 곳으로 삼고자 했던 거다.

어느 날인가는 시내에서 일을 보고 서울 집으로 갔는데 집에 아무도 없었다. '내가 왜 여기 있지' 하는 생각이 새삼 들었다. '아들네 집에 다니러 온 시골 할머니가 이런 기분이 들까', 그런 생각도 났다. 그날 자려고 누웠다가 나는 결국 벌떡 일어나고야 말았다. 밤늦게―밤 운전을 하지 않는다는 금기를 깨고―섬진강가로 돌아왔다. 서울 집에는 다 크긴 했지만 아이들도 있고 고양이들도 있었는데, 여긴 아무도 없었다. 그땐 아직 우리 강아지 동백이도 내게 오기 전이었다. 점점 그런 날들이 잦아졌고 어떤 날은 오후에 올라갔다가 밤에 내려와버린 일도 있었다. 천천히 여러 번, 여러 날 동안 나는 내게 물었다.

'이제 어떻게 할까? 어떻게 살고 싶어?'

이 질문은 아주 어려웠다. "이번 소설은 무슨 이야기예요?"만큼 어려웠다. 선뜻 대답할 수 있는 종류의 것이 아니란 말이다. 그래서 나는 질문을 바꾸었다.

'누가 부러워?'

농담이지만 나는, 돈 잘 벌어서 아내에게 다 주고 집에는 잘 들어오지 않으면서 오직 아내만을 사랑하는 남편을 가진 친구가 부러웠다(!). 그런데 타워팰리스에 살거나 압구정동 대형아파트 혹은 청담동에서 수백억을 가지고 사는 친구는 부럽지 않았다. 이건 진심이었다. 그래도 '누가 부러워?'라는 질문에 나는 대답했다.

'나는 타샤 튜더 할머니가 부러워. 알지? 뉴욕에서 태어나 우리로 치면 강원도쯤 되는 버몬트주에서 자신만의 꽃밭을 가꾸다 가신 할머니.'

"청담동 주택에서 수백억을 가진 삶을 살래? 타샤 튜더 할머니처럼 살래?"라고 누군가 묻는다면 나는 아무 망설임이 없었을 것이다. 나에게는 통장에 숫자로 존재하는 돈 같은 것보다 오늘 내 앞에서 향기로이 피어나는 꽃송이들이 더 소중했다. 아직도 철이 없어서이기도 할 것이다. 사람들은 곧장 나를 그렇게 비난하곤 하니까. 그러나 나도 할 말은 있다. 나는 늘 생각하는 것이다, 이게 마지막 날일지도 모른다고.

물론 내게 "넌 어느 때 행복해?" 하고 물어본 사람은 없었다. 질문이 없으니 대답도 없었다. 그런데 코로나가 창궐하여 내 모든 일정과 계획이 취소되고, 더구나 날이 가도 코로나가 사라질 기약이 없어지고 그래서 어쩔 수 없이 한적했던 그해 봄, 삶이 내게 물었다.

'대답해 봐. 정말이지 어떤 때 너는 진심 행복하니?'

그것은 약간의 충격을 내게 안겨주었다. 내가 평생을 두고 행복하기를 원한 것은 사실일 것이다. 평생을 열렬히 그러기 위해 노력한 것도 진심이었다. 그런데 이런 질문을 나 자신에게 처음으로 구체적으로 하다니, 나는 그것이 더 충격적이었다. 작가라면서, 남들보다 더 많이 느끼고 생각한다면서 어떻게 스스로에게 이런 질문을 처음

할 수가 있을까. 그토록 행복을 원하고 그토록 행복해지고자 노력했으면서 '남들이 그러는 거 말고 오직 내게 있어서!' 구체적인 행복은 무엇인지, 나는 진심으로 고민해 보지 않았다.

우선 나는 대학 졸업 이후 내내 가장이었다. 돈을 벌기 위해 글을 썼고 차례차례 터지는 아이들의 문제를 해결해야 했고 소 떼에게 쫓기듯 불행에게 쫓겨 다녔다. 안전한 골목으로 들어가 멈추어 서서 숨을 고르고 '행복이란 무엇인가?'를 생각할 여유 같은 것은 없었다. 오히려 내게는 어떻게 하면 불행해지지 않을 수 있을지가 더 절박했던 것 같다.

'불행해지지 않는다'와 '행복하다'는 엄연하게도 다른 말이 아닌가. 나는 그저 막연하고 무책임하게도 그냥 세상 사람들이 행복하다는 것을 하면 나도 행복할 거라 믿었던 거 같다. 성실한 남편과 착한 아이들을 두고 내 글을 쓰면 행복하다고 말이다. 그런데 다행히도 그런 일은 내 인생에서 일어나주지 않았고, 코로나로 모든 것이 멈추자 비로소 내게도 차례가 왔다. 나는 소 떼에게 쫓기다가 비로소 좁고 인적 드문 골목으로 들어선 나그네처럼 나 자신에게 물었다.

'대답해 봐. 정말이지, 어떤 때, 너는, 진심으로 행복하니 혹은 행복했니?'

이 느리고 끈질긴 질문은 어쩌면 코로나가 내게 준 선물이었다. 안 그랬다면 서울에서 연이어 행사나 이벤트 혹은 강연이 있었을 것이고 나는 스케줄에 맞추어 오르내리며 "쉬고 싶다, 쉬고 싶다" 중얼거렸을 뿐 결코 나 자신에게 이런 질문을 하지 못했을 것이다. 실제로 팬데믹 첫해에 스페인의 국립대학교인 마드리드 콤플루텐세대학교 한국학과에서 1년을 방문자로 지내기로 한 계획도 무산되었다. 이곳에서 자동차를 정리하고 비행기표까지 예약한 뒤 팬데믹이 일어났다. 만일 그리로 떠났다면 내 삶은 또 다른 방향으로 선회했을 것이다. 두고두고 느끼는 것이지만 나는 이럴 때 삶이 참 신비롭다.

돌아보니 나는 생을 두고 '행복하다' 느꼈던 때가 많았다. 사춘기 시절 처음 내 방을 가졌을 때, 작가가 되어 내 이름이 박힌 책을 받아 들었을 때, 사랑하는 사람과 여행을 떠나 수줍은 청혼을 받아들였을 때, 프랑스 바닷가 작은 모텔에서 아침으로 갓 구운 홈메이드 바게트를 침실로 배달 받아 따끈한 그것이 바사삭하는 소리를 들었을 때, 그리스 산토리니섬 석양이 지는 절벽 위 멋진 레스토랑에서 향이 깊은 포도주를 한 모금 막 입술에 가져갔을 때, 다 큰 아이들이 어버이날 처음 현금 봉투를 내밀었을 때, 소설 『도가니』의 모델이 되었던 희생자 아이들이 새 보금자리를 찾았을 때, 서울 시내 대형 서점 저자 사인회, 두 시간이 지났는데 아직도 줄이 길고 한 명, 한 명 다가온 독자들이 "선생님 때문에 제 인생이 변했어요. 정말 감사해요" 하며 나를 울렸을 때.

그런데 '언제가 행복해? 혹은 행복했어?' 하는 질문에 내 머릿속으로 뜻밖의 풍경이 떠올랐다. 어느 늦은 여름의 저녁, 나는 당시 주말 집으로 사용하던 평창의 시골집에서 아직 어렸던 아이들을 아주머니 편에 먼저 서울로 보내고 밀린 원고를 쓰려고 혼자 남아 있었다. 한적한 일요일 오후였을 것이다. 된장국에 넣을 아욱을 따고 가지와 애호박, 풋고추와 상추를 딴 바구니를 들고 텃밭 울타리를 나와 집 쪽으로 몸을 돌리던 어떤 순간. 그 순간이 지치지도 않고 머릿속에서 여러 번 떠올랐다. 내가 삶에게 대답했다.

뜻밖에도 바로 그 순간, 아직 된장찌개가 다 끓지도 않고 가지는 요리되지 않았고 애호박도 볶아지지 않았던 그 순간, 써야 할 글은 내 머릿속에서 형상을 찾지 못한 채 안갯속처럼 희미하던 그 시간, 그래도 텃밭에는 내가 키운 푸성귀들이 푸짐했고 그것을 하나하나 따서 돌아서는 찰나, 아이들 다 보내고 오직 혼자였던 어스름의 그 찰나. 그 평범한 시골의 풍경을 지닌 찰나가 베스트셀러 작가라는 타이틀을 누르고 사랑했던 사람과의 추억을 밀치고 산토리니와 프랑스 노르망디 해안을 물리치고 월계관을 쓰고 있었다. 이 글을 쓰는 지금 이 모든 것을 다시 돌아봐도 내게 있어 그것은 참이다.

생각을 끝까지, 아주 끝까지 밀어붙이면 결론은 늘 단순하다. 이것은 신비롭다. 그리고 언제나처럼 질문의 끝이 삶의 암반에 도달하고 나면 기초를 쌓아 올리는 일은 그리 큰 문제가 되지 않는다. 나는 서울 집을 처분하고 완전히 이곳으로 이주했다. 섬진강가 열다섯 평짜리 농가를 떠나 악양 벌이 내려다보이는 옆 동네에 터를 봐두고 집을 짓기로 결정했다. 그리고 그때 또 몇 가지 일이 동시에 일어났는데, 하나는 페이스북과 트위터 등 SNS를 그만두게 된 것이고, 또 하나는 글쓰기를 완전히 그만둘까 하는 고민을 시작한 것이다. 평생 처음 있는 격변이었다.

그 무렵 나를 방문한 친구가 "외롭지 않니?" 하고 물었다. 이미 이런 질문을 여러 번 들은 나는 대답이 준비되어 있었다.

"응, 말이지, 모차르트 〈피아노 협주곡 23번〉을 들을 귀가 아직 싱싱하고, 신기하게도 맘속에 한 줄기 섬진강이 지치지 않고 흘러가고 있어. 세상의 어떤 자들도 빼앗아가지 못하는 푸르고 청정한 그 물줄기가 말이야. 가끔 내 한숨과 눈물이 보태지기는 하지만."

그런데 나는 약간 울먹이다가 단순하게 대답하고 말았다.

"나는 좀 고요하고 싶어."

이 질문과 대답은 화두처럼 내게 남았다. 내게 있어서 혼자란 것이 자유라고 서서히 각인되기 시작한 것이다. 고통과 외로움 혹은 결핍 대신.

나는 3년 넘게 남들에게 글을 내비치지 않고 살았다. 생각보다 나쁘지 않았다. 생계를 위해 국숫집을 열까, 피자를 구울까 하는 망상도 가끔은 즐거웠다. 수입은 형편없이 감소했지만, 수입이 감소하자 내야 할 세금도 큰 폭으로 줄었고 일단 악의를 품은 사람들로부터 언어의 독화살을 피해 있다는 사실만으로도 약간 더 행복했다. 다시 글을 쓴다면 정말 쓰고 싶어서, 생계가 아니라 정말 그러고 싶어서 쓰고 싶었다.

안전한 은신처에 숨어 있는 안온함 같은 것이 나를 감쌌다. 만일 내가 이십 대에 이런 체험을 했더라면 어쩌면 나는 평생 가족을 만들지 않고 세상에 내 이름 석 자를 알리지 않고 살아왔을지도 모른다고 잠시 부질없이 생각하기도 했다.

하지만 이것만은 아니었다. 지난 몇 년간 나는 내가 작가로서 번아웃 상태라는 것을 희미하게 느끼고 있었다. 아니, '희미하게'라고 굳이 부사를 써서 둘러대는 것은 그것이 직업의 은퇴를 의미하기에 두려워서였을 것이다. 더 이상 글을 쓰는 일이 즐겁지 않았고 고통스러웠다. 예전에도 고통스럽지 않은 것은 아니었지만 그래도 늘 의미와 재미가 51퍼센트는 넘었는데, 이제 그것은 큰 폭으로 줄어들어 버렸다. 그렇게 고통스러운 데다가 글을 하나 발표할 때마다 몰려와 온갖 종류의 모욕과 악담을 해대는 사람들을 보며 '내가 굳이 이런 일을 더 할 이유가 있을까?' 싶어, 나는 그걸 생각해 보기로 했다.

글을 써야 한다는 생각을 내려놓고 완전히 처음부터 새로 시작하고 싶었다. 만일 글을 쓰지 않고도 행복할 수 있다면, 생계도 어느 정도 다른 것으로 대체할 수 있다면 아무 미련이 없을 것 같았다. 늘 위기 때마다 하는 생각이었지만 태어나 열심히 살다 보니 작가가 된 것이지 오직 작가가 되려고 살고 있는 것은 아니었다. 시장에서 국밥을 팔아도 내게는 생이 의미 있을 수 있었다. 하지만 이건 평생 처음이었다. 글을 쓰지 않고 살 수 있다는 생각, 내가 글을 떠날 수 있다는 생각 말이다.

한번은 마당에서 호미질을 하고 있었다. 아직 싹들이 돋지 않고

"나는 좀 고요하고 싶어."

이 질문과 대답은 화두처럼 내게 남았다. 내게 있어서 혼자란 것이 자유라고 서서히 각인되기 시작한 것이다. 고통과 외로움 혹은 결핍 대신.

마당에서 바라보는 밤하늘의 별들. 휴대폰으로도 찍힐 만큼 생생하다.

꽃들이 피어나지 않은 차가운 봄이었다. 사방은 고요했고 이른 봄의 새들이 가끔씩 요란스레 울었다. 땅에 쭈그리고 앉은 내 온몸은 흙투성이, 등에서 엷게 땀이 흐르는데 문득 행복했다. 고요한 행복이었다. 천국 생각이 났다. 원래 내 상상 속에서 천국은 마치 초특급 호텔 리조트처럼 아름다운 나무와 색색의 꽃들이 핀 곳이었다. 잔잔한 냇물이 흐르고 야자수가 늘어지고 사슴이나 토끼가 뛰놀고 게다가 고양이들도 게으르게 노니는, 푸르른 잔디가 끝없이 펼쳐진 곳. 잔디에 잡초 하나 없는 곳, 만일 호미질을 굳이 해야 한다면 그건 다 '남'이 하는 그런 곳이었다. 그런데 내가 누런 풀만 가득한 정원에서 호미질을 하면서 천국을 생각하다니 약간 의아했다. 우선 천국이 이렇게 누럴 수가 있을까 싶고 천국에서 호미질도 하나 싶었던 거다. 그런데도 나는 이상하고 지극한 어떤 행복감에 사로잡혀 있었다. 그래서 나는 생각했다.

천국보다 낯설다.

그 무렵 한 후배가 나를 찾아왔다 떠났다. 내가 어쩌면 영영 글을 쓰지 않을지도 모른다고 하자, 그녀가 서울로 올라가는 기차 안에서 내게 문자 메시지를 보내왔다.

'맨날 흔들리고 치이는 저 같은 사람들에게 위로와 용기를 주는 말을 좀 해주세요. 삶이 너무나 공허하고 버거워요.'

함께 있을 때는 내색하지 않아 눈치채지 못했는데 자신의 분야에서 어느 정도 경력을 쌓은 그녀가 '맨날 흔들리고 치이는'이라고 하자 가슴이 약간 먹먹했다. 며칠 동안 그 말이 떠나지 않았다. 맨날 흔들리고 치이는……. 오래전의 내가 떠올랐다. 이곳에 와서 혼자 사는 기쁨에 취해 나는 그 시절을 잊고 있었다.

얼마나 울었는지, 얼마나 헤매었는지, 여기가 죽어서 간다는 그 지옥이구나 싶은 시간도 있었다. 외로움을 견디지 못하고 초대받지 않은 자리에 끼어들었던 많은 날들도 있었다. 남들이 '얘는 그만 갔으면……' 하는 눈치를 주는 것도 모른 척 참으며 가장자리에 겨우 앉아 있던 모임도 있었다. 오래된 일이다. 빈사 상태에 이른 영혼이 비상벨을 울려대자, 구원 아니 도움은 내 안에서 온다는 것도 모르고 끈질기게 밖에서 구원을 찾으려고 저잣거리를 기웃거렸던 날들. 이젠 그 기억도 희미해서 마치 전생의 일 같기도 해, 싶었다. 그런데 그녀가 그 말을 남기고 떠나자 오래된 내 어리석고 비참했던 젊은 날들이 가끔씩 나를 찾아왔다. 나는 설거지를 하다가 꽃을 심다가 섬진강을 보며 서 있었다.

하지만 이것도 내가 다시 글을 쓰려고 마음먹고 이 책을 시작하게 된 동기의 다는 아니었다.

홍동백, 백동백 그리고 공동백

좀 자주 고독해 보세요.

고독하지 않고서 사물을 정확하게 판단하기는 어려운 일입니다.

고독은 즉 사고니까요.

사고는 창조의 틀이며 본입니다.

작가는 은둔하는 것이 아니며 작업하는 것입니다.

예술가는 도피하는 것이 아닌 작품으로 참여하는 것입니다.

—박경리, 『문학을 사랑하는 젊은이들에게』 중에서

그 무렵 우리 집에는 세 동백이 살았다. 홍동백, 백동백, 그리고 공동백.

붉은 동백은 내가 처음 집을 지을 이 땅을 보러 왔을 때 여기에 이미 심겨 있던 것들이었다. 키가 3~4미터나 되는, 플라타너스처럼 길쭉한 동백이 30~40그루나 서 있어서 봄이 오면 발밑에 붉은 주단을 깔아놓은 듯 정원 한쪽에 멋진 길을 만들고 있었다. 나는 이 동백들을 보고 망설임 없이 이 땅을 계약했고 집을 지을 때도 최대한 동백들을 살려달라고 부탁했다(그래도 집을 짓느라 어쩔 수 없이 열 그루 정도는 다른 집으로 이사를 갔다).

그 후 어느 날 운전을 하고 가다 동네 화원에서 30년은 됨직한 둥근 백동백이 피어 있는 걸 보고 당장 그것을 샀다. 샤넬의 로고처럼 우아한 백색의 희고 통통하고 아름다운 꽃이었다. 유백색의 우아한 꽃을 단 채로 우리 집으로 실려 온 백동백은 그러나 새 땅에 잘 적응하지 못했다. 모든 종류의 동백은 원래 두 번 핀다고 한다. 나무에서 한 번, 그리고 땅에서 한 번. 동백들이 그 피어남의 절정에서 꽃을 통째로 버림으로써 땅에서 한 번 더 피어나는 것이다. 그런데 30년 동안 살아온 땅을 떠나 우리 집에 온 백동백은 그 꽃들을 떨어뜨리지도 못하고 시들고 있었다. 아직 집을 짓기 전이었는데, 나는 매일 그 터에 출근하여 시든 꽃을 땄다. 시든 꽃이 달린 건 이미 동백이 아니었다. 동백이란 그 꽃의 절정에서 가차 없이 그 절정을 버려서 동백이 아니던가.

키가 내 두 배는 되는 커다란 동백의 시든 꽃을 다 따는 것은 결코 쉬운 일은 아니었다. 하지만 아침마다 그렇게 해주자 비로소 새 꽃들이 조금씩 피어나기 시작했다. 일단 가졌던 것을 다 버려야 새것이 오는 것이리라. 뿌리도 조금씩 제자리를 찾는 것이리라.

그때 나는 알았다. 새것이 오기 전에 옛것을 반드시 버려야 하는 때가 있는데 이 버리는 데도 힘이 필요하다는 것을. 그만두고 포기하는 것, 멀리 보내고 이별을 해내는 것도 힘이 있어서라는 것을. 그것이 사람이든 사랑이든 물건이든 제가 이루어낸 과거의 꽃 같은 영화로움이든.

어느 날 그 동백꽃잎을 따주고 집으로 돌아가는 길에 나는 이상한 강아지를 보게 되었다. 그냥 첫 느낌이 기이하다고 느껴졌던 누런 강아지는 관광객들이 오가는 길에서 수레를 끄는 당나귀 등에 올려져 있었다. 키가 큰 당나귀 등에 꼼짝없이 앉아 있는 강아지라니. 그 곁을 천천히 차로 지나가는데 관광객으로 온 가족 중에서 어린 아이가 강아지 주인에게 묻는 소리가 들렸다.

"할아버지, 저 강아지, 왜 저기 올라가 있어요?"

그러자 주인인 듯한 남자가 대답했다.

"저기 안 올려주면 올려달라고 하루 종일 운단다. 그래서 올려줘야 해."

문득 돌아보았는데 4월의 볕이 사정없이 내리쬐고 있었다. 남의 말은 무조건 믿고 보는 나도 '설마' 하는 생각이 들었지만 그날은 그렇게 지나갔다.

다음 날은 새로 지어질 우리 집의 정원용으로 주문한 큰 성모상이 도착하는 날이었다. 나는 평소보다 일찍 집터 쪽으로 올라갔다. 올라가면서 어제 그 강아지가 궁금했다. 차를 타고 그 앞을 지나가는데 자신의 트럭에 강아지를 태우고 온 주인이 강아지를 들어 당나귀 잔등에 올려놓는 참이었다. 이제 와 돌아보면 인연이라는 것은 무엇일까 싶다. 나는 왜 하필 그 장면을 보고 만 것일까. 그것이 내게는 느린 화면처럼 선명했고, 그 순간 사내의 손에 의해 사지가 번쩍 들려 당나귀의 등에 올려지는 강아지의 체념 어린 절망이 내게로 고스란히 다가왔다. "강아지가 원해서 당나귀 등에 올려놓는다"는 그의 거짓말도 선연히 느껴졌다.

그날 오후 아직 터만 있는 정원에 성모상을 잘 모시고 내려오는 길, 며칠 화창하더니 금세 어둑해지고 바람이 불어 몹시 추운 봄날이었다. 당나귀 등 위의 강아지는 더는 그렇게 몸을 더 말 수 없이 최선을 다해 몸을 돌돌 말아 체온을 아낀 채로 죽은 듯이 웅크리고 있었다. 아까 아침에 내가 보았을 때부터 한 번도 내려오지 못하고 거기 앉아 있어야 했던 것 같았다. 내가 동네 분들에게 물었다.

"저 강아지, 왜 저기 있어요?"

동네에 20년간 사셨다는 분이 대답했다.

"저기 올려놓으면 사람들이 신기하다고 사진을 찍어요. SNS용으로 인기가 많은가 봐. 그러면 사료 값이라고 돈도 받고 그러는 모양인데."

"저거 학대예요. 강아지는 의자 높이만 올라가도 두려워해요. 게다가 하루 종일 꼼짝도 못 하고 저러고 있잖아요. 왜 가만두시는 거죠?"

왜 가만두냐는 말에 동네분이 입을 다물었다. 한참 세월이 흐른 후에 그분이 내게 말했다.

"작가님이 그렇게 물었을 때 내 모골이 송연했어요. 뭐랄까, 그냥 저 강아지는 원래 저렇게 있다고 생각했던 거 같아요. ……솔직히 머쓱하고 부끄러웠어요."

원래 저런다, 혹은 원래 그랬다, 참 무서운 말이라는 것을 나는 나중에야 알았다. 우리는 이 한 문장으로 얼마나 많은 불의와 학대와 아픔을 지나쳐 생명들을 죽음에 이르도록, 혹은 죽지도 못할 만큼 절망에 빠뜨리는 것인지.

아침에 눈을 뜨면 그 강아지 생각이 났다. 비가 오거나 바람이 많이 불거나 해가 쨍쨍 내리쬐는 변덕스러운 봄날들이 이어졌다. 섬진강을 거슬러 시작된 바람이 거세게 부는 날에도, 땡볕이 타들어가듯 쬐는 날에도 강아지는 거기 있었다. 한술 더 떠서 주인은 당나귀 곁에 이번에는 양도 한 마리 데려다놓았다. 쇠창살로 만든 작은 우리에 갇힌 커다란 숫양이었다. 그 쇠창살 속의 양은 땡볕 아래서 앉지도 못하고―너무 좁아서―서 있었다. 그래도 관광객들은 동물원에라도 온 듯 좋아하며 그 앞에서 사진을 찍었다.

하동에 내려오면 조용히 살아야지 했다. 그동안의 고통들을 생각하면 나는 그래야만 했다. 가족들도 친구들도 모두 내게 그걸 바라고 있었다.

그러던 어느 날, 이제 계절이 바야흐로 여름으로 가는 어느 땡볕이 심하게 내리쪼이던 어느 날, 강아지는 당나귀 등 위에서 거의 기절한 듯이 보였다. 내 이성이 내 오지랖에 항복 선언을 하기도 전에 그냥 내 몸이 먼저 차 문을 열고 주인 앞에 섰다.

"아저씨, 이 강아지 내려주세요. 지금 거의 기절했잖아요. 게다가 강아지는 약간이라도 높은 곳을 두려워해요. 이거 동물학대이고 법에도 저촉되는 일이에요."

내 말이 끝나기도 전에 뭐라 준비를 할 새도 없이 쌍시옷이 달린 욕이 퍼부어졌다. "뭐라고요?" 하고 말하려는 순간 쌍시옷보다 더한 욕설, 그리고 내 멱살이 흔들렸다.

나는 그를 폭행으로 신고했고 출동한 경찰은 파출소에서 내게 합의를 하도록 권했다. 이 동네에 들어와 조용히 살기 위해. 어차피 작가님이 원하는 것은 '개가 편안한 것'이니 개를 데려가 작가님이 직접 키우고 고소는 취하하라는 것이었다. 이 좁은 마을에 귀촌해서 정착하려면 그 정도 타협은 해야 한다는 말로 들렸다. 나는 5년 전 키우던 개 두 마리를 잃어버린 이후 절대로 강아지 같은 건 키우지 않겠다고 다짐해 왔었다. 그러나 그렇다고 이대로 저 개를 그냥 전 주인에게 보낼 수도 없었다. 주변에 알아보았지만 중형견이 넘는 저 개를 구조한다 해도 어디 맡아줄 사람도 없었다. 어찌어찌 경찰의 중재로 개는 내게로 왔다.

내게 온 첫날, 강아지는 사료를 내놓자 일곱 그릇을 쉬지 않고 먹었다. 일곱 그릇. 아마도 당나귀 등 위에서 용변을 보면 안 되니 굶긴 것 같았다. 물도 엄청 마셨다. 갈비뼈가 만져질 정도로 앙상한 작은 배 속으로 들어간 사료 일곱 그릇이 저 물에 불어나면 괜찮을까 겁이 났다. 집 안에 들이기 위해 목욕을 시키려고 하자 털에서 콩알 같은 것들이 만져졌다. 개를 키우는 친구에게 물어보니 흡혈 진드기라고 했다. 그것은 검붉은 콩알처럼 강아지의 털 깊숙한 곳에 붙어 떨어지지 않았고 손을 대자 더욱 단단히 몸을 밀착시키며 빨갛게 부풀어 올랐다. 소름이 돋았다. 하지만 가끔 내게도 사랑이 두려움보다 클 때가 있다. 나는 고무장갑을 끼고 이를 악문 채로 그것들을 떼내었다. 모두 열세 개의 흡혈 진드기였다. 나중에는 너무 징그러워 눈물이 다 났다.

나는 강아지에게 동백이란 이름을 지어주었다. 동백나무가 많은 우리 집에 온 것을 환영한다는 의미였다. 병원에 데리고 가니 예방 주사 한 번 맞은 적 없는 강아지는 가지가지 질병을 가지고 있었다. 먼저 평생을 당나귀 등 위에만 앉아 있어 슬개골 탈구가 일어났고 오래도록 변을 보지 못해 장에는 변이 가득했다. 가장 절망적이었던 건 동백이가 심장사상충 4기라는 것이었다. 사람으로 치면 암 4기와도 같은 병이라고 했다. 동백이는 사료를 먹고도 힘을 내지 못해 자주 누웠고 조금만 걸으면 주저앉았다. 목숨부터 살려야 했기에 먼저 심장사상충 치료를 시작했다. 치료를 시작해도 치사율이 50퍼센트라는 무서운 병. 치료 도중 죽어도 할 수 없다는 각서에 서명을 하고 나는 동백이의 치료를 시작했다.

처음 심장사상충 주사를 맞고 온 날, 밤새 동백이에게서는 고장난 승용차가 억지로 달리는 듯한 소리가 났다. 수세미로 쇠를 비비는 듯한 소리로 숨을 내쉬며 아주 가끔씩은 눈을 뒤집고 헐떡거렸다. 곧 숨이 넘어간다 해도 믿을 것 같았다. 머리를 쓰다듬다가 토닥이다가 힘없는 발을 잡아주다가 이게 혹시 더 방해되나 싶어서 다시 내 침대로 돌아와 누웠다. 약간이라도 신음 소리가 잦아지면 혹시 죽었나 싶어 어둠 속에서 나는 다시 눈을 떴다. 동백이의 가슴이 힘겹게 헉헉 오르내리는 것이 차라리 안심이 되었다.

불안했는지 동백이가 앞발을 침대에 올렸다. 내 곁으로 오고 싶은 거 같았다. 나는 아직 강아지에게 침대를 허용해 본 적이 없었지만 그 애를 침대에 올려주었다. 숨이 곧 넘어갈 듯 헐떡이는 가운데 동백이는 실눈을 떠서 나를 바라보고 안심한 듯 다시 눈을 감았다. 평

우리 집으로 온 동백이 그리고 나.

생을 침대에서 자본 적이 없을 것이 분명한 동백이는 침대가 편안해 보였고 내 곁이 안심이 되는 것 같았다. 놀라운 일이었다.

동백이가 힘들 테니 불도 켤 수 없고, 어둠 속에서 핸드폰이라도 들여다보기에는 내 눈이 너무 늙었고, 음악도 들을 수 없는 밤이 지나가고 있었다. 아무것도 하지 못하고 꼼짝없이 어둠 속에서 누워 있는데 하느님 생각이 났다.

그렇구나. 그래서 가끔 하느님이 답답했구나. 전지전능하다면서 저 나쁜 놈들에게 벼락도 내리지 않기에 나는 무력한 신이 답답했었다. 그런데 사랑하는 사람이 많다는 것은 삼갈 일이 많다는 거구나. 아기를 재운 엄마가 아무리 나쁜 놈이 와도 큰 소리로 싸우기를 주저하듯이, 함부로 움직이지도 소리 내지도 못하는 거구나. 그래서 악은 일견 시원해 보이고 사이다 같고 힘이 세 보이는 거였다. 거칠 게 없지 않나. 누가 다치든 상처 입든 상관이 없을 테니. 그래서 많이 사랑하는 사람은 삼가야 할 일이 많고 헤아려줄 일이 많고 그래서 많이 약해 보이는 것이었구나. 지금 이 순간 나는 동백이를 누구보다 사랑하기에 아무것도 하지 못하고 무기력에 빠져 있는 것이다. 그렇게 어둠 속에서 나는 동백이와 함께 꼬박 하룻밤을 앓았다.

다음 날 동백이는 아주 잠깐이지만 벌써 밖으로 나가고 싶어했고, 잠시의 산책 중에 처음 용변을 보았다. 수의사 선생님이 며칠 더 앓을 거라 했는데 생각보다 빠른 쾌유였다.

어느 날, 우리 집을 방문한 친구가 동백이를 불렀다.

"동백아, 이리 와봐, 공동백!"

아이를 셋이나 낳았는데도, 아이들이 물려받은 것은 늘 아빠의 성이었고 그래서 나는 그 아이들에게 내 성 하나 물려주지 못한 것이 늘 분했다(?). 임신했을 때 시원한 맥주도 한 잔 못 먹었고, 아이를 낳다가 죽을 뻔한 적도 있었고, 수술 자리가 너무 아파 입조차 열지 못한 적도 있었는데, 어찌 분하지 않은가 말이다. 그런데 난데없이 동백이가 와서 내 성을 물려받았나 싶어 나는 한참 웃었다. 그렇게 동백이는 내 막내딸이 되었다.

공동백.

나는 문득 생각했다. 남에게 나 자신을 내어주는 일은 결코 약해지는 것이 아니었다. 그것은 어쩌면 거대하고 힘이 센 우주 혹은 신과 하나가 되는 일이었다. 그래서 성자 프란치스코는 "우리는 줌으로써 받고 용서함으로써 용서받으며 자기를 버리고 죽음으로써 영생을 얻습니다"라고 했던 거였다. 그래서 우리가 조건 없이 무엇을 남에게 주기로 하는 순간 우리는 마치 거센 대양의 조류를 올라타는 조각배처럼 우주의 힘을 얻게 되는 것이리라.

내가 동백이를 위하여 내 잠과 내 안락을 내어주고 뒤척임으로써 나는 아주 잠시이지만 이 세상의 이기심을 떠나 우주의 커다란 법칙 속으로 들어갔고, 어쩌면 잠시 우주와 한 맥박으로 뛰고 있었는지도 모른다. 그래서 지난날 내가 남에게 해를 끼치고 나의 이익을 고집하면서 살았을 때, 어쩌면 작은 이익 같은 것을 분명 얻고는 있

었지만 이상하게도 홀로 있는 순간 한없이 외로웠고 초라하며 무력
해졌다는 것도 기억났다.

공동백은 그 후로도 두 번 더 어려운 주사를 이겨냈고 드디어 완
치 판정을 받았으며, 지금은 너무 뛰어서 걱정인 강아지가 되었다.

그때 나는 알았다. 새것이 오기 전에 옛것을 반드시 버려야 하는 때가 있는데 이 버리는 데도 힘이 필요하다는 것을. 그만두고 포기하는 것, 멀리 보내고 이별을 해내는 것도 힘이 있어서라는 것을. 그것이 사람이든 사랑이든 물건이든 제가 이루어냈던 과거의 꽃 같은 영화로움이든.

동백은 두 번 핀다. 한 번은 나무 위에서 그리고 한 번은 땅에서.

그가 죽었다, 고 했다

사느냐 죽느냐 하는 것이

전혀 문제가 되지 않을 때

삶은 시작된다.

―안소니 드 멜로

그리고 그날 아침이 왔다. 어쩌면 새벽이었을 것이다. 나의 평화는 여전히 우리 집 울타리 안에서 고요하고 견고하게 구축되어 있었다. 나는 여전히 사람들을 거부하고 있었고 완강하게 글을 쓰고 싶지 않았다. 어쩌다가 잠깐 잠이 깬 깊은 밤, 자리에 누운 채로 올려다보면 눈이 시린 별빛—별빛에 눈이 시릴 수도 있다!—이 보였고, 혹은 비바람이 그친 밤 문득 부신 빛에 눈을 뜨니 하현달이 믿을 수 없을 만큼 투명하고 맑게 빛나던 때도 있었다.

그러하기를 천 번쯤 하던 어느 평범한 새벽, 일어나 보니 오랜만에 대녀(가톨릭에서의 영적 자녀)에게서 전화가 와 있었다. 지난밤에 걸려온 부재중전화 표시였다. 무슨 일일까 싶었지만 크게 대수롭지 않게 여기고, 나는 여느 때처럼 기도 방으로 갔다. 기도를 드리고 있는데 아직 이른 새벽인 그때 문자 메시지가 왔다. 알림창이 스마트폰 화면에 얼핏 내려오는 것을 보니 네모난 칸에 든 부고였다. 기도를 마치고 메시지를 열었다. 낯익은 이름이 하나 보였다. 아마도 그 이름의 부모님이 돌아가셨나 보다 싶었다. 그도 그럴 것이 거기 쓰인 이름의 주인인 후배의 나이 이제 사십 대 중반이었다. 직접 가야 하나, 그냥 조화만 보내야 하나 싶어 다시 들여다보는데, 아무 데서도 부친 혹은 모친이란 글자가 보이지 않았다. 노안으로 초점이 맞지 않는 눈을 어둠 속에서 찡그려가며 다시 들여다보았다. 후배의 이름 곁에 '상(喪)'이라는 글씨가 선연했다. 나는 대녀에게 전화를 걸었다. 대녀는 이미 울고 있었다.

심장마비였다. 낮에 그의 아내와 함께 계곡에 가서 잘 놀고 친구들과 고기도 구워 먹고 낮술도 한잔하고 돌아오는 길에 아내에게 운전을 부탁하고 기분 좋게 잠들었는데, 문득 잠에서 깨어난 그가 말했다고 했다.

"답답해, 가슴이 답답해."

그가 답답하다고 말한 때부터 숨지기까지의 시간은 30분이 채 안 되었다고 대녀는 많이 울어서 목멘 소리로 전했다.

"곧 갈게."

겨우 그렇게 말하고 전화를 끊자, 이미 고인이 된 그의 얼굴이 선명하게 떠올랐다. 그는 내가 『시인의 밥상』이라는 책을 내고 전국을 순회하며 북 콘서트를 할 때 우리 팀의 첼리스트였다. 감청색 맨투맨 티를 입히고 무대에 내보내면 바로 테디 베어 역할을 해도 될 것 같은 귀여운 중년의 사내였다. 그런데 첼로 소리만큼은 꿀처럼 달콤

했다. 민감하고 섬세하고 여리고 부드러웠다. 말투도 마음씨도 그래서 여성 스텝들에게 인기가 많았다.

"집에서도 저렇게 자상하지?" 내가 그의 아내에게 물으면 피아니스트인 그의 아내는 "아니에요, 선생님. 남들한테만 그러고 저한테는 퉁명해요. 저한테도 남들에게처럼 잘하라고 혼 좀 내주세요" 하며 귀여운 투정을 했었다. 그가 첼로를 연주하던 모습, 그 멜로디가 선명하게 떠올랐다.

그가 공연 시작 전 무대 뒤 내 분장실로 와서 우리가 사온 김밥을 먹던 모습, 서울 공연이 끝나고 뒤풀이를 하러 서울 우리 집에 다 모였을 때 내가 구워준 스테이크를 먹으며 "와, 정말 맛있는데요. 이거 그 귀한 한우죠?" 하던 모습, 귀엽고 사람 좋은 얼굴로 씨익 웃던 모습.

그가 살아 있었던 어느 때도 나는 그의 얼굴을 이토록 선명하게 떠올린 적이 없었다. 그런데 그가 죽자 그 모습들은 왜 이리도 선명하게 떠올라오는 것인지.

자주 보지는 못했지만 늘 호감이 갔고 언제든 "근처에 왔어요" 하면 "어서 와, 차 한잔하고 가" 아니, "네가 좋아하는 그 술 한잔 마시고 가. 내가 스테이크 구워줄게" 할 수 있는 사람이었다. 우리 인생에서 그런 사람은 많지 않다. 정말이지 많지 않다. 나는 그의 첼로 선율을 사랑했다. 그런데 그가 난데없이 이렇게 떠났다. 세상에 태어나 죽는 사람을 처음 보는 것처럼 나의 가슴은 툭, 툭 내려앉았고 힘겨웠다.

매일 새벽을 시작하는 기도 방. 집을 지을 때 일부러 부탁해 작은 골방을 만들었다.

문득 기도 방에 촛불을 끄지 않았다는 생각이 들었다. 촛불을 끄러 갔지만 촛불 끄는 것도 잊어버리고 나는 다시 십자가 아래 앉았다. 무슨 까닭이었을까. 예루살렘에 다녀와야겠다는 생각이 들었다. 참으로 뜬금없는 생각이었다. 하지만 생각은 '아니 지금 뚱딴지같이 무슨 예루살렘?' 하고 물을 틈도 없이 강렬했고, 그리움처럼 울컥하며 치밀어 올랐다.

이런 생각은 평소 내게는 거의 들지 않는 종류의 것이었다. 나는 여행하는 것을 그리 좋아하는 사람이 아니다. 아니 오히려 여행이나 업무상으로 집을 비울 계획이라도 생기면 "그래" 하고 대답해 놓고는, 심지어 돈도 다 내놓고는, 마음으로는 떠날 그곳이 궁금하고 좋으면서도 그때부터 떠나는 날 아침까지도 생각하곤 하는 사람이었다. '가지 않는 방법은 혹시 없을까?' 하고.

그러니 이런 강렬한 감정은 거의 생애 처음이라고 해도 과언이 아니었다. 코로나 때문에 걱정은 되었지만 감정은 확신으로, 확신은 결심으로 굳어져 갔다.

왜 예루살렘이야? 나는 스스로에게 물었다. 나도 정확히 스스로에게 대답할 수가 없었다. 하지만 그 이유가 무엇인지는 나중에 천천히 깨닫게 되겠지. 이건 나이가 나에게 준 선물이었다. 서두르지 않는 것. 답이 언제나 그 순간에 주어지지 않는다는 것. 그리고 어쩌면 답은 없어도 좋을지도 모른다는 것.

그로부터 여러 날 동안 아침에 깨어 일어날 때 나는 나 자신을 살폈다. 예루살렘행을 취소할까 하는 생각은 전혀 들지 않았다. 사실

나 혼자 가는 것이니 얼마든지 취소해도 상관없었다. 겨울이 온다고 하지만 아직 정원과 텃밭에서 할 일도 많았다. 그러나 내 마음은 움직이지 않았다.

여행을 그리 좋아하지 않는다고 말하기에는 좀 쑥스럽게도 나는 지구상의 좋은 곳을 많이 구경하는 행운을 누렸다. 자비로 한 여행일 때도 있었고, 작가로서의 초대, 혹은 취재차 간 곳도 많았다. 내 책이 번역되었다는 18개국은 거의 다 방문했던 것 같다.

그런데 정작 성경의 중심지이며 그리스도교 공인 성지인 예루살렘에 갈 기회는 없었다. 나는 오래전부터 신께서 나를 예루살렘에 불러주시기를 기다렸다. 반드시 한 번은 불러주실 거라 생각하고 있었다. 그러고는 하동에 정착해 혼자서 행복하느라 예루살렘 같은 건 잊어버리고 있었다. 그런데 왜 그날 아침 나는 난데없이 예루살렘으로 떠나야 한다고 생각했을까.

아무리 혼자라고 해도, 아무리 밥을 차려줄 사람이 없다고 해도, 아무리 출근할 곳이 없어 자유로운 몸이라 해도 떠나는 것은 쉽지 않았다. 언제나 선택은 포기를 동반한다. 가장 큰 원칙이 떠남이라고 정해졌으면 나머지 것들은 포기하거나 저절로 큰 원칙에 맞춰지기를 기다려야 했다. 이것이 내가 예순 해를 살면서 깨달은 것들이었다. 어떤 선택이든 반드시 버림이 동반된다는 것.

내가 떠나는 것을 선택해야 했으므로 버릴 것들이 많았다. 금목서, 은목서 핀 정원의 화사함, 늦가을 하동 하늘의 맑음, 운전을 하고 가다 멈추게 만드는 서러운 황금빛 들녘, 그리고 동백이와의 다

정함 같은 것들. 어쩌면 나는 "나는 누구?" "여긴 어디?"라고 스스로를 느낀 타향의 나그네 같았는지도 모르겠다. 떠나야 했고 나는 떠났다. 그저 떠나보았던 것이다.

광야에서

이 고요를 위해

이 정적을 위해

그 모든 소란이 필요했던가.

—창극 〈리어〉 중에서

하동을 출발한 지 스물여섯 시간 만에 나는 요르단의 수도 암만에 도착했다.

요르단은 처음이었다. 물론 이스라엘도. 예전에 아프리카로 봉사를 다닐 때 중산 기착지가 대개 아랍에미리트의 두바이인 적이 많아서 그곳을 좀 구경해 보려고 며칠을 소요했던 것 외에는 중동 지역도 처음이었다. 떠나오기 전, 책을 열댓 권 주문하고 유튜브에서 이스라엘과 중동 같은 낱말을 검색해 강의를 들었다.

이슬람, 그리고 중동 지역의 국가 중에서도 요르단은 많이 가난한 나라였다. 무엇보다 석유가 나지 않는 나라였다. 1인당 GDP가 4,000~5,000달러 정도, 우리나라의 1980년대 초반 수준이라고 해야 할 것 같다. 어쩌다가 석유가 나오지 않는 땅만 차지한, 그러니 불운하다고 해야 할 하심 왕국.

그러나 요르단은 공부하며 알수록 좋은 나라였다. 돌아온 후에 사람들이 "요르단 어때?" 하기에 "어, 좋아" 하고 대답했다. "뭐가 좋았어?" 묻길래 나는 좀 생각하다가, "아름다운 자연경관, 싼 물가, 풍부한 과일, 친절한 아랍 아저씨들 다 좋지만 이름이 멋지지 않아?"— 순수하게 주관적으로 말하면 나는 영어로 발음하는 그 나라의 이름이 멋졌다. 내게는 지명의 발음이나 뜻이 너무나 중요한 직업병 같은 게 있다 — 했다.

공식 명칭 '하세마이트 킹덤 오브 요르단(The Hashemite Kingdom of Jordan, 요르단 왕국)'이라고 발음할 때는 하얀 사막, 거대한 언덕에서 모래가 멋지게 흘러내리는 소리가 들리는 것 같고, 예쁜 눈을 한 낙타를 데리고 가는 남자의 하얗고 긴 두건(쉬마그, 구트라, 카피에 등으로 불린다. 여자의 그것이 히잡, 차도르 등등으로 불리는 것과 비교된다)이 휘날리는 모습이 떠오르는 것 같았다. 요르단은 페트라, 제라시 등 아름다운 유적지와 자연을 그대로 간직하고 있는 나라였다.

떠나기 전 나는 성경 지도를 사서 냉장고에 붙여놓고 날마다 들여다보았다. 요르단은 이스라엘과 가장 많은 국경을 공유하는 나라. 현재의 국경을 중심으로 들여다보고 있으려니 에돔, 모압, 암몬, 길르앗 같은 구약에서 읽은 지명들이 눈에 들어왔다.

요르단은 국토 면적이 남한보다 약간 작다. 국교가 이슬람이긴 하지만 중동 국가로는 드물게 종교의 자유가 있다. 현재도 페트라와 필라델피아라는 곳에 그리스정교회 대교구가 있고 교황청과 정식으로 외교관계도 맺었다. 그 수가 적기도 하지만 7~8만 명의 가톨릭 신자도 있다. 그래서일까, 다른 아랍 나라와는 다르게 히잡을 쓰지 않고 다니는 여성도 드물게 보였다. 요르단은 이웃 이스라엘에서 쫓겨난 팔레스타인인과, 시리아 등의 난민을 받아 난민의 숫자가 전체 인구의 60퍼센트에 이르기도 한 나라다. 이렇게 쉽게 난민을 받아들이는 데는 그들이 모두 아랍어라는 한 언어를 쓴다는 것도 매우 중요한 요소이리라.

한때 그 난민들이 아예 요르단을 차지하고자 왕가 암살을 시도하기도 해서 그들에게 여러 번 배신당한 하심 왕조는, 그러나 인내심 있게 지금도 난민이 된 아랍의 형제들을 받아들이고 있었다. 1980년대 초 내전의 참상이 끔찍했던 레바논도 가깝고 현재 온 세상의 아픔인 시리아, 그리고 이라크와 사우디아라비아, 이집트와도 국경을 맞대고 있는 나라. 나는 그 나라의 수도 암만에 도착했다.

비행기를 갈아타는 스물여섯 시간의 여정은 힘겨운 것이었지만 이상하게도 피곤하지 않았다. 그리고 버스에 올라 호텔로 가는 동안 처음 펼쳐진 풍경은 내 스물여섯 시간의 힘겨움을 상쇄할 만큼 낯설었다. 어쩌면 여기를 찍은 사진을 보여주면서 지구가 아니고 화성이라고 해도 나는 믿었을 것 같았다. 태어나 정말이지 이런 풍경은 처음이었다. 사진에서 본 것과 또 달랐던 것은 그 광활함 때문이었으리라. 황무지와 광야—내가 상상하던 것보다 더 황량한—라는 것이 끝도 없이 펼쳐져 있었다. 떠나오기 전까지 하동 집에서 풀을 뽑으며 전쟁을 치르던 것이 낯선 기억으로 떠올랐다.

유다 광야. 사진으로 다 표현되지 못하는 깊은 매혹이 거기 있다.

언젠가 튀르키예의 광야에 갔을 때 억센 잡초와 내 허리까지 오는 엉겅퀴의 날카로운 가시들을 보면서 광야란 이런 것일까 생각한 적이 있는데 이건 그 경험조차 초월했다. 여기에 비한다면 그곳은 차라리 비옥하다고 우길 수도 있었다. 모래보다 어둡고 흙보다는 노란 엄청난 바위들이 단 하나의 엉겅퀴도, 단 하나의 초록도 허용하지 않고 끝도 없이 펼쳐지고 있었다. 무(無)…… 아무것도 없음의 광야…… 광야였다.

그런데 그보다 더 신기한 일은 내가 거기에 끌리고 있다는 것이었다. 이상한 매력이, 어떤 황홀에의 끌림이 푸르고 비옥한 초원보다 더한 아름다움으로 나를 거기로 끌어당겼다. 처음 이 여행을 계획할 무렵 현지 가이드가 내게 다음 해 2월에 올 것을 추천했다. 생각해 보니 내 환갑이 1월 말이라 그때 환갑 기념으로 예루살렘에 가도 멋질 것 같았다.

"그때는 말이에요, 이스라엘이 가장 아름다울 때예요. 우기가 끝날 무렵 모든 광야에 들꽃이 피어나거든요."

눈앞으로 한 번도 보지 못했던 광야가 펼쳐지고 거기 가득 들꽃이 피어나다니! 거기서 내 환갑 축하주를 한 잔 마시면 얼마나 좋을까 생각했다. 그런데 이상하게 몸은 나를 재촉하고 있었다. 그래서 나는 늦가을을 택해 일찍 떠나왔던 것이다.

그런데 막상 이 캄캄한, 아니 삭막한, 아니 이 모든 말로도 다 할 수 없는 그야말로 아무것도 없는 황무지 더미를 마주하고 나자 들꽃 말고 이 삭막함을 택하기를 정말 잘했다는 생각이 들었다. 나는 버스 차창에 기대 몇십 분을 달려도 계속되는 그 누런 황무지에 마음을 빼앗기고 있었다.

떠나오기 전, 각각 20여 년 전과 10여 년 전에 펴냈던 『수도원 기행 1·2』를 다시 읽었다. 나는 대개 쓰는 동안은 내가 쓰는 모든 글을 다 암기했고, 나이가 들고 저서가 많아진 다음에는 세세하게 외우지는 못해도 대충 무슨 내용이 어떤 표현들을 중심으로 쓰여 있는지는 알고 있었다. 그런데 뜻밖에도 『수도원 기행 2』에 쓰인 광야라는 말의 에피소드는 '전혀'라고 할 만큼 낯설게 느껴졌다. 그건 이런 거였다.

그 무렵 이해인 클라우디아 수녀님을 만날 일이 있었다. 밥을 먹다 말고 난데없이 눈물이 나왔다. 수녀님이 당황해하셨다.
"수녀님, 이상해요. 광야에 저 혼자 서 있는 것 같아요. 너무 무섭고 외롭고 힘들어요."
수녀님이 말씀하셨다.
"에이, 그럴 리가 있나? 맘이 약해져서 그렇지. 마리아, 혹시 성령 예언 기도 받아본 일 있어요? 그거 받아볼래? 너무 아파 보인다."
마침 성령 기도를 하신다는 수녀님께서 가까운 데 계셨고 나는 두 손을 모으고 그분의 전언을 기다렸다.
"사랑하는 나의 딸아"로 시작한 기도는 여러 가지 말을 거쳐 이런 말로 끝났다.
"그러니까 마리아 자매님, 주님께서는 당신이 광야에 홀로 서 있기를 원하세요."

나보다 먼저 이해인 수녀님 얼굴에 철렁하는 기색이 지나갔다.

"네?"

(……) 그러면 내가 느꼈던 그 감정, 그 감정을 두고 내가 생각해
낸 그 단어 '광야', '홀로', 그 단어가 우연이 아니란 말이 되는 것인
지. 실은 다른 무엇보다 그게 더 놀라웠다.

첫 번째 마음을 스쳐 지나간 단어는 '싫어요!'였다. 마음을 가다듬고
다시 생각하자 두 번째 단어가 마음을 스쳐 지나갔다. '정말 싫어요!'
그리고 세 번째 단어도 지나갔다. '싫어요. 싫다고요! 대체 왜요?'

― 공지영, 『수도원 기행 2』

이곳으로 떠나오기 전 홀로 있음의 자족함과 즐거움을 일기에 써두
었던 나는 이 구절을 읽고 나서 그 기도를 들었던 때보다 더 놀랐다.
이 에피소드가 일어난 시간은 2012년이었다. 겨우 11년이 지났다. 그
11년 동안 물론 많은 일들이 일어났다. 그런데 나는 심지어 나 스스로
자신을 유폐시키고 그것에서 평화와 기쁨을 얻고 있지 않은가 말이다.
혼자인 것은 싫다고, 광야에 홀로 서 있는 일 같은 것은 내게 왜 시키
시는 거냐고 세 번이나 울부짖던 내 모습이 멀고 우습고 낯설었다.

이 구절을 읽은 며칠 동안 나는 내내 골똘한 생각에 사로잡혀 있
었다. 저기압이나 고기압 혹은 기압골과 같이 우리 눈에 절대 보이
지 않지만 필연코 존재해서 눈이나 비 혹은 햇빛이나 바람으로 닥
쳐오는 어떤 놀라운 힘이 내 곁에 있었다는 것을 나는 한 번 더 깨

달았다. 나는 내 마음대로 할 거야, 하면서 내키는 대로 날고 움직이고 있는 줄 알았으나 실은 제트 기류를 타고 동쪽으로 동쪽으로 날아가고 있었는지도 모르겠다. 아무리 뛰어도 이 지구보다 빠른 속도일 수는 없다는 것을 알았다고 해야 하나, 부처님 손바닥에 있는 손오공, 아니 이 모든 것으로도 다 표현할 수 없는 경외와 전율이 나를 엄습했다. 심지어 나는 지금 말하고 있지 않나 말이다. 저 광야가 매혹적이라고.

나는 결국 그분의 바람대로 광야에 혼자 서 있을 뿐 아니라, 서 있어보니 좋은데요, 계속 이렇게 살다 죽고 싶어요, 뭐 이러기까지 하고 있는 것이다.

암만은 성경에 암몬족, 마오리족 등등 할 때 그 암몬족이 살던 곳에서 지명이 유래했다고 한다. 고도가 700~1,000미터 사이로, 지리산에 있는 우리 집보다 고도가 높아, 기온은 11월 초 한낮이 24도쯤 되어 아주 쾌적했다. 얇은 긴팔 셔츠에 카디건 정도 하나 걸치니까 딱 좋았다. 그러나 햇살은 작렬하고 있었고 풀 한 포기 없는 광야를 거쳐 시내로 들어가자니 기분이 이상했다. 이 풍경은 이국적이기도 했지만 그 이전에 이 지역 사람들의 척박하고 고단한 삶이 당연히 짐작되었기 때문이다.

내가 묵는 호텔은 암만 시내 중심가에서 약간 벗어난 외곽에 있었다. 방 커튼을 열어보니 암만 시내의 뒷골목과 작은 부심의 이슬람 사원이 보였다. 암만에 머무는 세 번의 새벽, 나는 확성기에서 나

새벽이면 이슬람의 기도 소리가 들려오던 암만 시내 전경. 낯설고 매혹적이었다.

오는 이슬람의 경 읽는 소리에 잠에서 깨어났다. 참 낯설고 매혹적이었다. 이슬람 문화의 첫인상은.

첫날은 호텔에서 뷔페식으로 저녁을 먹었다. 우리가 흔히 뷔페식 하면 떠오르는 모든 음식 중에 햄이나 소시지 혹은 돼지고기가 없었지만 음식은 다양하고 훌륭했다. 외식 산업이 잘 발달하지 않았고 그마저도 코로나 팬데믹으로 인해 많은 부분이 타격을 입었다고 우리를 안내하러 나오신 요르단 교민 한 선생께서 말씀하셨다.

이곳에 오려고 혹은 내 귀한 것을 봉헌하기 위해 거의 5개월 정도 알코올을 입에 대지 않았던 나는 여행 중에는 단식도 면제되는 것을 핑계 삼아 저녁 식탁에 약간의 알코올을 주문해 보았다. 이슬람 국가이지만 뜻밖에도 맥주와 포도주가 생산되어 판매되고 있었다.

여행을 할 때면 그게 어디든 꼭 그 지방의 술을 맛보는 것이 여행자의 기쁨이고 특권이다. 호텔 레스토랑에서 포도주의 가격은 우리 돈 5만 원 정도, 이름도 멋져서 '요르단강(Jordan River)'이었다. 소비뇽 블랑 포도로 만든 화이트와인은 훌륭했다. 내 주문을 받고 와인을 날라주던 젊은 웨이터 두엇이 호기심 어린 눈으로 나를 바라보고 있었다. 아마도 이 지역에서 중년의 여자가 혼자 와인을 한 병 시키는 것을 처음 보는 것 같았다. 나는 그 와인을 다 마시고 내 방으로 올라왔다.

요르단에서의 첫밤이 그렇게 지나갔다. 천혜의 혜택을 입은 탓에 어디를 가든 시차를 거의 느끼지 않는 내 몸은 그대로 잠이 들었고 이슬람의 확성기로 퍼지는 새벽 기도 소리에 깨어났다.

너는 약속의 땅에
가지 못한다

아잔 자야사로 스님은 유창한 태국어로 차분하게

말을 이어 나갔습니다.

"갈등의 싹이 트려고 할 때, 누군가와 맞서게 될 때,

이 주문을 마음속으로 세 번만 반복하세요.

어떤 언어로든 진심으로 세 번만 되뇐다면,

여러분의 근심은 여름날 아침 풀밭에 맺힌

이슬처럼 사라질 것입니다." (……)

"내가 틀릴 수 있습니다.

내가 틀릴 수 있습니다.

내가 틀릴 수 있습니다."

―비욘 나티코 린데블라드, 『내가 틀릴 수도 있습니다』 중에서

나는 떠나오기 전 다시 한 번 성경을 읽으면서 사실은
이집트의 카이로에서 시작해서 모세가 하느님을 처음 뵌 호렙산과
십계명을 받은 시나이산, 그리고 그들이 거친 광야를 따라 걷고 싶
었다. 여건만 가능하다면 걸어서 그곳을 순례하고 싶었지만 여러 경
로를 통해 알아보니 결론은 불가능했다. 치안 때문이었다. 10여 년
전에 성지순례를 다녀오신 분들에게 들으니 예전에는 그곳에도 출
입이 가능했으나 지금은 관광 불가 지역이 되었다고 한다. 사람들도
모두 말렸다.

"너 하나 죽는 건 그래 상관없다 쳐도 대한민국이 나서야 할 일이
생길지도 몰라."

결국 나는 그 모든 것을 포기하고 얌전하게 여행사의 일정에 따랐
던 것이다.

생각해 보면 유라시아 대륙의 서쪽 끝이나 남쪽 혹은 북쪽 끝에서 인도 쪽으로 흘러와 남으로 히말라야, 동으로 우랄 알타이 산맥까지의 유라시아 대륙은 큰 산을 품지 않았다. 큰 산과 산맥은 거대한 대륙의 동쪽으로만 몰려 있다. 그리하여 이 지역들은 끊임없이 전쟁과 영토 싸움에 휘말렸다. 역사를 아무리 외운다 해도 메소포타미아문명부터 시작해서 이 지역에서 나고 스러졌던 민족과 왕조의 선명한 경계를 외우는 것은 너무나 어렵다. 날마다 전쟁이었을 것이다.

나는 요르단을 여행하기로 마음먹으면서 마음으로 간절하게 느보산을 기다리고 있었다. 느보산. 모세가 젖과 꿀이 흐르는 약속의 땅에 도달하지 못하고 죽은 땅. 성경은 그것을 이렇게 기록하고 있다.

모세가 모압 광야에서 예리고 맞은편에 있는 느보산 비스가 봉우리에 오르자, 야훼께서 그에게 온 땅을 보여주셨다. (……)
야훼께서 그에게 말씀하셨다. "이것이 내가 아브라함과 이사악과 야곱에게 맹세하여 그들의 후손에게 주겠다고 한 땅이다. 이렇게 너의 눈으로 보게는 해준다마는, 너는 저리로 건너가지 못한다."
야훼의 종 모세는 그곳 모압 땅에서 야훼의 말씀대로 죽어…….
—「신명기」 34장 1, 4~5절

모세는 결국 가나안 땅으로 들어가지 못했다. 모세 5경 중 마지막 책인 「신명기」 전체를 후손에게 주는 거룩한 '잔소리'로 채운 모세는 그것이 다 '너희들이 지지리도 하느님 말씀을 듣지 않았기 때문'이라고 강조하고 있다. 그러나 정말 그랬을까. 모세는 무슨 생각을 했을까.

"여기까지 40년 동안 죽을 고생을 하고 온갖 못 들을 소리를 들으며 왔는데, 고생뿐인 인생이었는데, 그렇게 나쁜 짓을 한 것도 없는데 심지어 저는 적합한 인물이 아니라고도 말씀드렸는데, 그래도 네가 민족을 데리고 다니라고 고집하시더니 고작 제게 돌아오는 것이 이겁니까, 대체 왜요? 게다가 이 민족의 지도자가 될 젊은 여호수아는 괜찮은 아이이긴 하지만 아직 너무 어리고 미숙합니다" 하고 물었을까.

걸어서 열흘이면 다다를 길을 출발한 일행들이 서울에 다다르지 못하고 그 사잇길을 40년 동안 헤매다 죽었다면 이해할 수 있을까. 이스라엘 백성들을 이집트 노예에서 해방시켰다는 모세의 궤적은 사실 이렇게 약간 어이가 없기도 하다. 이들의 광야 방황기는 어린 시절 교리 공부를 하던 사춘기의 나에게도 꽤 많은 묵상 거리를 제공해 주었던 것 같다. 가장 최근에 발표한 소설 『먼 바다』에도 이 40년이라는 모티브를 썼다. 내가 체험한 것을 일부 차용한 소설이긴 하지만, 그때 교리 공부 시간에 수녀님께서 이스라엘 백성들이 열흘이면 도달할 걸 그 땅에 도달하지 못하고 40년이나 광야에서 헤맨 것의 의미를 말해 준 것이 강렬하게 기억에 남았었다. 40년이란 육체의 기억이 지워지는 시간이라는 것이다. 노예의 기억, 그러니까 노예근성이라고 불리는 그것을 육체에서 지워버리기까지 40년이 걸린다는 말.

느보산 모세 기념 성당(Memorial Church of Moses)에 가기 전에 우리는 점심식사를 하러 갔다. 교외의 한적한 식당이었다. 인도의 난과 비슷한 빵이 따끈하게 구워져 바구니에 담겨 나왔다. 그 위에 갖가지 고기와 야채를 얹어 먹는 것이었다. 현지에서 약간 조잡하게 만들어 파는 『예수 시대의 생활풍습』(한국어판)을 읽어보니, 넓적한 난 같은 그 빵은 잔치가 벌어질 때는 음식을 담는 그릇으로도 쓰였다고 했다. 그럴듯했다. 화덕에서 구워지는, 두 손바닥을 합친 것보다 약간 큰 빵을 접시 대신 들고 가서 그 위에 양고기며 야채를 받아 먹었다니 신기했다. 식당은 세계 각국의 순례단으로 가득 차 있었다. 코로나 팬데믹이 끝나간다는 것이 실감이 났다.

점심을 먹고 우리는 느보산 모세 기념 성당으로 갔다. 프란치스코회 수사님들이 운영하시는 성당이었다. 코로나 동안 관광객이 거의 끊겨 그 사이 새로 성당을 정비하셨다고 하는데 아주 깨끗하고 모던해 보였다. 특히 구리 뱀이 광야에서 높이 들려 올려진 것과 십자가의 예수를 합친 것 같은 철제 십자가 조각상은 두고두고 기억에 남았다.

느보산, 이곳에는 4세기 중반부터 모세를 기념하기 위한 성당이 세워졌으나 이 근처의 모든 유적지들처럼 이곳도 파괴되고 재건되고 파괴되고 재건되기를 여러 번 했다. 그것을 끝없이 복구해 온 덕에 성당 안의 유적은 아직 잘 남아 있고 박물관도 흥미로웠다.

나는 성당을 잠깐 둘러보고 밖으로 나왔다. 이 성당만 빼고 눈앞으로 보이는 모든 것이 광야였다. 누런 광야, 저 아래 요르단강이 흘러가는 왼쪽 끝으로는 사해가, 오른쪽으로는 예리코가 보였고 눈앞으로 멀리 이스라엘 땅의 전경이 손에 잡힐 듯이 보였다.

목적에 도착하지 못해도 삶은 괜찮다고 우리에게 말해 주기 위해 모세는 저 강을 건너지 못하고 여기서 죽은 것일까. 과정 자체가 실은 삶이라는 말일까. 우리 성당 신부님께서 강론 중에 하신 말씀대로 하늘나라는 어떤 상태가 아니라 거기에 이르는 과정이기 때문일까. 평생을 바쳐온 여정이 끝나기 전에 결국 그 '고울(goal)'에 이르지 못하고 죽는 걸 알았던 모세는 어떤 마음이었을까.

"너는 저리로 건너가지 못한다"는 말은 달리 말하면 이집트에서 노예살이 하던 낡은 구세대들은 거기에 들어가지 말라는 말이었다. 주님이 친히 "이 악한 세대들"이라고 명명한 세대. 안 그래도 온갖 불평을 늘어놓는 구세대들, 당시 최고의 강대국이던 이집트의 물질의 번영을 몸에 익혔던 그들, 작은 틈이라도 보이면 황금 송아지를 만들어놓고 숭배하여 자기들을 구한 신을 배신하던 그들. 그들이 새 땅에 들어간다 한들 무슨 소용이 있을까.

길게 보았을 때 이스라엘 민족을 위해서, 정확히는 여기 젊은이들과 아이들을 위해서 구세대들을 새 땅과 새 하늘로부터 떼어놓아야 한다는 것을 모세는 알고 있었을 것이다. 낡은 이방인적 사고, 이집트에 대한 숭앙, 동족에 대한 비하, 그리고 끝없는 과거 물질적 풍요에 대한 향수를 집요하게 간직하고 있던 그들이니까.

생각해 보면 겨우 36년의 식민지 시절을 겪고도 우리는 지금 거의 100년이 다 되도록 일본에 대한 숭앙과 우리 스스로에 대한 비

요르단 느보산에서 바라본 사해 쪽으로 해가 지고 있다.

하에 시달리고 있다. 나이 드신 분들에게 가끔 나는 절망하곤 했다. 죽기 전에 저분들이 변할 수 있을까 싶기도 했으니까.

그래도 조선과 일본은 서로 앞서거니 뒤서거니 하는 문물을 가졌었지만, 이집트는 세계사적으로 거의 독보적으로 빛나는 엄청난 문명의 소유국이었다. 그들의 노예였던 이들의 정신적 피지배 상태는 심각할 수밖에 없지 않았을까 싶다. 우리는 겨우 30여 년 가지고도 이러는데 이들은 430년이었다.

그런데 비단 그게 그들만의 문제일까. 이제 노년으로 접어든 우리 86세대들이 그처럼 되지 않으리라는 보장이 있을까. 우리 세대가 '태극기부대'라 폄하하는 사람들도 젊어서 가졌던 자신들의 기억을 업데이트하지 못한 사람들이라고 했다. "배고픔에서 해방시킨 박정희는 무조건 고마운 분이고 사회주의는 무조건 나쁘며 일본은 사실은 우리보다 '훨씬' 나았다"라는 기억 말이다.

우리 86세대 중에 그걸 모르는 사람은 없을 것이다. 그것이 얼마나 큰 폐해를 가져오는 것인지도 모두 안다. 경직된 사고, 강요되는 편향들. 그러나 우리는 그들보다 나을까, 아니 나는 이미 여러 군데에서 그렇지 않을 수도 있다는 조짐들을 보고 있다. 변한다는 것, 그것도 올바로 사고를 업데이트한다는 것은 쉬운 일이 아니다. 아니 실은 피곤하고 힘겨운 일이다.

그저 어제처럼 사는 것, 내게 젊은이들보다 알량한 권력이 약간 있어, 어제처럼 살아도 나는 불편하지 않고 나만 불편하지 않은 것, 이것이 늙음이다. 죽음보다 못한 늙음을 우리는 흔하게도 본다. 마치 서른 해를 살고 우리 집으로 이사 와 병들어 꽃을 떨구지 못했던 그 백동백처럼 우리 세대도 병들어가고 있는 것을 나는 느낀다.

이럴 때는 마치 내가 백동백의 시든 꽃을 억지로 떼어주듯이 무엇인가가 그것을 강제로 떼어놓아야 할 것이지만, 우리 세대는 너무나 많은 그리고 강력한 권력을 가지고 있다. 그래서 시든 꽃을 잘라버리는 대신 그걸 가리키는 손목을 잘라버리고 있다. 이처럼 큰 비극은 없을 테지만 우리 동기들은 농담으로도 자신들이 증오하던 그 권력들을 닮다 못해 빰치며 능가하고 있다는 것을 생각하지 못했다.

한국을 떠날 무렵, 나는 내가 소셜미디어를 통해 열렬하게 옹호했던 한 사람이 내가 이전까지 생각했던 그 사람이 아니라는 것을 깨닫게 되었다. 그걸 인정하기까지 사실관계들을 조사하면서 나는 수일을 거의 잠을 이루지 못했고 마침내 내가 틀렸다는 결론에 이르렀다. 며칠 동안 정말이지 아무것도 하지 못했다. 부끄러웠고 참담했다. 돌아보니 나는 내가 보고 싶은 것만 보고, 듣고 싶은 것만 들었다. 가끔 자료를 찾고 시사 방송을 들었지만 나의 편향에 부합된 것들뿐이었다. 그것은 변명이 될 수 없으리라.

나는 내가 원하는 것만을 믿었다. 그가 어제 옳은 말―내 생각에―을 했으니 오늘 하는 말도 옳다고 게으르고 안이하게 믿었다. 그리하여 마침내 나도 내 편향에 편향을 거듭하여 진실을 왜곡하는 온갖 언어를 쏟아내는 인간이 되어버렸다. 내가 태극기부대 할머니와 무엇이 다를까. 꿈에서도 내가 이렇게 되리라고 생각해 본 적은 한 번도 없었다.

'내가 쏟아놓은 글들을 어떻게 하지'라는 생각이 먼저 들었다. 어떻게 사과를 하고 어떻게 내 생각이 오류였다고 고백해야 할지 아무 생각도 나지 않았다.

우선 주변분들에게 사과를 했다. 그 일로 나와 논쟁한 사람들에게, 논쟁을 하지 않았더라도 나와 반대의견을 가졌던 분들에게. 그일을 두고 논쟁했던 막내아들에게도 사과했다. 아들은 잠시 멈칫하며 놀라는 듯하더니 곧 웃고 말았다. 고마웠다.

나는 사기를 당한 적이 별로 없다. 일확천금을 준다 해도 따라가지 않는다. 돈이 아주 없는 삶이 아니었으니 유혹이 왔기도 했겠지만 기억조차 나지 않는다. 딱 한 번 좀 곤궁했던 시절에 누군가가 "바로 오를 주식이 있는데 소개해 드릴까요?"했던 걸 거절한 기억만 난다. 나는 아직도 무주식 상팔자인 사람이다.

나의 경우 사기는 주로 '진보', '사랑', '정의', '연민', '그리스도'라는 단어에서 왔다. 나에게 있는 돈과 시간과 사랑 혹은 열정을 훔쳐내려면 이 멋진 단어들을 적당히 버무리기만 하면 되었으리라. 나는 이 단어들이 좋은 것이라고 생각했기에 가난하고 불쌍하고 궁색해진 이들은 착하다고 근거 없이 믿어버렸고, 그리스도나 정의 혹은 진보라는 걸 말하는 이들은 정직할 거라고 철썩같이 신뢰해 버렸다. 그리고 그들에게 휘둘렸다.

아마도 나는 나 자신의 망상을 사랑했었다. 독재에 항거하는 정의의 외피를 쓰고 있으면, 게다가 그것이 신앙이나 그리스도로까지 금칠을 하고 있으면 나는 완벽하게 속았다. 내 집착이 거기 있었기 때문이었다. 나를 망신시켰던 녹음 유출 사건도 나를 속였던 그가 성모님을 뵈었다고 한 말을 꼼짝없이 믿고 만 데서 기인했다. 지금 생각하면 사이비교도보다 더 어리석고 미친 일이었다. 가난이나 사랑, 정의, 신앙 같은 것도 집착이 될 수 있다는 것을 깨달은 내 마음은 많이 아팠다. 그리고 지금도 그건 아프다.

느보산 성당에서 미사가 시작되었다. 미사 중에 낭독된 독서는 모세가 그곳에서 죽었다라고 맺고 있었다. 처음으로 나는 "왜요?"라고 묻지 않았다. "하느님, 모세를 그렇게 고생시키고 왜 약속의 땅에 들여보내지 않으신 것인지 말해 주세요"라고도 하지 않았다. 예순이 다 되어서 이곳에 왔기에, 떠나오기 전 내가 '나는 틀릴 수 있습니다'라는 걸 아프게 깨닫고 떠나왔기에 얻은 축복이었다. 이보다 더한 환갑 선물이 있을까. 그러고 보니 새삼 예순이라는 나이가 실감되었다. 이순(耳順)이라고 하지 않던가, 귀가 순해진다는.

최루탄이 터진 교정에서 울고불고하던 시절이 있었다. 같은 과 친구가 입학하던 3월에 강제로 군대에 끌려가 죽은 것이 1981년, 내가 대학 1학년 때였다. 그때는 독재를 옹호하는 보수는 '무조건' 나쁘고 저항하는 진보는 '무조건' 옳아도 얼마간 괜찮았다. 전쟁터 같았던 청춘, 죽고 죽이는 일이 실제로 벌어졌으니 그렇게 믿어도 실제로 큰 오차가 없었다. 내 친구들, 선배들과 후배들은 공권력에 의해 불법으로 납치되고 고문받아 죽었다. 그런 일을 자행하는 사람들을 옹호하려는 시도가 악 그 자체라며 소리소리 쳐도 되었다. 거기에 저항하는 것이 선이라고 믿어도 되었다. 아마 그랬을 것이라고 나는 회상한다.

'모든 공권력은 음흉하며, 모든 시민단체는 옳고, 모든 보수는 썩었고, 모든 진보는 양심적이며, 모든 권력자들은 이기적이고, 권력이 없는 가난한 이들은 옳다'라고 우겨도 얼추 맞았다.

그런데 이제 그 1981년에서 40여 년이 흘렀다. 엄청난 변화가 있었다. 그 세월의 차이는 무엇일까. 이런 설명은 어떨까. 그건 1980년대 당시 더러워서 들어가고 싶지 않았던 고속도로 화장실이 우리 집 화장실보다 깨끗해진 것보다 더 큰 변화의 역사였다. 한겨울 그토록 고마웠던 오리털 파카를 여름이 와도 입고 있는 것처럼, 나는 오래전 사고의 틀을 입고 있었는지도 모른다.

"그 추위에 얼마나 고마웠던 옷인데 이걸 버려? 아무리 더워도 그렇지? 이 오리털 파카를 잊으면 안 돼. 조금 덥다고 이걸 벗어버리는 너희는 배신자야."

나는 스스로 이런 어처구니없는 말을 했는지도 모른다. 땀띠가 나고 살이 짓무르는 것도 모르고 말이다.

그렇게 독재 시절의 때는 내게도 묻어 있었다. "심연을 들여다보면 심연도 당신을 들여다본다"라는 니체의 말처럼 나는 독재자와 그 옹호자들을 많이 생각했었고 그들과 많이 맞섰기에 더 많이 그랬다. 그걸 벗는 데 내게도 40년이 필요했는지 모른다. 고통과 방황의

40년이. 아니다, 40년만 필요한 것이 아니다. 광야도 필요했다.

올해 나는 예순. 떠나오기 전 후배들이 깜짝 환갑 파티를 해주었다. 한 말씀 하라기에 내가 말했다.

"젊은 시절에 비하면 너무나 현명해지고 너무나 너그러워지고 너무나 침착해졌다고 너희가 칭찬해 주니 그게 참 기뻐. 그런데 이렇게 된 건 나이가 내게 준 것이 결코 아니야. 나이를 먹고 가만히 있으면 그저 퇴보할 뿐이야. 더 딱딱해지고 더 완고해지고 더 편협해지지. 자기가 바보가 된 줄도 모르는 바보가 되지.

만일 내게 예전보다 조금이라도 나아진 면이 있다면 그건 성숙해지고자, 더 나아지고자 흘린 피눈물이 내게 준 거야. 쪽팔리고 속상했지만 내가 틀렸다는 것을 인정할 때 피눈물이 흐르는 거 같았거든. 그런데 육십이 된 오늘 내 인생을 돌아봤을 때 제일 잘한 게 그거 같아. 칭찬해, 내 피눈물!"

미사가 끝나고 일행에서 떨어져 나와 뒤쪽 언덕으로 돌아가니 안개 바다 속으로 커다란 해가 지고 있었다. 서쪽 하늘을 가득 채운 뿌연 안개는 정확히는 사해 쪽에서 끝없이 올라오는 수증기였다. 말하자면 사해는 끓고 있는 커다란 물이었다. 어느 먼 옛날 이곳을 지나는 지진대가 난데없이 이 땅을 쩍쩍 가르고 그 나머지는 가라앉아 모든 물들이 그리로 흘러들었다. 사해(死海), '죽은 바다'라는 뜻의 사해는 받아들이기만 할 뿐 아무에게도 제 물을 나누어주지 않아, 결국 생명 없는 호수가 되었다고 했다. 그저 가지려고만 하고 움켜쥐려고만 할 뿐 내어주고 흘려보내고 놓아버리지 않으면 자신뿐만 아니라 모든 것은 죽음으로 변한다는 것을 사해는 보여주고 있었다.

나는 휴대폰을 들어 사해의 안개 속으로 엷게 번지며 사라지는 해를 찍었다. 가야 할 때를 분명히 알고 가는 모든 것들이 그렇듯 석양은 신비롭고 아름다웠다.

어디선가 '너는 다시 외로워질 것이다. 너는 또다시 소수의 편에 서게 될 것이다……' 하는 속삭임이 들리는 듯했다. 하지만 너는 택해야 한다, 그 고독을. 그것이 참된 것이라면……. 아득하고 슬픈 바람이 미지근하게 불어왔고 계속해서 불어왔다.

이렇게 된 건 나이가 내게 준 것이 결코 아니야.
나이를 먹고 가만히 있으면 그저 퇴보할 뿐이야.
더 딱딱해지고 더 완고해지고 더 편협해지지.
자기가 바보가 된 줄도 모르는 바보가 되지.
만일 내게 예전보다 조금이라도 나아진 면이 있다면
그건 성숙해지고자, 더 나아지고자
흘린 피눈물이 내게 준 거야.

뱀에 물린 사람들이 바라보면 나았다는 구리 뱀과 십자가를 상징하는 조각.

그가
나의 이름을 불렀다

희미한 기억의 퍼즐들이 안개를 걷고

서서히 보이기 시작했다.

그런데 안개를 뚫고 떠오르는 것은

그때 썼던 편지의 구절이 아니라

편지를 쓰던 자신이었다.

배가 고팠던 밤, 바람이 거셌던 길고 긴 밤들,

결국 추억이라는 것은 상대가 아니라

그 상대를 대했던 자기 자신의 옛 자세를 반추하는 것일까.

—공지영, 『먼 바다』 중에서

요르단에서 이스라엘로, 예리코

이스라엘로 입국하는 아침이 왔다. 우리를 안내해 주던 요르단 교포 한 선생은 이스라엘로 떠나기 며칠 전부터 잔소리를 했다.

"마음을 단단히 잡수셔야 합니다. 아무런 이유 없이 사람들을 잡아놓고 가끔은 트렁크 검사도 합니다. 속옷까지 다 꺼내 보는 것은 물론, 심할 때는 화장품 크림 통을 열고 그걸 다 휘저어놓기도 해요."

"맙소사, 그렇게 하면 어떤 관광객이 오겠어요?"

내가 물었다. 그러자 한 선생이 대답했다.

"오지 말라는 거예요."

모세가 죽고 구세대들도 모두 광야에서 죽어 여호수아가 가나안으로 진군할 무렵, 이 지역의 세계정세도 바뀌고 있었다. 남쪽의 이집트는 제19왕조 람세스 2세의 치세 후 빠르게 쇠약해지고 있었고,

북방의 히타이트도 혼란이 가중되고 있었다. 우리도 그 이름을 알 만큼 유명한 메소포타미아의 강자 아시리아마저 기원전 13세기경인 이때 빠르게 힘이 빠지자, 당연히도 이 지역에는 크고 작은 민족들의 이동이 일어난 것이다. 그리하여 이 강국들의 틈바구니 혹은 세력의 사각지대에 놓였다고 할 수 있는 가나안 지방으로 다른 민족들이 밀려오기 시작했다. 그중 가장 눈에 띄는 것이 구약에서 블레셋이라고 부르던 필리스틴 사람들(Philistine)이었다. 그들은 원래 에게해 연안 지방에 살던 사람들이었다고 전해지는데, 이 무렵 이들도 북으로는 시리아 지역부터 시작해서 남으로는 이집트까지, 지중해 연안 가나안 지방에 광범위하게 자리를 잡기 시작했다. 이들의 이름을 따서 이 지역은 아직까지도 팔레스타인이라고 불린다.

이집트에서 탈출한 유다족과 북의 해양으로부터 내려온 필리스틴 사람들. 이들의 대결은 이때부터 시작되었다. 오늘에 이르기까지 거의 3,000년에 걸친 전쟁이었다.

내가 한 선생에게 물었다.

"요르단인들은 이스라엘에 대해 감정이 어때요?"

한 선생은 이번에는 입을 다물었다. 요르단에 이민 온 지 거의 10년이라는, 눈이 선량해 보이는 요르단 아저씨들을 친구로 많이 두고 있는 그는 내 질문에 언어보다 먼저 부풀어 오르는 감정을 억제하고 있는 것 같았다. 잠시 침묵 뒤에 그는 짧게 뱉었다.

"⋯⋯나쁘죠."

문득 그 언어가 "죽이고 싶죠"라고 들리는 신기한 체험을 했다.

한 선생은 나와 악수를 나누며 말했다.

"젊은 시절 읽었던 책 『고등어』를 여기까지 가져왔어요. 그걸 읽고 잠 못 이루던 시절을 아직도 기억하고 있습니다. 여행 잘하시길 빕니다."

아침 일찍 우리를 싣고 버스는 암만의 호텔을 출발했다. 여기에 쓰지는 않았지만 페트라의 거대한 돌산들과 멋진 유적, 안자라의 눈물 흘리시는 성모님, 거의 통째로 고대를 보존한 듯한 제라시의 로마 도시들…… 사과와 바나나와 오렌지 같은 과일이 싸고 싱싱하고 맛있었고, 연둣빛의 버진 올리브유는 세계 최상이었던 소박한 요르단에게 나는 마음속으로 안녕을 고했다. 한 선생과 그 가족들에게도.

버스는 한 시간쯤 고도를 낮추며 아래로 아래로 내려가 요르단강을 건너 이스라엘 영토로 들어갔다. 국경 검문소였다. 우리로 치자면 공항 면세 구역 같은 곳이었다. 우리는 모든 짐을 내리고 컨베이어벨트에 실어 보내어 검색을 하게 하고 줄을 섰다. 주변에는 팔레스타인인들이 커다란 보따리 같은 것들을 지고 이스라엘 입국을 위해 줄을 서 있었다. 요르단강을 건너 이스라엘 땅으로 들어온 우리도 그 한편에 줄을 섰다.

군복을 입은 이스라엘 젊은이들이 기관총 같은 것을 매고 우리 주변을 돌고 있었다. 젊은 그들의 눈빛은 몹시 날카로웠다. 수상한 놈 보이면 바로 쏜다, 이런 표정을 감추지도 않았다. 눈빛에는 이민족에 대한 경멸이 가득했다(나중에 이 말을 듣고 이스라엘을 한 번도 가보지 않은 사람들이 "정말?" 하고 물었다. 이걸 어떻게 설명해야 할지 모르겠다). 약간 기이한 생각이 들었다. 어쩌면 나는 이런 눈빛들을 본 적이 있다. 판문점에서였다. 아니다. 그래도 생각해 보니 그들의 눈에는 경멸은 없었다. 두려움과 적의 혹은 결핍이 있었을 뿐. 경찰이 아니라 이스라엘 군인이 기관총을 보이며 우리를 쏘아보자 비로소 이스라엘에 왔다는 것이 실감되었다.

우리는 한 명씩 관문을 통과해 이스라엘 지역으로 넘어왔다. 속옷이 들춰지거나 화장품 통이 휘저어지는 일은 다행히 일어나지 않았다. 그런데 한 사람이 그 관문을 통과하지 못하고 있었다. 평범한 중년 여성이었다. 잠시 후면 나오겠지 싶었는데 어느덧 두 시간이 더 지나고 있었다. 나머지 일행은 우선 면세 구역 밖으로 나와 대기하고 있던 이스라엘 버스를 탔다. 무슨 이유인지 모르지만 이스라엘 당국이 그 여성을 조사하고 있다는 것이었다. 세 시간이 지난 후 그 여성이 돌아왔다. 여전히 '그 이유는 알 수 없지만' 이 여성의 이름이 자기들이 보유한 북한의 테러리스트 명단에 있는 이름과 비슷해서였다고 하는 것 같았다. 그것도 짐작뿐이었다.

"이스라엘 당국은 절대로 그 이유를 밝히지 않아요."

가이드가 말했다.

"만일 그렇다면, 여권에 한국이라고 써 있는데 입국심사를 하는 이스라엘 사람들이 북한과 한국도 구별 못 한다는 말이야?"

누군가 묻자 다른 이가 대답했다.

"오지 말라잖아요, 이스라엘이."

우리는 많이 지체했고 내 마음은 불길해졌다.

떠나오기 전 이스라엘 지도를 보면서 느낀 것 ― 이스라엘 국토의 크기는 경상북도만 하다. 나는 혼자서 약하게 비명을 질렀다. '이 좁은 땅 차지하려고 몇천 년을 그렇게 싸워대는 거야?' 게다가 그 땅의 반 이상 즉 60퍼센트가 내가 본 요르단의 광야처럼 황무지였다. '그런데 왜 몇천 년 동안 싸우는 것이지?' ― 이지만, 이해할 수가 없었다. 나중에 생각해 보니 시골로 이사 와서 여남은 평의 땅 경계 때문에 이웃과 의를 상하는 일은 흔한 일이었다. 그러니 경상북도 땅만 하다면 죽고 죽일 만하다는 말인지……. 이것이 인간일까.

그러나 지도를 조금 더 넓게 해서 바라보면 약간 이해가 되었다. 이스라엘은 그리스 로마를 중심으로 하는 지중해 패권이 이집트 혹은 비옥한 메소포타미아로 갈 때 반드시 거쳐야 하는 문고리 같은 지역이었다. 메소포타미아가 이집트로 갈 때도 그랬고 이집트가 메소포타미아나 지중해로 갈 때도 같았다. 그러니 강대국들이 일어나 다른 강대국들로 가기 위해 이곳은 필연코 움켜쥐어야 하는 곳이었다. 나중에 예수 시대에 로마가 이곳을 점령한 이유도 같았다. 땅도 작고 생산력도 떨어지지만 문고리를 잡아야 문을 열 수 있지 않겠나.

또 하나 재미있었던 것은 이스라엘의 수도 예루살렘의 위치와 고도였다. 예루살렘은 해발고도 800미터, 사해는 −430미터이다(사해는 우리가 살아서 도달할 수 있는 가장 낮은 지역이라고 한다). 예루살렘에서 사해

까지는 자동차로 한 시간 남짓한 거리이니 그 가파름이 새삼 놀라
왔다. 예루살렘을 조금 더 지나 유다 산지에서 사해까지는 직선거리
로 20~24킬로미터인데 고도 1,200미터를 내려오는 여정이었던 것
이다. 이건 대관령을 지나 강릉으로 내려가는 길보다 더 가팔랐다.
우리가 "서울로 올라간다", "지방에 내려간다"라고 말하면 그건 상징
일 수 있겠지만 여기는 진짜였다. 예루살렘으로 '올라가야' 하는 것
이고, 갈릴래아나 예리코로는 '내려가야' 한다.

입국장을 힘겹게 벗어난 버스는 이스라엘 땅을 달렸다. 확실히 요
르단과는 풍경이 달랐다. 히브리대학교에서 문학을 전공하고 이스라
엘에서 20년을 산 가이드 토마스 형제님은 이곳 베테랑답게 느긋하
게 설명을 해주셨다.

"보시기에 부티가 난다, 그럼 유대인 지역이고, 좀 허름하고 서민
아파트 같다, 하면 팔레스타인 정착민 지역이에요."

곳곳에 철조망과 장벽(팔레스타인인들의 테러를 막으려고 이스라엘 사람들
이 쳐놓은 콘크리트 담)이 보였다.

유엔을 인용한 《국민일보》의 보도에 따르면, 어느 한 해에만 해
도 이스라엘은 가자지구를 6천 번 이상 공습하여 5만 번 이상 폭격
했고, 민간인 희생자의 3분의 1은 어린아이라고 했다. 이 사실을 거
의 다 알고 있어서 장벽과 나란히 달리는 버스를 탄 우리 일행의 마
음은 어두웠다. 우리가 탄 버스의 운전기사는 팔레스타인계 이스라
엘인이었다. 이스라엘이 이 지역을 점령하고 난 뒤 자기들이 보기에

'사상이 불순하지 않은' 팔레스타인인들에게는 이스라엘의 시민권을 주었다고 했다.

"그럼 여기 이스라엘 젊은이들과 팔레스타인 젊은이들이 더러 결혼하기도 하나요?"

내가 물었다.

"전혀요."

대답이 너무 단호해서 일순 침묵이 돌았다. 피가 뜨거운 젊은이들이 눈도 안 맞으면서 마치 다른 종류의 종(種)처럼 공존하는 이 두 민족의 관계는 대체 무엇일까.

우리는 이스라엘에서 첫 밤을 보낼 예리코시로 갔다. 국경인 요르단강을 건너면 바로 오른쪽으로 예리코가 보인다. 예리코라는 이름은 달이라는 뜻이리는데, 멀리서 봐도 황막한 광야에 홀로 푸르른 섬처럼 두둥실 떠 있는 명백한 오아시스의 도시이다. 어쩌면 하얀 사막에 떠 있는 푸른 달덩이 같은 도시라는 말일까. 멀리서도 그것은 아름다웠다.

암만시에서 줄곧 입고 있던 얇은 카디건과 재킷은 다들 벗어던진지 오래였다. 벌써 11월인데 이곳의 기온은 섭씨 영상 30도를 가리키고 있었다. 아닌 게 아니라 이곳은 세계에서 해발고도가 가장 낮은 곳이면서 인류 역사상 가장 오래된 도시이다. 기원전 7,000년경—상상도 안 된다—신석기시대에도 원시적이긴 하나 이미 도시의 형태가 잡혔다고 한다. 그래서 예리코는 약 9,000년이나 된 성곽을 품고

팔레스타인과 이스라엘을 가르는 수 미터 높이의 장벽과 철조망.

황막한 광야에 홀로 떠 있는 오아시스의 도시 예리코. 예리코 성당 전경.

있는 도시이기도 하다.

클레오파트라가 사랑한 도시 예리코는 그 후로도 수많은 왕들의 겨울 별장이 있던 곳이라고 했다. 바나나와 파인애플 등 온갖 과일이 나고 거기에 더해 대추야자가 명물인 곳이었다. 하동으로 돌아가면 바로 곶감을 말려야 하는데, 나 또한 대추야자 맛이 곶감보다 더 달고 진했다. 신이 모세에게 약속한 '젖과 꿀이 흐르는 땅'에서, 꿀이 바로 이 대추야자 열매를 뜻한다고도 했는데 일리가 있어 보였다. 그 옛날 이 다디단 것을 어디서 맛볼 수 있었으랴. 그리고 사막에서 거의 굶다시피 한 그들에게 이 단 열매는 꿀과 같았으리라.

여호수아가 요르단강을 건너 처음으로 점령했다는 도시 예리코. 이곳은 모세가 죽은 느보산과 요르단강을 사이에 두고 정확히 대척점에 있다. 성경에 따르면 모세가 죽고 이스라엘의 지도자가 된 여호수아가 진군해 갈 때 이 지역의 토착민인 라합은 유대인들을 도와주어 그녀의 식솔들과 함께 살아남는다. 그는 어찌 보면 자기 동족을 배신한, 창녀 출신의 여자이다. 그런데 그녀는 예수의 조상이 된다. 라합이 창녀였다는 것을 모르는 이스라엘 사람이 없었을 텐데도, 「마태오복음」은 첫 장부터 그 유명한 족보를 늘어놓는다.

아브라함의 자손이요 다윗의 자손이신 예수 그리스도의 족보. 아브라함은 이사악을 낳았고 이사악은 야곱을 낳았으며 야곱은 유다와 그의 형제들을 낳았다. (……) 살몬은 라합에게서 보아즈를 낳았고 보아즈는 룻에게서 오벳을 낳았으며 오벳은 이새를 낳았고 이새는 다윗 왕을 낳았다.

—「마태오복음」1장 1~2, 5~6절

이 족보는 성경 첫 장을 열자마자 사람들을 질리게 하는 모티브로 수많은 소설과 영화에서 차용되기도 했다. 가독력 떨어지게 첫 장부터 이런 족보를 뭐 하러 썼지 싶은데, 말이 나온 김에 덧붙이자면 여기에서 우리가 눈여겨보아야 할 것은 바로 여성들이다. 말하자면 기존 이데올로기에 부합하는 온전한(?) 여성이 하나도 없다. 우리나라 족보 같았으면 어땠을까.

아시다시피 라합은 창녀였다. 심지어 유대인도 아니다. 말하자면 투항한 이민자이다. 나중에 등장하는 룻은 유대인이 아니며 청상과부로서 하층민 출신의 떠돌이 노동자이다. 다윗의 아들인 솔로몬의 엄마 밧세바 역시 다윗의 신하의 부인으로, 유부녀로서 간통을 하여 자기 남편을 죽음으로 몰아넣고는 후궁이 된 여자였다.

「마태오복음」에 나오는 이 여성들에 대한 설명을 듣고 나는 생각에 잠겼었다. 그 시대 여성이란 우리가 상상할 수도 없이 '열등한' 인류였다. 거기에다가 과부, 이방인, 창녀는 더 말할 필요조차 없었을 것이다. 게다가 밧세바는 자기 남편을 죽인 공범죄인이다. 그러나 세리였던 마태오는 이것을 기록한다. 이 위대하고 거룩한 기록의 첫머리에, 인류를 구원하는 우리 그리스도의 여성 조상으로 당당히.

우리는 예리코에서 가장 큰 호텔에 짐을 풀었다. 시내를 두루 돌아보았는데 예상대로 아름다웠다. 부유한 느낌도 많이 났다. 역시 부자였던 예리코의 유명한 인물 자캐오가 떠올랐다.

그런데 마침 거기에 이름을 자캐오라 하는 사람이 있었는데 그는 세관장이었고 또 부자였다. 그는 예수가 어떤 분인지 보려고 애썼으나 군중 때문에 볼 수가 없었다. 그는 키가 작았던 것이다. 그래서 그는 예수를 보려고 앞질러 달려가서는 돌무화과나무 위에 올라갔다. 예수께서 거기를 지나가실 참이었기 때문이다. 예수께서 그곳에 와서는 쳐다보시고 그에게 "자캐오, 얼른 내려오시오. 오늘은 내가 당신 집에 머물러야 하겠습니다" 하고 말씀하셨다. 그러자 자캐오는 얼른 내려와 기뻐하며 그분을 자기 집에 모셔 들였다. 이것을 보고 모두 투덜거리며 "저 사람이 죄인의 집에 들어가 묵다니" 하였다. 그러나 자캐오는 일어서서 주님께 "보십시오, 주님, 저는 제 재산의 반을 가난한 사람에게 주렵니다. 그리고 제가 남의 것을 등쳐먹은 일이 있다면 네 곱절로 갚아주렵니다" 하고 말씀드렸다. 그러자 예수께서 그에게 말씀하셨다. "오늘 이 집에 구원이 내렸습니다."

—「루카복음」 19장 2~9절

남들보다 키가 많이 작았던 자캐오, 남들에게 손가락질당했던 세리 자캐오, 민족을 배반하고 세금을 걷어 로마에 바치던 민족의 반역자 자캐오는 예리코 거리를 지나는 예수를 보려고 돌무화과나무 위로 올라간다. 아이도 아니고 중년의 어른이 유명한 사람이 보고 싶어서 나무에 올라가는 광경은 그리 친숙한 것은 아니다. 그는 한 마디로 체면이고 남의 눈이고 아랑곳하지 않고 자신의 목표를 향해 뚜렷이 나아가는 사람이었을 것이다. 그러는 동안 그의 생애는 트러블투성이였을 것이다. 그래서 그는 더 괴악해졌고 사람들이 싫어하는 세리가 되었을지도 모른다. 그런데 돌연 선지자, 그 유명한 스타 예수가 자신을 부르고 있었다. 부끄럽게 나무 위에 올라가 있는 키 작은 사람의 이름을 말이다.

"자캐오."

이름이 불리는 것의 중대한 의미를 우리는 안다. 나치는 유대인들의 이름을 말살하고 번호를 찍어주었다. 오늘날 세상의 모든 감옥에서도 사람의 이름을 지우고 수형 번호를 부른다. 세상의 모든 감옥이 그러는 게 정교한 감정 차단 상처라는 것을 많은 이가 간파했었다. 이름이 인간 각자에게 가지는 의미를 생각하면 내가 20년째 봉사하고 있는 서울 교정사목국 신부님이 해주신 이야기가 떠오른다.

어느 날 신부님 앞으로 지방 교도소에서 편지가 날아왔다. 새로 영세를 받은 사람인데 자기가 영세 받는 걸 도와주신 신부님께 감사하는 마음에서 인사를 드리겠다는 것이었다. 아무리 생각해도 신부님은 그 사람을 기억해 낼 수가 없었다. 사연은 이어졌다.

"저는 서울구치소에서 재판을 받고 있을 무렵 가톨릭 미사에 참여했습니다. 가면 옛 친구들도 만날 수 있었고 떡도 주셨기 때문이죠. 그날도 여러 형님들을 뵙고 '형님, 형님' 하며 신나게 떠들고 있

있지요. (그 광경은 나도 안다. 가끔 모든 구치소 수용인을 대상으로 하는 미사에 참석하면 아멘 소리보다 '혜임(형님)' 소리가 강당을 울리곤 했던 기억이 뚜렷하니까.)

그때 단상에서 미사를 진행하던 신부님께서 문득 말을 멈추시더니 '거기 뒤에서 세 번째 줄 머리 짧으신 분 한번 일어나주세요' 하셨어요. 사람들의 시선이 모두 제게 향하더란 말입니다. 그제야 신부님께서 지적하신 사람이 저인 줄 알았죠. 제가 엉거주춤 일어서자 신부님께서 물으셨어요.

'형제님, 성함이 어떻게 되십니까?'

뜬금이 없었죠. 제가 계속 엉거주춤 서 있으니까 또 말씀하셨어요.

'놀라셨나요. 다른 뜻은 없습니다. 그냥 이름을 물어본 겁니다.'

그제야 저는 대답했죠.

'예, 김○○입니다!'

그러자 신부님께서 말씀하셨어요.

'김○○ 형제님, 반갑습니다. 반가운 분들이 많으신 모양인데 미사가 끝날 때까지 조금만 협조해 주시면 좋겠어요. 제가 그 이름을 기억해 놓겠습니다. 김○○ 형제님.'

그날 방으로 돌아왔는데 무언가 이상한 생각이 계속 들었어요. 나쁜 것은 아니었어요. 그리고 한참 후 저는 알게 되었어요. 제 이름이 누군가에게 불린 것이, 때리거나 혼내거나 감옥에 처넣으려고 그런 것이 아니라 반갑다고 인사하며 불린 것은 처음이라는 것을요. 처음…… 며칠 동안 그 생각이 떠나지 않았고, 그래서 저는 그때 결심했지요. 제 이름을 불러주신 신부님께 보답하자."

하느님도 이 세상을 창조하시고 나서 아담에게 말한다.

"저 동물들에게 이름을 붙여주어라."

그것은 사실은 엄청난 일이다. 이름을 붙임으로써 아담은 동물들과 관계를 맺게 된다. 이름을 부르고 불리면서 그들의 삶이 이름 하나로 얽히기 시작하는 것이다. 나 역시 지리산에 정착했던 초반 길고양이들에게 밥을 주면서 우리 집에 오는 열댓 마리 고양이들에게 이름을 붙여주었다.

비슷비슷하게 생긴 코리안 숏헤어들을 각기 구별하고 알아봐주는 것은 생각보다 어려운 일이었다. 그런데 한 번도 경험해 보지 못한 일이 일어났다. 내가 이름과 그들의 용모를 기억해 연결하며 알아봐주는 순간부터 그들의 병듦, 그들에게 생긴 새로운 상처, 그들의 추위, 그들의 고통이 선명해져 왔다. 내가 다 책임질 수도 없는 상태에서 그것은 난감한 일이었다. 나는 많이 고통받았다.

그러니 이름을 불린 자캐오가 나무에서 내려와 예수님을 집으로 모시고 가서 잔치를 열고 자기 재산을 나누겠다 선언한 것은 무리도 아니었다. 이름을 불러주신 예수님은 어쩌면 그의 고통, 그의 병을 알고 계셨을 것이다. 이름을 불린 자캐오는 평생 처음으로 생각했을 것이다. '키가 작다고 놀리려는 것도 아니고, 세리라고 비난하려는 것도 아니고, 네 집에 머무르고 싶다'고 하며 이름이 불린 것은 어쩌면 처음이었다는 것을.

자기를 알아봐준다는 것, 이름은 그런 의미를 담고 있다.

이름을 불러주신 예수님은
어쩌면 그의 고통, 그의 병을 알고 계셨을 것이다.
이름을 불린 자캐오는 평생 처음으로 생각했을 것이다.
'키가 작다고 놀리려는 것도 아니고,
세리라고 비난하려는 것도 아니고,
네 집에 머무르고 싶다'고 하며 이름을 불린 것은
어쩌면 처음이었다는 것을.
자기를 알아봐준다는 것, 이름은 그런 의미를 담고 있다.

예리코 성당 미사 중 성체를 영하기 위해 제대에 올라갔다.

완전한 것은 모던한 것이고
그것은 언제나 미래이다

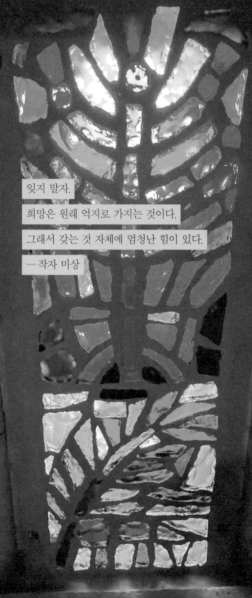

잊지 말자.

희망은 원래 억지로 가지는 것이다.

그래서 갖는 것 자체에 엄청난 힘이 있다.

— 작자 미상

나 자 렛, 주 님 탄 생 예 고 기 념 성 당

　　멀리서도 나자렛시의 모습이 잘 보였는데, 남쪽의 광야
와는 달리 땅 색깔이 붉고, 초목이 우거진 예루살렘 북쪽의 비옥한
평야에 마치 제주의 오름처럼 솟아 있는 도시였디. 시방이 야산으로
둘러싸인 해발 430미터 고도의 분지라는 것이다. 예수 시대에도 이곳
은 작고 가난한 곳이었다고 했다. 그도 그럴 것이 주변에 번성한 도시
나 길 들이 없었기 때문이다. 중세 이전의 모든 도시들이 그렇듯 방어
적 의미에서 그리고 더위를 피하기 위해 산 중턱에서부터 도시가 시
작되었다. 하지만 가파르고 좁은 땅이어서 비탈은 심했고 길은 협소
했다. 후에 예수가 공생활을 시작한 후 필립보가 나타나엘에게 "모세
가 율법에 기록하였고 또 예언자들이 기록한 바 있는 그분을 우리는
만났습니다. 그분은 요셉의 아들로서 나자렛 출신 예수입니다"라고
했을 때 나타나엘이 "나자렛에서 무슨 좋은 수가 나올 수 있겠습니

까?"(「요한복음」 1장 45~46절)라고 반문했을 만큼 작고 가난한 곳이었으리라. 더구나 이방인의 땅과 가까워 혼혈이 많다고 유대인들은 대대로 이곳을 경멸했다고 한다.

나자렛은 길들이 좁고 가팔라서 마치 한때 방문했던 울릉도를 연상시켰다. 무슬림 지역의 작은 호텔에서 하룻밤을 보낸 후 우리는 아침 일찍 주님 탄생 예고 기념 성당(Basilica of the Annunciation)으로 갔다.

이 성당은 마리아가 천사 가브리엘의 방문을 받은 그 동굴을 품고 있는 성당이었는데 이슬람권역에서 가장 큰 그리스도교 성당이라고 한다. 성당 밖에는 세계 각국의 성모자 초상화 액자들이 걸려 있었다. 각 나라의 순례자들이 거기서 각자 기념사진을 찍는 것은 물론이었다. 우리나라의 성모자상도 걸려 있었다.

정원에는 수많은 꽃과 꽃나무가 그 자태를 뽐내며 서 있었다. 성당의 전체적인 모습은 순결과 지혜를 상징하는 백합꽃을 거꾸로 세워놓은 모습으로 높이가 60미터에 달한다. 성당 안으로 첫발을 디뎠을 때 나도 모르게 탄성을 질렀다. 백합의 꽃받침이라고 여겨지는 천장의 창에서 빛이 쏟아지고 있었다. 그 흰빛은 제대(祭臺) 위로 쏟아져 내렸는데, 마치 수많은 백합과 향기가 함께 쏟아지는 듯한 환각을 일으킬 만큼 아름다웠다. 언제나 성모 마리아를 주제로 한 성당들은 참 여성적이게 아름답다. 이 성당 또한 아름답기로 치면 내가 방문해 본 세계 각국의 그 많은 성당들 중 다섯 손가락 안에 넣고 싶은 곳이었다.

나는 가끔 가브리엘 천사가 찾아와 마리아에게 "인류의 구세주께서 너를 통해 오시리라"는 걸 전해 주는 장면을 묵상해 보려고 하는데, 다른 구절에 비해 잘 상상이 되지 않았다. 마리아가 무엇을 하고 있었는지, 때는 정오였는지 해 질 무렵이었는지, 우리가 상상력을 발휘할 만한 조건들이 기록되어 있지 않으니까 말이다.

그로부터 여섯째 달에 하느님께서는 천사 가브리엘을 갈릴래아의 나자렛이라는 마을로 보내시어 다윗 가문의 요셉이라는 남자와 정혼한 처녀에게 가게 하셨다. 그 처녀의 이름은 마리아였다. 천사는 마리아에게로 가서 "기뻐하소서, 은총을 입은 이여, 주님께서 당신과 함께 계십니다" 하고 말하였다. 마리아는 이 말을 듣고 몹시 당황하며 이 인사말이 무슨 뜻일까 하고 곰곰이 생각하였다. 그러자 천사는 마리아에게 이렇게 말하였다. "두려워하지 마시오, 마리아! 당신은 하느님으로부터 은총을 받았습니다. 두고 보시오. 당신은 잉태하여 아들을 낳을 터이니 그 이름을 예수라 하시오. (……) 그러자 마리아는 천사를 향해 "제가 남자를 알지 못하는데 어떻게 그런 일이 있을 수 있겠습니까?" 하고 말하였다. 천사가 대답하여 이렇게 말하였다. "성령이 당신에게 내려오실 터이니, 곧 지극히 높으신 분의 힘이 당신을 감싸주실 것입니다. 그러므로 태어나실 분은 거룩하다고 불릴 것이니, 바로 하느님의 아들이십니다. 당

주님 탄생 예고 성당에 들어서면 백합을 거꾸로 해놓은 듯한 천장에서 빛이 쏟아져 내린다.
마치 흰 백합이 쏟아지듯.

세계 각국의 성모자 그림들. 한국의 성모자 그림도 걸려 있다.

신 친척 엘리사벳을 보시오. 석녀라던 그가 늘그막에 아들을 잉태했는데 이 달이 여섯째 달입니다. 사실 하느님께는 무슨 일이든 불가능한 것이 없습니다."

그러자 마리아는 "보십시오, 저는 주님의 여종입니다. 당신 말씀대로 저에게 이루어지기 바랍니다" 하고 말하였다. 이에 천사는 마리아에게서 떠나갔다. 그 무렵에 마리아는 길을 떠나 유다 산골 고을로 서둘러 가서……

—「루카복음」 1장 26~30, 34~39절

그때 겨우 열여섯 살이었다고 전해지는 마리아. 그녀는 정식으로 결혼하지 않은 채 임신하면 심한 경우 돌에 맞아 죽을 수도 있다는 걸 잘 알고 있으면서도 천사의 예고에 "예"라고 대답했다. 이것은 참으로 놀라운 용기인데, 이보다 더 놀라운 것이 그 소식을 들은 마리아가 자신의 약혼자인 요셉에게 알리지도 않고 사촌 언니인 엘리사벳을 보러 먼 길을 떠났다는 것이다. 그녀의 그런 행동을 소녀의 철없는 행동이라고만 짐작할 수 없는 것이, 바로 며칠 후 엘리사벳을 만나 〈마니피캇(Magnificat)〉이라는 노래를 읊은 것을 보면 보통내기가 아니었음을 알 수 있다.

그녀는 엘리사벳의 환대를 받고 자신의 임신이 무엇을 의미하는지 분명히 알고 있었기에 이렇게 선언한다.

"보라, 이제부터 만세가 나를 복되다 하리니, 권능 떨치는 분이 큰

일을 내게 하셨도다. 그분의 이름 거룩하여라."

—「루카복음」 1장 48~49절

그녀는 임신의 의미를 분명히 알았고 자신이 구세주의 어머니로 선택 받았다는 것을 자각하고 있었다. 내 친구는 한때 그런 마리아를 두고 "하느님을 자신의 아이로 배 속에 받아들일 만큼 이미 배포가 큰 여성"이라고 했다.

마리아는 자신의 입으로 끝내 요셉에게 변명하거나 설명하지 않았다. 자신에게 그러했듯 요셉에게도 하느님께서 어떤 방식으로든 소식을 전달했을 거라고 철석같이 믿지 않고서야 이럴 수 없었다. 그녀의 신앙은 대체 얼마만 한 것이었을까. 그리고 꿈을 꾸고 난 후 말없이 누구의 아이인지도 모를 아기를 임신한 약혼녀 마리아와 결혼한 요셉의 믿음은 대체 얼마만 한 것이었을까.

우리는 주님 탄생 예고 기념 성당 뒤편의 성(聖)가정 성당으로 가서 미사를 드렸다. 이곳은 요셉 성인의 목공 작업장이 있었다고 알려진 자리라고 했다. 풀도 나기 힘든 광야가 가득 찬 이스라엘 땅에서 나무를 다루어야 했던 목수는 어떻게 살았을까. 아마도 많이 가난했을 것이다.

생각해 보면 요셉 성인은 살아생전 천사를 한 명도 본 적이 없다. 꿈에서만 보였다. 심지어 가브리엘 천사는 요셉에게가 아니라 마리아에게만 허락을 구하고 두 분이 다 상의, 결정하시고(?) 나서 겨우

나는 마리아의 믿음에 대해 묵상했다. 그 무모와 그 겸손에 대하여.

요셉의 꿈에서 약간의 가이드라인을 제시할 뿐이었다.

요셉은 이렇게 반문할 수도 있었다.

"이 거대한 프로젝트에서 저는 뭔가요? 그저 들러리? 심부름꾼? 보디가드? 저는 그저 대체 가능한 익명의 한 남자일 뿐인가요?"

그런데 요셉은 거기에 순종한다. 심지어 성경 전체에는 그가 했다는 말 한마디 기록되지 않았다. 성경을 통틀어 이런 커플은 없다. 설사 있다고 해도 대개 남자는 속세의 권력을 가지고 있고, 아니면 여자는 지혜로운 경우였다. 성경 전체 아니 인류 역사 전체에서 둘 다 모두 훌륭한데도 남자가 작아지고 여성이 이렇게 중요한 기록으로 남은 일은 이들 커플이 거의 유일하게 느껴진다. 요셉 성인은 당연하고 확연한 남성우월주의 사회에서 기득권을 버리고 마리아가 처한 그 모든 운명을 품어주었다. 그것은 얼마나 크나큰 위대함이었을까. 그는 참으로 하느님 아들의 아버지가 될 모범생이었으며 또 먼 훗날 생겨난 수많은 아버지, 그리고 의붓아버지들의 모범이 될 만한 분이었다.

성가정.

그 거룩한 가정은 실은 아버지가 누구인지도 모르는 아이와, 미혼모였던 그 엄마, 그리고 그 아이의 의붓아버지가 이룬 가정이었다. 몹시 모던하지 않은가 말이다.

나중에 생각한 것이지만 모든 진리 혹은 진실한 것들은 모던하다. 죄 많은 인간들은 보통 그것에 아직 도달하지 못하기에 그것은 늘 미래의 것이기 때문이다.

친절하라,
그 어느 때라도

만나는 사람마다
네가 모르는 전투를 치르고 있다.
친절하라, 그 어느 때라도.
—노르웨이 드라마 〈스캄(Skam)〉 중에서

엔 케 렘 , 성 모 방 문 기 념 성 당

　　그냥 아무 생각 없이 차를 타고 그 동네로 진입했다면 유럽 어느 소박한 중산층 동네라고 생각했을 것이다. 버스에서 내려 올라가는 골목은 조용했고 부겐빌리아가 담장마다 진홍빛 꽃 타래들을 쏟아놓고 있었다. 곳곳에 멈춰서 사진을 찍고 싶을 만큼 아름다운 언덕길이었다. 그런 깨끗한 동네에 마리아가 방문한 그 엘리사벳을 기념하는 성당이 있었다. 이름은 성모 방문 기념 성당(Church of the Visitation)이다.

　　앞서도 말했지만 이 세상에서 성모님 관련 이름을 달고 있는 성당들은 모두 다 아름답고 특히 하늘빛과 금빛 들이 주조를 이루는데 이 성당 역시 그랬다. 이 성당 뜰 벽면에는 세상 모든 나라의 언어로 쓰인 성모 마리아의 찬가 〈마니피캇〉 액자가 걸려 있는데, 우리나라 말도 있었다.

마리아는 정말로 먼 길을 왔다. 나중에 예루살렘에서 자동차로 나자렛으로 갔는데 약 두 시간이 걸렸다. 직선거리로는 140킬로미터이다. 성당 뜰에는 또 이 세상 어디에도 없는, 배 나온 두 여자의 조각상이 있다. 배가 많이 나온 쪽이 엘리사벳, 배가 조금 나온 쪽이 마리아이다. 순례를 하는 여인들은 이 여인들의 조각상 앞에서 서로 많이 나온 배와 조금 나온 배―이들의 배는 물론 임신에 의한 것은 아니리라―를 내밀고 기념사진을 찍었다.

성경에 의하면 엘리사벳의 남편 즈가리야는 제사장(현대의 랍비와는 다르게 세습되며 재판도 하고 제사도 지내는 지배계급의 사람들)이었다. 명예와 지위 그리고 부유함이 허락됨은 당연했다. 그런데 그 제사장의 친정 마을에서 마리아라는 어린 사촌 동생이 처녀의 몸으로 임신을 한 채 찾아왔을 때 어땠을까. 율법으로 보면 그건 잘못된 일이니 그녀를 부끄럽게 여기고 심지어 집 안에 들이지 않을 수도 있었다. 그러나 신앙의 눈으로 그 의미를 알아본 엘리사벳은 두 팔을 벌려 마리아를 환영한다. 그리고 외쳤다. 그것도 큰 소리로.

"내 주님의 어머니께서 내게로 오시다니 이것이 어찌 된 일입니까?"

그리고 이어 말했다.

"복되어라, 믿으신 분! 주님께서 그에게 말씀하신 일들이 이루어지리니."

매주 사형수들과 미사를 집전하고 구치소의 사람들을 돌보시는 서울 교정사목국 현대일 신부님은 언젠가 미사에서 이 구절을 강론

하면서 이렇게 말씀하신 적이 있다.

"지위가 높고 남의 이목을 생각해야 하는 엘리사벳이 남들의 이목이나 체면 같은 걸 따지며 마리아를 외면할 수도 있었겠지만, 오직 신앙에 기반을 둔 이런 환대와 축복은 훗날 마리아가 쓰라리고 힘든 일을 겪을 때마다 기억 속에서 큰 힘이 되었을 것입니다."

언제나 생각하는 것이지만 말 한마디가 인생을 바꾼다. 한 사람의 인생을 나락으로 떨어뜨리기도 하고 가시밭을 벗어나는 용기도 준다. 돈 비싸게 주고 부적 같은 것을 살 필요조차 없다.

나에게도 이런 경험이 많다. 가장 기억나는 것은 『우리들의 행복한 시간』을 쓰려고 처음 사형수들의 미사에 갔을 무렵에 일어났다. 2003년, 그때만 해도 언제 다시 사형 집행이 재개될지 알 수 없던 시절이었다. 취재를 마치고 글을 쓰기 시작할 무렵, 사형수들과의 만남을 괜히 가졌다 싶어 후회가 되었다. 혹시라도 내가 쓴 글이 다시금 그들을 그리고 그들의 피해자들을 상처 입히지는 않을까 싶어서였고, 이미 7년간 글을 쓰지 못하다가 막 다시 글판에 돌아온 경력 단절 여성으로서의 두려움도 있었다. 사형제 폐지 세미나에 갔다가 돌아오는 길, 한 여성분과 이야기를 나누며 걷다가 엘리베이터 앞에 서게 되었다. 무슨 이야기 끝에 내가 "요새 힘들어요, 사형수에 대해 소설을 써야 하는데 두렵거든요"라고 말했다.

나는 그 자리에 있고 그 여성분은 엘리베이터에 탔는데 문이 닫히기 직전의 몇 초 사이에 그분이 말했다.

"무슨 걱정이세요, 잘 쓰실 거면서."

성모 방문 기념 성당 전경. 마리아가 천사들의 인도 속에 엘리사벳을 찾아가는 모습이 그려져 있다.

경력 단절 7년 만에 작가로 돌아와야 하는 내게 그 평범한 말이 얼마나 힘이 되었으며 내내 그랬는지 아마도 그분은 상상조차 할 수 없을 것이다. 그때 벌써 나는 데뷔 15년차의 작가였는데도 말이다.

그 무렵 내가 읽었던 논픽션 마이클 길모어의 『내 심장을 향해 쏴라』에도 이런 이야기가 나온다. 1970년대 중반 거의 사라져가던 미국의 사형제를 스스로 '가열차게' 부활시켰던 살인범 게리 길모어. 그의 막냇동생 마이클 길모어는 자신의 가족 이야기를 쓴다.

오욕과 범죄, 간음과 폭력으로 얼룩진 가계의 이야기를 하면서 그는 자신의 둘째 형인 게리가 어떻게 미국을 뒤흔든 살인마가 되었는지 추적한다. 그러면서 그가 곁들인 이야기가 그것이다.

그들 가문은 몇 대에 걸쳐 폭력과 절도 그리고 온갖 범죄에 무방비로 노출되어 있었다. 그중 가정폭력은 너무나 심했다. 아버지는 어머니를 때리고 아들들을 때렸으며 어머니 또한 아들들을 더 때렸다.

첫째 형 프랭크 2세는 어느 날 사탕 가게에서 사탕을 훔치다가 주인에게 발각된다. 주인은 어린 그를 잡고—당시에는 아무리 어린 아이라도 경찰에 넘길 수 있었던 모양이다—잠시 망설이다가 말한다.

"너를 경찰에 넘길 수도 있고 여기서 매질을 할 수도 있고 부모에게 일러 크게 혼을 낼 수도 있다. 그러나 나는 너에게 이런 말을 하고 싶다. 네 행동에 책임을 지라고. 그건 이것이다. 오늘부터 사흘 동안 너는 여기 출근해 청소를 해라."

폭력적인 부모가 두려웠던 프랭크 2세는 그렇게 한다. 그리고 사흘째 되는 날 주인은 그에게 원래 그가 훔치려고 했던 만큼의 사탕을 쥐어주며 말한다.

"이건 네 임금이다. 내가 네게 일을 시켰으니 나도 내 행동에 책임을 지는 것이다."

범죄로 얼룩진 길모어 가문의 역사에서 그걸 피해간 이는 저자 마이클과 사탕 가게에서 용서받았던 큰형 프랭크 2세, 바로 두 사람뿐이었다. (이상하게도 부모는 막내 마이클만은 때리지 않았다고 한다.) 마이클은 썼다.

"그 사탕 가게 주인의 작은 친절이 큰형이 범죄자가 되는 것을 막았을까. 나는 잘 모르겠다. 그러나 그랬을 거라고 나는 생각한다."

줄리아 월튼이 쓴 『오늘의 자세: 행운을 부르는 법』이라는 책에도 조금 다르지만 이런 이야기가 있다.

엄마를 유방암으로 잃고 아빠와 사는 소년 레오. 그와 아빠를 돌보기 위해 할머니가 그리스에서 찾아온다. 뜨개질과 사진 찍기가 취미인 레오를 아빠는 남자답지 못하다고 못마땅해하고, 불운은 연속해서 일어난다. 레오가 마음을 주던 할머니마저 세상을 떠난다. 레오는 그 후로도 많은 역경을 겪는데, 그때마다 할머니의 말씀을 떠올린다.

'할머니는 불운을 물리치는 유일한 방법이 뜻밖의 친절이라고 했다. 그것만이 삶이 구렁텅이에 빠질 때 우리가 무너질 거라고 믿는 악마를 혼란스럽게 할 거라고.'

이 구절을 읽다가 나는 한참을 더 들여다보았다. 뜻밖의 친절, 할머니는 그것이 베푸는 친절인지 받는 친절인지 구체적으로 말하지 않았지만, 아시다시피 받는 것은 내 마음대로 할 수 없으니 내가 할 수 있는 건 그걸 주는 일일 뿐일 것이다. 어쩌면 그건 배고픈 이의 고달픈 삶의 길에서 반짝이는 작은 은화 같은 것이었으리라. 그것이 받는 것이든 주는 것이든. 또한 내가 그것을 남에게 주면 삶의 구렁텅이에 빠진 한 사람을 구할 수도 있다. 우리 모두 알다시피 인간은 이상하게도 남이 나로 인해 행복해지면 덩달아 행복해지는 존재가 아니던가.

누가 누가 더 나쁠까

가장 어두운 시간에도
행복은 존재한단다.
불을 켜는 것을 잊지 않는다면 말이지.
—영화 〈해리 포터〉 중에서

베들레헴 주님 탄생 기념 성당에서 갈릴래아로

버스는 예루살렘 쪽으로 올라가다가 방향을 틀어 지하에 있는 좁은 주차장으로 들어갔다. 우리는 예수가 탄생한 베들레헴에 도착한 것이다. 토마스 형제가 말했다.

"지금부터 정신 바짝 차리셔야 해요. 요르단이 아니에요. 여기서 서로를 놓치면 정말 큰일 납니다."

길은 마치 서울 남산의 오래되고 좁은 뒷골목처럼 이어졌다. 가끔 예쁜 카페가 보이길래 안전한 지역인지 물어보았더니 '치안이 개판'인 지역이고 나 같은 여자는 '절대로' 혼자 돌아다녀서는 안 된다는 경고가 계속 날아왔다. 요르단에서 일행들이 밤에 과일을 사러 나가기도 했다는데 이곳은 확실히 달라 보였다. 헉헉거리며 200여 미터를 도보로 올라가니 언덕이 나오고 주님 탄생 기념 성당(Church of the Nativity)이 나타났다. 사람들로 가득 찬 이 언덕에는 주님 탄생 기념 중앙 성당(그리스정교회 소속), 성 카타리나 성당(로마 가톨릭 소속), 그리고 이슬람의 모스크 등이 서 있었다.

'빵의 집'이라는 뜻의 베들레헴은 전 세계에서 몰려든 관광객으로 성당 안은 물론 광장까지 사람들로 붐볐다. 콘스탄티누스대제의 어머니 헬레나 성녀가 327년경 이 성당을 짓게 했다고 하니 1,700년도 넘은, 세계에 현존하는 가장 오래된 성당이라고 한다.

이곳에 오기 여러 해 전부터 나는 크리스마스 무렵이 되면 여러 번 베들레헴의 기온을 검색했다. 어린 마리아가 만삭이 되어 방 없는 낯선 도시 베들레헴을 헤맬 때 그들에게 몰아치던 바람은 얼마나 찼을까 싶어서였다. 보통 12월 베들레헴의 밤 기온은 7~8도. 밖에서 그냥 서 있기에도 추운 날씨이다. 패딩 점퍼도 침낭도 없던 때, 문을 두드리는 여관마다 거절당했을 때, 마리아는 어떤 기분이었을까. 첫아이를 낳기 전 그 긴장과 두려움을 어머니가 된 여자들은 안다. 마리아는 그리고 요셉은 '설마' 했을 것이다. '하느님 아기이니 곧 좋은 곳을 마련해 주시겠지' 생각했을지도 모른다.

그러나 인간에게 거절당하고 또 거절당한 하느님의 아들은 마구간으로 쓰이는 어느 동굴만 겨우 허락 받는다. 그리하여 태어난 그 아기는 동물들의 먹이통에 놓였다. 아기를 바닥에조차 누이지 못했던 것은 바닥에서 끊임없이 냉기가 올라왔기 때문이었을 것이다. 아마도 요셉이 자기의 겉옷을 벗어 아기를 덮었을지도 모른다. 그리고 그 어린 부모는 밤새 추위에 떨었을지도 모른다. 한 신부님은 당시 베들레헴의 마구간을 현대적으로 해석하자면, 어떤 작은 도시의 시

외버스 터미널 화장실 구석 정도가 아닐까 하셨다. 느낌이 확 왔다.

하느님의 아들은 뭐 하러 이런 고생을 해가며 어린 아기로 세상에 왔을까. 인간의 아기란 누구든 손에 쥐고 바로 없애버릴 수도 있는, 아무것도 할 수 없는 무력함의 극치. 마리아와 요셉 또한 무력하고 힘없는 가난한 사람들이었다.

그냥 숲에서 아니면 광야 동굴에서 멋있는 성인인 채로 걸어 나와도 될 일이었다. 실제로 성경에 등장하는 멜기세덱이라는 사제는 그 부모가 누구인지도 모르고 어린 시절을 본 사람도 없다고 하지 않는가. 그렇게 튼튼한 서른 살의 청년으로 걸어 나와도 될 일이었다. 아니 그게 더 신비하고 멋있을지도 모른다. 그러면 나중에 나자렛 고향으로 가서 설교하실 때, "저 사람은 우리가 아는 그 아이 아니었던가" 하고 손가락질을 받지도 않았을 것이다.

아무튼 성경은 그 시작부터 비효율적이다. 왜 하느님은 천사를 보내어 마리아를 찾아가 잉태에 대한 허락을 구하고 고뇌에 빠진 요셉의 꿈에 간여하고, 해산일이 되자 이 지상에 방 한 칸도 예약해 놓지 않고 자신의 아들을 보냈을까.

곰곰 생각해 보면 하느님 하시는 일이 이렇다. 모세가 홍해를 건널 때 그냥 바다를 쫙 갈라지게 해도 될 것이었다. 그러나 굳이 모세에게 지팡이로 그것을 치게 한다. 그렇다고 바로 바다가 쫙 갈라지는 것도 아니다. 하느님은 밤새 동풍을 보내 바다를 말린다(「탈출기」 14장 21절).

만일 구세주의 탄생이라는 이 거대한 프로젝트에서 마리아가 "아

베들레헴의 주님 탄생 기념 중앙 성당. 주님 탄생 기념 성당은 로마 가톨릭, 그리스정교회, 아르메니아 사도교회가 공동으로 관리하는데 중앙 성당은 그중 그리스정교회에 소속되어 있다.

'예수 탄생 별'로 불리는 열네 개의 꼭짓점을 가진 은색 별. 성모 마리아가 예수를 낳은 지점
으로 알려졌다.

니오, 싫어요"라고 했으면 어찌하려고 하느님은 이리 했을까. 요셉이 의심 끝에 짜증을 내며 마리아를 팽개쳤으면 어쩌려고.

언젠가 어떤 신부님이 하신 말씀대로 "우리가 하느님을 믿는 것보다 차라리 하느님이 우리를 더 믿으신다"인 것일까. 요리를 하다가 아기에게 엄마랑 같이 빵 만들자 하며 몰랑한 반죽을 쥐어주고는, 빵이 다 구워지자 "아이고, 우리 아기가 맛있는 거 만들었네" 하는 엄마의 마음인 걸까? 나중에 예수가 오래도록 나를 울린 말, 자기가 병든 여인을 다 고쳐주고는 했던 그 말, "여인아, 가거라. 너의 믿음이 너를 구했다" 한 것처럼.

베들레헴 성당의 순례를 마치고 버스는 다시 아래로 내려가 갈릴래아 호숫가로 출발했다. 가이드인 토마스 형제의 설명이 이어졌다. 안식일이 시작된 모양이었다.

"해가 지는 지금부터 다음 해가 지는 저녁까지 만 스물네 시간 동안 안식일이에요. 안식일에는 아무것도 할 수 없어요. 음식이나 밥을 먹을 수는 있지만 요리를 할 수는 없고 전등을 켤 수도 없습니다. 남에게 그걸 하라고 시켜서도 안 됩니다. 그래서 유대인들은 해가 지기 전에 미리 전등을 켜두죠. 음식도 다 준비해 두고요. 먹은 그릇을 개수대까지 가져갈 수는 있지만 씻어서는 안 돼요.

제가 예루살렘 아파트에 살 때 한번은 아랫집 사는 독실한 유대교 할아버지가 문을 두드리더군요. 문을 열었더니 할아버지가 저를 빤히 보다가 자기 집으로 가는 거예요. 벌써 오래 이 지역에서 살았

124

기 때문에 눈치 9단이 된 제가 그분을 따라 그 집으로 들어갔죠. 밤이었는데 집이 몹시 어두웠어요. 그래서 제가 '아, 이거구나' 싶어 전등 스위치를 올려 그걸 켜드렸습니다.”

“전등을 켜는 건 안 되고, 문을 두드리는 건 된다고요?”

누군가 물었고 우리는 모두 웃었다. 생각해 보면 유대인들에게 이토록 엄격한 안식일 제도가 있지 않았다면 그들은—서구에서는『베니스의 상인』에 나오는 샤일록으로 대변되는 노랑이 영감 같은—어쩌면 쉴 새 없이 일을 시켜 노예와 가축을 다 죽여버렸을 것이다. 과로로 말이다. 아니다. 나는 정정한다. 유대인이 아니라 '인간은'이라고.

토마스 형제가 계속 말했다.

“이스라엘 맥도날드에는 치즈버거가 없어요. 고기와 유제품을 함께 먹을 수 없으니까요. 이건「탈출기」와「신명기」에 각각 '너희는 숫염소 새끼를 제 어미의 젖으로 삶으면 안 된다'고 한 구절에 의거한 거라고 보이죠. 아브라함 때만 해도 천사가 왔을 때 엉긴 젖(아마도 요구르트인 듯)과 요리한 송아지 고기를 대접하는데, 이후 금지된 것 같아요.

유대인들의 음식에 대한 규율을 '코셔(Kosher)'라고 하는데, 거기 보면 짐승 가운데 발굽이 갈라진 동물 중 되새김질하는 것만 먹을 수 있어요. 소, 양, 염소, 사슴은 먹을 수 있고 돼지와 토끼는 먹을 수 없지요. 고기를 먹고 여섯 시간 안에 유제품이 들어간 것도 먹을 수 없어요. 예를 들어 스테이크를 먹고 나서 디저트로 아이스크림이

나 케이크도 안 되겠죠. 밀크를 넣은 티나 커피도 안 됩니다."

누군가 대답했다.

"그게 써 있다고 그렇게 잘 지킬 거면 '고아와 과부를 돌보고 이방인 나그네들에게 잘해주어라. 너희도 한때는 남의 땅에 빌붙어 사는 이방인이었다', 뭐 이런 말은 왜 안 지킬까요?"

우스갯소리 같았지만 아무도 웃지 않았다. 이미 그건 잘해주고 아니고의 문제가 아니라 총을 쏘고, 대포를 날리고, 폭격을 퍼붓는 문제가 아니던가.

"이스라엘 사람들을 이해 못 하는 것도 아니에요. 눈을 뜨면 테러 위협이에요. 버스 정류장에 서 있는 것도, 슈퍼마켓에 가는 것도 모두 위험하게 느낀다면 어쩌겠어요. 실제로 테러로 많이 죽었고요."

"그거야 자기네들이 멀쩡한 남의 나라에 와서 우리가 이천 년 전에 살던 땅이니 나가라 했으니 당연하지요. 이스라엘이 얼마나 잔인하게 그들을 내몰았어요? 이천 년 전에는 우리가 여기 살았다며 말갈족, 여진족이 우리 땅을 점령하는 것보다 더한 일 아니겠어요?"

버스가 갈릴래아 호수에 도착하기 전까지 우리들은 남의 민족과 그 옆의 다른 민족의 일에 대해 토론을 했다. 토마스 형제 혼자 이스라엘 대변인이라도 된 듯이 진땀을 뺐다.

여기 오기 전까지 나 역시 이스라엘의 행태를 못마땅하게 생각하고 있었다. 당연했다. 동양의 노벨상으로 불리는 로터스상을 수상한 팔레스타인 작가 갓산 카나파니의 소설 「하이파에 돌아와서」를 읽은 후로 그 생각은 구체적으로 굳어졌다.

소설 「하이파에 돌아와서」는 1948년 폭격으로 느닷없이 고향 자기 집에서 쫓겨났던 한 부부가 20년 만에 돌아와 겪는 일에 대한 이야기이다. 그때 신혼이었던 주인공들은 집에 두고 온 갓난아기를 데리러 돌아갈 수 없었다. 세월이 흘러 20년 만에 돌아오자 자기들이 살던 집에는 유대인 부부가 자신들의 아이를 양자 삼아 키우고 있었다. 양자가 된 아들은 20년 만에 만난 자신의 부모에게 말한다. "내 조국은 이스라엘입니다. 저는 이스라엘을 위해 싸우러 갑니다."

이들 부부는 이스라엘과 싸우러 나간 자신들의 작은아들이 큰아들과 서로 총부리를 마주할 것임을 짐작하고, 소설은 끝난다. 그리고 작가 카나파니는 이스라엘이 설치한 폭탄에 의해 죽었다. 나는 이십 대에 그의 소설들을 읽고는 더욱더 그런 생각을 했었고 한 번도 수정하지 않았다. 어쩌면 내가 이스라엘에 입국해 느끼는 불편함도 이 편견에 기인한 것인지 몰랐다.

'나쁜 유대인 놈들, 불쌍한 팔레스타인 사람들.'

그런데 조금 다른 이야기 같지만, 영화로도 만들어진 윌리엄 폴영의 소설 『오두막』에 이런 대목이 나온다.

아이 여섯의 아버지 매켄지는 바쁜 아내를 두고 어린 세 아이만 데리고 캠핑을 간다. 위의 두 아이가 보트를 타다가 뒤집어지는 사고가 일어나자 매켄지는 호수에 뛰어들어 그들을 구한다. 그러고 나서 보니 막내 미시가 보이지 않았다. 겨우 여섯 살짜리 소녀였던 아이는 연쇄 유괴 살인범에 의해 납치된 걸로 밝혀진다. 그 후 근처에서 아이의 피 묻은 드레스가 발견되지만 아이를 찾지 못했고 그들은 시신 없이 장례를 치른다. 이후 가족들은 저마다의 죄책감과 분노로 각자 그리고 함께 불행해져 갔다.

어느 날 그에게 하느님으로부터 편지가 도착한다. 막내딸 미시의 피 묻은 드레스가 발견된 오두막에서 만나자는 것이다. 미친 짓이라고 생각했지만 강렬한 이끌림에 그는 오두막으로 간다. 그리고 거기서 하느님을 만난다.

하느님, 그들은 모두 셋이었다. 흑인 여성인 '성부', 중동인으로 보이는 키 작은 남자인 '성자' 예수, 그리고 늘 머릿결을 휘날리며 사라졌다 나타나고 나타났다 사라지는 신비한 동양 여성 '성령'.

그들과 지내다가 매켄지는 잠언에 등장하는 지혜의 여인과 같은 소피아를 만난다. 소피아는 심판에 대해 이야기하며 막내딸을 살해한 범인에 대한 의견을 묻는다.

소피아가 묻는다.

"순진한 어린아이를 희생한 자는요? 그자는 어떻게 하죠? 유죄인가요? 심판받아야 하나요?"

"그럼요, 그놈은 지옥에나 떨어지라고 해요."

그가 소리쳤다.

"당신 딸을 잃은 것이 그의 탓인가요? 그를 무시무시한 인간으로 만들었던(이 범인은 무자비한 가정폭력의 희생자이기도 하다) 그의 아버지는 어떻게 하지요?"

"그자도 지옥으로 가라고 해요."

"매켄지, 우리가 어디까지 가야 할까요?(그 또한 폭력 가정의 피해자였으니) 이 망가짐의 유산은 아담으로까지 거슬러 올라가는데."

매켄지는 대답하지 못한다. 소피아는 더 묻는다.

"아담이라고 무사할까요? 이 모든 일을 벌인 분은 하느님인데, 그는 어떻게 할까요?"

『오두막』. 이 소설은 우화라기보다는 현실적인 문장들로 이루어져 있지만 이 질문은 그즈음 나의 고민과도 맞닿아 있었다. 전 세계 모든 살인자들의 70퍼센트는 어린 시절 아동학대 피해자였다. 성격이 형성되는 만 3세까지의 일을 기억할 수 없다는 것을 감안하면 학자들은 그들이 버림을 받기 전인 세 살 이전에 학대에 노출되었을 가능성까지 해서 90퍼센트 이상이 아동학대, 가정폭력의 피해자라고 추정한다. 이 연구 결과에서 가정폭력이라 함은 직접적인 폭력에의 노출뿐 아니라 어머니나 여타 가족이 당한 폭력, 즉 집안 내의 모든 폭력도 포함되는데, 이 기억도 깊은 상처를 남김을 의미했다. 사이코패스라고 우리가 괴물처럼 인식하는 그들도 실은 어린 시절의 학대와 폭력으로 인해 전두엽의 일부가 발달하지 못했다는 가설도 있다. 타고나는 것이 아니라는 것이다.

실제로 내가 만나는 사형수들 거의 다가 어린 시절 폭력의 희생자들이었다—나는 지금 그들이 희생자이기 때문에 무고하다고 말하는 것이 절대 아님을 또 설명해야 할 듯하다. 그들은 세상에 태어나 버림받았고 멸시받았고 매 맞았다. 어린 그들이 살려달라고 도와달라고 울부짖었을 때 그들이 찾던 엄마의 따뜻한 품은 없었다. 이웃도 없었다. 친척들도 먹고살기 힘들어 그들을 학대한 후에 버렸다. 그 엄마들도 살아야 했고 그 엄마의 엄마들도 친척들도 살기가 힘겨웠다. 그래서 그들은 그렇게 아이를 방치하거나 버리거나 때렸다. 그들은 태어나 사랑이나 친절 같은 것을 배울 기회가 거의 없었을지도 모른다.

우리 사회를 떠들썩하게 만들었던 정인이 학대치사 사건 이후 터져 나온 또 하나의 엽기적 아동학대 살인사건 중에서 이모와 이모부가 열 살 아이를 굶기고 개똥을 먹이고 물고문 해서 참혹하게 죽인 사건이 있었다. 그때 모든 사람은 의아해했었다. 아이 엄마는? 왜 이모가 아이를?

나중에 밝혀진 사실이지만 그 자매—그러니까 아이를 버린 엄마와 학대자인 이모—는 살인자의 딸들이었다. 자매의 아비는 자신의 아내와 처형을 자신의 집에서 열두 시간 동안 묶어두고 고문해 살해해서 교도소에 복역 중이었다. 그 폭력이 처음이 아니었다. 앞서 다섯 명의 의붓어머니 모두 그 폭력의 희생자였고 그의 딸들 역시 매 맞고 고문 당했다. 그 자매는 폭력이 살육으로 변하는 범죄 현장 속에서 어린 시절을 보냈을 것으로 추측된다. 자매는 아버지가 감옥에 가자, 자신들의 아버지를 제발 사형시켜 달라고 국민 청원까지 내서 유명해졌다. 자매들은 방송에 나와 폭력 피해자로서 자신들의 심정을 호소했다. 그들은 피해자가 당하는 아픔을 잘 묘사하여 많은 국민들의 안타까움을 샀다. 그리고 불과 2년 후, 그들은 아동학대 살인자가 되었다. 어떻게 이런 일이 있을 수 있을까. 이런 서사를 가진 인간은 교도소 내에 수천 명이나 된다. 그러니 내 공감은 과잉일까.

원래 모든 범죄에서는 그 범죄의 실행자보다 지시자를 더 단죄한다. 도덕적으로는 그를 그렇게 만든 이를 더 단죄한다. 이스라엘과 팔레스타인의 3,000년간의 미친 듯한 싸움 속에서 우리가 섣불리 판관이 될 수 있을까. 누가 더 나쁜지 누가 아는 것일까.

버스는 다시 동쪽으로 내려가 갈릴래아 호숫가에 다다르고 있었다. 뜻밖에도 멋진 풍경이 펼쳐졌고 갈릴래아 호수가 내려다보이는 곳마다 유대인의 고급 별장과 콘도들이 보였다. 안식일이 시작된 거리는 고요했다. 어리석게도 나는 문득 먹어본 지 오래된 치즈버거가 먹고 싶었다.

이스라엘과 팔레스타인의 3,000년간의 미친 듯한 싸움 속에서 우리가 섣불리 판관이 될 수 있을까. 누가 더 나쁜지 누가 아는 것일까.

지금은 요르단 땅인 페트라 유적을 바라보며.

"이것밖에는 길이 없어"

주님, 이렇게 저를 내팽개쳐두어서

도대체 얼마간의 시간을 허비하게 만드실 것입니까.

얼마만큼의 시간을 더 기다려야 합니까.

내일 또 내일, 그 내일까지입니까.

— 아우구스티누스, 『고백록』 중에서

갈릴리라고도 하고 갈릴래아라고도 하는 호수는 생각보다 크고 아름다웠다. 이 사막지대에, 이 바위투성이 광야에 이런 넓은 호수가 있다는 사실 자체가 경이로웠다. 우선 그 규모를 보면 동서로는 가장 긴 곳이 약 14킬로미터, 남북으로는 가장 긴 곳이 21킬로미터, 전체 둘레는 약 53킬로미터에 달한다. 길이 21킬로미터를 상상해 보면, 한남대교 남단에서 판교 톨게이트까지가 21킬로가 안 되니 그보다 더 긴 호수로 상당히 크다. 호수는 생각보다 컸고 깊은 곳은 수심이 약 45미터나 되며, 무엇보다 여기에서 고기가 많이 잡혔다. 성경에 보면 예수 제자들의 주요 구성원들도 이 호수의 어부들이었다.

이곳의 수면은 약 해발 -210미터이다. 게다가 예루살렘 쪽으로는 해발 800미터로 1,000미터 이상 고도 차이가 나는 산지이고 요르

갈릴래아 호수. 생각보다 크고 넓고 아름다웠다.

단 쪽으로도 역시 높은 산지이니 가끔 바람이 불면 몹시 물결이 거세었다고 했다. 성경에 예수의 제자들이 풍랑 앞에서 어쩔 줄 몰랐던 것이 그제야 이해가 되었다.

우리가 묵은 호텔 앞이 바로 호수였다. 우리가 도착한 날은 보름이었다. 완벽한 원을 가진 아름다운 보름달이 호수 위로 떠올랐다. 아름다웠다. 플루메리아 꽃이 한창이어서 나는 하와이에라도 온 듯 그 꽃송이를 머리에 꽂아보았다. 요르단의 광야를 거쳐 이스라엘의 고단한 기행 중에 들렀지만 일부러 휴양지에라도 온 듯 평화로웠다.

다음 날은 배를 타고 갈릴래아 호수를 건너갔다. 바람이 불지 않아 배는 푸른 장판 위를 미끄러져 가는 것 같았다. 언제 다시 이곳에 올지 알 수 없지만 갈릴래아 호수의 아름다움은 두고두고 남았다. 고단한 기행과 기행 사이 쉬는 시간 같았다. 바람은 상큼했고 공기는 딱 알맞았다.

먼저 요르단강 세례 터에 도착했다.

깜짝 놀랐다. 걸어서 열 걸음만 가면 될 좁은 도랑 같은 것이 강이라니. 6미터 폭이니 손을 뻗으면 닿을 듯한 곳에서 요르단 국기가 펄럭였고 그쪽으로 내려온 관광객들이 이쪽을 향해 손을 흔들었다. 세례 터에는 수많은 버스와 사람 들이 몰려 있었다. 흰옷을 준비해 와서 다시금 세례 의식을 하는 사람도 있었다. 흰옷 입은 세계 각국의 인종들이 모두 모인 것 같았다.

서로 사진을 찍어주다가 흰옷 입은 아프리카계 사람을 보고 인사를 나눈 다음 "아프리카에서 오셨어요?" 하고 물었다. 그녀가 대답했다.

"아니요, 캐나다요."

요르단강에는 찌는 듯한 더위가 시작되고 있었다. 나도 모르게 그녀의 일행을 살폈다. 백인이나 동양인은 한 명도 없었다. 모두 흑인이어서 그렇게 물었던 것인데 고정관념이 깨어지는 통쾌함 같은 것이 나를 스쳐 지나갔다. 나중에 나는 쿰란 유적지에서 또 어떤 일행과 마주쳤다. 거의가 금발인 여성들의 순례였다. 어디서 왔느냐는 말을 서로 주고받으며 나는 그들이 독일인쯤 될 거라고 짐작했다. 그런데 그들은 이스라엘인이며 예루살렘에서 왔다고 했다.

그녀는 교리 수업을 받고 별러서 이곳에 왔다고 했다. 커다란 체구의 여인은 벌써 땀을 흘리고 있었지만 하얀 가운을 입은 얼굴에는 기쁨이 가득했다. 나는 그녀에게 축하한다고 말해 주었다. 그리고 잠깐 그녀와 그녀의 일행들을 위해 기도했다.

나는 벌써 다섯 대녀들의 대모다. 그들이 내 대녀가 된 사연도 가지가지다. 그녀들은 벨기에 국경이 가까운 서부 독일 아헨과 남동쪽 바이에른주의 오틸리엔, 서울과 거제, 그리고 광주에서 각각 영세를 받았다. 그녀들 모두 세례 받을 때 많이 울었다. 갓 태어나는 아기처럼 말이다. 영적 엄마가 된 나도 그들과 함께 많이 울었다. 그걸 뭐라고 말해야 할까.

그중의 한 대녀와의 사연은 아직도 내게 신비로 남아 있다.

우리 학교 건축학과의 홍일점이었던 그녀는 대학을 졸업한 직후 공장에 가기 위해 나와 함께 합숙을 하며 공부하던 사이였다―그래 그 시절에는 공장에 가기 위해 합숙하며 공부했다. 독재에 맞서 소위 혁명을 해보겠다고 자발적으로 노동자가 되려던 그런 시절이었다. 10년 후 우리는 당연히 혁명가가 되지 못했고 자본주의의 파도 속으로 휩쓸려 들어갔다. 우리는 그저 서로의 결혼식에만 겨우 참석했고 각자의 삶의 자리로 돌아간 뒤 서로 소식이 끊어졌다.

10여 년 전 나는 어느 지방에 있는 대학에 강사로 초청받아 그곳을 방문했다. 강연 후에 한 여성이 내게 다가왔다. 뜻밖에도 그녀였다. 거의 20년 만의 만남이었을 것이다. 바빴지만 그래도 짬을 내어 잠시 차를 마시는데 그녀가 담담히 근황을 이야기했다. 앞서도 말했지만 그녀는 우리 학교 건축학과의 홍일점이자 총학생회 간부였다. 빛나는 눈동자가 아름다운 총명한 여성이었다. 우리가 서로 마지막으로 보았을 때 그녀는 유수한 건축사무소에 근무하고 있었던, 장래가 촉망되는 건축인이었다. 그러나 얼핏 보기에도 그녀의 행색은 얼마간 초라했고 지친 기색이 얼굴 전체에 퍼져 있었다.

그녀가 말했다.

"나? 그냥 집에 있어. 애들 보지. 결혼하고 두 아이를 낳았는데 둘째가 장애인이야. 세상이 말하는 자폐아. 나는 내 모든 커리어를 포기해야 했고."

그녀의 얼굴은 푸석했다. 그토록 총명하고 아름답게 빛나던 눈은 생각 탓이었는지 슬픔으로 흐릿해 보였다. 나는 예의가 아닌 줄 알았지만 그녀의 이야기를 다 듣지도 못하고 눈물을 쏟고 말았다. 듣는 나는 울고 당사자인 그녀는 울지도 않았다.

서울로 가야 하는 기차 시간이 다가오고 있었다. 언제 다시 우리가 만날지 알 수도 없었다. 일어서며 내가 말했다.

"야, 너 하느님 믿어! 이거밖에 정말이지, 아무런 길이 없어."

이제껏 흐릿하던 그녀의 눈이 처음으로 강렬하게 나를 주시했다. 어이가 없다는 표정을 숨기지도 않은 채였다. 우리는 독재에 대한 저항을 이야기하고 러시아와 프랑스 혁명 혹은 마르크스와 헤겔 철학을 논하던 사이였다. 그런데 이제 20년 만에 만난, 유명한 작가가 된 친구가 기껏 한다는 말이 "할렐루야!"라는 게 황당한 듯했다. 말해 놓고 나도 그랬다. 돌아오는 길에도 내내 눈물이 났다. 여자의 인생이라는 것이 이렇구나, 신파 같은 체념도 떠올랐다. 차라리 그냥 따뜻한 말이라도 해줄걸. "하느님 믿어"라니, 대체.

그로부터 5년쯤 지난 어느 날 그 친구에게서 문자가 왔다.

"아이 때문에, 아이로 인해, 아이 덕에 나도 영세를 받게 되었어. 네가 한 말 기억나지? 그러니 책임져."

몇 달 후 그녀는 성당에서 아들과 함께 영세명 안젤라로 다시 태어났다. 내가 그녀의 대모였다.

나와 인사를 나눈 아프리카계 캐나다인인 그녀도 내가 축복하며 기도해 주겠다고 하자 기뻐했고, 그녀의 눈에는 벌써 눈물이 고여왔다. 그녀도 세례를 받으며 많이 울 것 같았다. 그 눈물은 좋은 것, 그녀는 생명과 환희의 눈물을 이 요르단강에 보태고 가리라.

나는 사흘 동안을 갈릴래아 호숫가에 머물렀다.

그중에서 가장 인상적인 곳은 나중에 돌아본 막달라 마리아 기념 성당(Church at Magdala)이었다. 그 성당은 가장 최근에 지어진 곳으로 실제로 터 자체의 발굴이 2000년이 넘어서라고 했다. 로마에 본부를 두고 있는 그리스도의 레지오 수도회가 이곳을 사서 피정의 집을 지으려고 땅을 파다가 우연히도 발견한 유물들이라니 하느님의 섭리는 참으로 오묘하시다. 그래서 이곳은 이스라엘 여행 안내서에는 거의 나와 있지 않다. 갈릴래아 호숫가를 순례 중이라면 다른 곳도 중요하지만 이곳은 꼭 둘러보라고 권해드리고 싶다.

우선 이곳은 대성당과 각 경당의 벽화들이 놀랍도록 아름다웠다. 게다가 대성당의 제대는 배 모양이어서 미사를 드리려고 신자석에 앉아 바라보면 사제가 예수님이 타셨던 배 위에 서서 미사를 집전하는 듯했다. 그 뒤로 갈릴래아 호수가 보임은 물론이다. 시간이 좀 있어 나 혼자 대성당 뒤로 돌아보니 지은 지 1년도 안 되어 보이는 현대적 리조트가 있었다.

예루살렘에 입성하기 전 우리는 타보르산 주님의 거룩한 변모 기념 성당(Church of the Transfiguration)으로 갔다. 산 아래 주차장에서 작은 차들이 우리를 나누어 싣고 올라갔다. 우리 동네에서 가까운 구례 사성암이라는 사찰도 그와 같은 방식을 택했는데, 아니나

최근에 발견된 막달라 마리아 기념 성당. 제대가 배 모양으로 되어 있어 마치 사제가 배 위에서 가르치는 듯하다. (위) 각 경당에 엄청난 미술 작품들이 전시되어 있다. 꼭 가보시길. (아래)

주님의 거룩한 변모 기념 성당. 입구 쪽에 줄지어 있는 사이프러스 나무들이 아름다웠다.

다를까 올라가보니 길은 좁고 지대는 상당히 가파르고 높았다. 예수께서 베드로와 야고보와 요한만 데리고 올라 그 희고 거룩한 모습을 보이셨다는 성당이었다. 그 길에서부터 성당까지 죽 이어져 심긴 사이프러스 나무가 가로등처럼 아름다웠다. 이곳을 가꾸고 계신 프란치스코회 수사님들의 노고에 새삼 감사했다.

타보르산은 히브리어로 '높은 산'이라는 뜻이라고 한다. 너무 썰렁한가 싶은데, 여기 올라오면 모든 것이 다 보여서 "다볼 산이에요" 하는 아재 개그까지 이어졌다.(아재 개그의 특징은 자꾸 들으면 약간 짜증이 나면서도 하는 수 없이 웃게 만든다는 것이다. 그리고 특징이 하나 더 있다. "아, 그만 하세요" 해도 잘 끝나지 않는다.) 버스를 타고 올 때 멀리서도 보일 정도로 산이 우뚝했다. 이 산은 십자군 때부터 수없이 많은 전쟁터가 되었고 그중 유명한 전투도 여러 번이었다. 게다가 이 산은 이스라엘에서도 비교적 비옥한 이즈르엘 골짜기 중심에 있다.

타보르산 위의 성당은 모두 세 개다. 주님의 거룩한 변모 기념 성당, 모세 기념 성당, 엘리야 기념 성당. 현재 이스라엘에서 가장 아름다운 성당으로 알려진 이 주님의 거룩한 변모 기념 성당은 이탈리아의 유명한 건축가 안토니오 바를루치(Antonio Barluzzi)가 설계하여 1924년에 완공했다고 한다. 우리는 대성당 왼쪽의 모세 기념 성당에 들어가 미사를 드렸다. 이곳에서 예수가 만난 또 한 사람을 기리는 엘리야 기념 성당은 우측에 있다.

성경에 보면 베드로가 이곳에 와서 거룩하게 변모하신 예수님을 보고 말한다.

"주님, 저희가 여기서 지내면 좋겠습니다. 주님께서 원하신다면 제가 여기에 초막 셋을 지어 하나는 주님께, 하나는 모세에게, 하나는 엘리야에게 드리겠습니다."

예수님은 말이 없고 대신 하늘의 목소리가 들려온다.

"이는 내 사랑하는 아들이니 나는 그를 어여삐 여겼노라. 너희는 그의 말을 들어라."

이상한 건 예수의 말이 기록되지 않았는데도 "그의 말을 들으라"는 하늘의 소리가 들려온다는 것이다. 왜일까.

타보르산은 아름다웠다. 예수님도 내려가기 싫었을지 모르겠다. 베드로가 그렇게 말했을 때 그의 마음이 일순 흔들렸을지도 모른다. 사람들을 고쳐주고 나서 가끔 혼자 외딴곳으로 기도하러 떠났던 내향적 사람, 이 젊은 예수에게 호젓한 산 초막은 얼마나 큰 유혹이었을까. 게다가 이제 여기서 내려가면 그는 십자가를 지고 고문받고 못 박혀 죽어야 함을 알고 있었다.

시간이 되어 우리도 그곳을 내려왔다. 문득 하동 나의 집이 떠올랐다. 아름다운 풍광과 산맥들 그리고 나의 고요가. 초막을 서른 개라도 지어 머무르고 싶은 나의 마음도. 어떤 명분과 정의가 나를 유혹해도 더는 저 저잣거리로 나서고 싶지 않은 나의 마음도.

가까운 신부님이 내 고해를 들은 후 말씀하신 적이 있다.

"힘드신 건 알지만 마리아 씨가 이 사회를, 이 역사를 정면으로 바라보는 일을 회피하지 않으셨으면 해요."

타보르산과 넓게 펼쳐진 비옥한 이즈르엘 평원.

아마 하동으로 거처를 옮기고 글을 그만둘 각오를 할 무렵이었을 것이다. 무어라 대꾸를 하려 했는데 결국 나는 아무 말도 하지 못했다. 그 곁에 서 있던 자매는 안타까워하며 말했다.

"하지 마, 마리아. 하지 마! 생각해 봐, 너만 다쳐! 너는 결코 그들을 이길 수 없어."

무의 황홀,
사막으로 가고 싶었다

침묵과 긴 기도 가운데 영혼을 가다듬기 위해,

사막을 만들고 애착하던 사람들도 조금씩 떠나보내고

고독을 추구하는 일은 반드시 필요하다.

'영성 생활이 사막'이란 바로 그런 것이다.

하루에 한 시간, 한 달에 하루, 일 년에 일주일,

필요하다면 좀 더 길게…

모든 것을 내려놓고 오직 하느님과 함께 머물러야 한다.

—카를로 카레토, 『사막에서의 편지』 중에서

쿰 란 유 적 터 와 유 다 광 야

땡볕은 사방에서 내리쪼였다. 선글라스를 끼고도 눈이 부셨다. 사해 쪽으로는 철조망이 끝도 없이 쳐져 있고, 건너편으로는 깃발을 흔들면 화답을 받을 듯한 가까운 거리에 요르단이 바라보였다.

사해는 세상에서 가장 낮은 곳에 위치한 호수이다. 이미 해발고도 0보다 많이 낮은(약 -430미터) 땅이기에 어디로 물을 내보낼 수도 없다. 그리하여 그는 모든 것을 그저 받기만 하고 나눠주거나 버리거나 내보내지 않아 그 자신과 모든 것을 죽였다.

구약에 나와 있는 불과 유황으로 멸망했다는 소돔과 고모라도 이 사해 남부의 도시였다. 모세가 죽었던 요르단의 느보산에서 바라보았을 때도 말했지만 이곳은 지진에 의해 함몰된 지반이라고 한다. 그러나 그 치명적인 소금 함량이 어떻든—나중에 수영복 입고 들어가보

앉는데 진짜 둥둥 떴다. 호수는 시치미를 뚝 떼고 시리게 푸른 하늘빛을 닮아 잔잔했다. 저 안에 생물이 단 하나도 살 수 없다는 게 믿기지 않았다. 얼핏 보기엔 그냥 지중해의 휴양지를 닮았는데 말이다.

그 바로 근거리에 있는 쿰란은 정말 오고 싶던 곳이다. 예수 시대 이스라엘에는 대충 네 개의 분파가 있었다고 한다. 사두가이와 바리사이 그리고 에세네파와 열성당원들이 그것들이다. 사두가이는 대제사장의 직분을 세습하는 당시의 최고 권력자들이었다. 그들은 부활도 내세도 믿지 않았다. 바리사이파는 "하느님께 가까이 가야 한다"며 안식일과 율법에 몰두했다.(나중에 바오로는 "나는 바리사이였다"고 고백한다.) 오늘날로 말하면 지식인층쯤 되는 것 같다. 열성당원은 아시다시피 예수 시대에 로마에 저항한 말하자면 '운동권들'이었고, 에세네파는 세상과 단절해 신을 찾는 사람들이었다. 오늘날로 치자면 수도자들의 원형 같았다. 당시 주류를 이루었던 이 부류들 중, 쿰란 공동체는 에세네파 사람들이 모인 것으로 추측된다.

쿰란 유적 터는 1947년 세상에 알려졌다. 길 잃은 염소를 찾던 목동이 한 동굴을 발견했고 그 안에 있던 항아리 여덟 개를 세상에 알린 것이 이 쿰란 발굴의 시작이었다. 항아리 속에는 글씨가 가득한 두루마리들이 있었다. 이 두루마리들은 현재 예루살렘에 있는 이스라엘 박물관 '성서의 전당'에 보관되어 있다. 그것은 우리가 오늘날 보는 구약이 씌어진 두루마리다. 이 두루마리를 기록한 사람들은 위에서 말한 대로 에세네파 혹은 에세닌파라고 불리는 사람들이다. 이들은 독신이어야 했고 재산을 공유했으며 자급자족, 금욕, 동굴 생활과 정결례를 치르고 광야에서 공동생활을 했다. 어쩌면 그리스도교 수도원의 모체 같은 곳이기도 하리라. 기록에 따르면 이들의 수는 많을 때는 4,000명 가까이 되었다고 한다.

시원한 전시관으로 들어가니 영화가 상영되고 있었다. 이곳 쿰란 공동체의 발굴과 현재를 보여주는 영화였다. 그곳을 지나면 성경을 필사했던 방, 정결례 목욕탕, 물 저장소, 공동체 부엌과 식당, 그리고 작업장 등의 모형이 이어졌다. 그들이 쓰던 식기와 접시도 재현되어 있었다. 뒷문으로 나오면 아직도 발굴 중인 집터와 물 저장소 같은, 정결례가 거행되던 곳의 유적들이 이어졌다. 정결례장은 목욕탕처럼 생겼는데, 깊은 곳으로 내려가 몸을 담글 수 있도록 계단이 마련되어 있었다. 오늘날 우리가 야외 수영장에 가면 볼 수 있는 것과 거의 똑같은 구조였다. 이들은 낮에는 종려나무를 가꾸고 대추야자를 따며 지급자족하는 노동을 했고 저녁이 되면 몸을 깨끗이 씻는 정결 예식을 하고 나서 양피지에 성경을 필사하는 일을 했다고 한다.

특히 이곳에서 발견된 양피지에 쓰인 「이사야서」 필사본은 현대의 성경과 일점일획도 틀리지 않았다니 엄격하고 훈련된 노동이었으리라. 7미터 길이의 「이사야서」 두루마리는 1장부터 66장까지 완벽하게 보존되어 있었다.

재미있는 것은 이 쿰란 필사본이 발견되었을 때 그걸 입수한 학자들이 두루마리 앞뒤를 스카치테이프로 붙여놓았는데—이것은 당시 최고 기술이었다고 한다—이 스카치테이프를 떼는 데 다시 40년이 걸린다고 한다. 더욱 재미있는 것은 이 두루마리가 100년만

1947년 목동에 의해 우연히 발견된 이후에도 쿰란 유적과 유물 들은 계속 발굴되고 있다.

더 먼저 발견되었어도 이것은 형체도 없이 사라졌을 것이라는 거다. 기술적 한계 때문이다.

사해를 등지고 뒤를 돌아보니 사진을 찍어 달력으로 만들어도 될 듯한 기암괴석이 이어진 광야가 펼쳐졌다. 유다 광야였다. 자세히 보니 어느 괴석 아래서 유대인으로 보이는 젊은이들이 암벽등반 훈련을 하는 모양인데 그들의 크기가 새끼손톱보다 작게 보였다. 그러니 이 광야는 얼마나 광대한 것일까.

유다 광야는 다른 사막들과는 좀 다른 특징을 몇 가지 가지고 있었다. 우선 그 폭이 20킬로미터 정도로 좁았고 인근의 예루살렘, 베들레헴, 헤브론 등 도시와 가까웠다. 게다가 주변에는 거주 지역도 있었다. 도시 생활과 가까웠기에 우기에 풀이 돋으면 유목민들도 드니들었고 수도원 형태의 종교 단체(예를 들어 쿰란 공동체 같은)도 거주지로 삼을 수 있었다. 또한 정치적, 사회적으로 도시에서 도피해야 할 사람들도 이리로 모여들었다. 생필품을 조달 받을 수 있으면서도 사람들의 시선을 벗어날 수 있었기 때문이리라.

세례자 요한이 이 쿰란 공동체에도 잠시 다녀갔다고 한다. 예수도 40일 동안 이 광야에서 단식했다. 예수도 이 공동체를 알았을 것이다. 훗날 예수가 최후의 만찬을 준비하려는 제자들에게 "이제 당신들이 성안으로 들어가면 어떤 사람이 물항아리를 지고 당신들에게 마주 올 것이니 그가 들어가는 집으로 그를 따라가시오. 그러면 그 사람은 당신들에게 자리를 깐 큰 이층방을 보여줄 것입니다. 거기에 음식 준비를 하시오"('「루카복음」22장 10, 12절)라는 말이 나온다.

여자가 아니라 남자가 물동이를 들고 간다는 설정으로 보아 그가 여자 없이 사는 독신이고, 아마도 에세네파 사람일 거라고 추정한다고 했다. 예수가 최후의 만찬을 위해 빌렸던 장소는 아마도 유다 광야에 본부를 둔 '에세네 수도원 예루살렘 사무소'쯤 된다는 것일까.

끝도 없는 광야. 풀 한 포기 나지 않고 물 한 방울 없는 광야. 유백색의 메마른 광야는 나를 매혹했다. 이곳에 머무르며 어둠까지 내린다면 그때는 신과 내가 대면하는 그런 순간이 오는 것은 아닐까.

오래전부터 나는 사막에 가고 싶었다. 예수의 작은 형제회에 들어가 사하라 사막에서 10년간 노동하고 기도했던 이탈리아의 작가 카를로 카레토의 여러 책들, 그중에서도 『사막에서의 편지』 같은 책은 나를 뒤흔들어놓았다. 그중 가장 인상적인 대목은 각자 자신을 만나기 위해, 결국 신을 만나기 위해 사막으로 왔던 사람들이 밤이 되면 여기저기서 통곡을 터뜨리는 소리가 들려왔다는 대목이었다. 왜 그렇지? 생각하기도 전에 벌써 내 눈에도 눈물이 고여왔다.

부질없는 감각에 빼앗겨버린 너무도 중요한 것, 세상의 소음에 산란해져 놓쳐버리고 만 어떤 음성, 전구 빛에 빼앗겨버린 별의 빛들…… 오래전 미술관에서 명화란 어떤 것일까를 고민한 적이 있었다. 여러 차이가 있지만 가장 중요한 명화의 특징은 단순하다는 것에 있었다. 정물이나 인물화의 경우 대개 그 배경은 완전 암흑이거나 단순처리 된 것이었다. 모든 허접한 것을 지워버리지 않고는 우리는 어떤 대상에 도달할 수 없는지도 모른다. 하동에 내려와 혼자 고요 속에 머무르면서 나는 그걸 깨달았다.

중요한 것 하나만 남기고 나머지는 지우거나 억제해야 했다. 새벽녘 그 고요한 시간에 드리는 기도가 가끔은 시끄러움에 방해 받는 신비를 나는 알게 되었다. 자극적인 영화나 시사에 대한 동영상을 보는 것도 영향을 주었지만 제일 마음을 시끄럽게 한 것은 사람들과 만나 부질없는 이야기들을 나누었을 때 다음 날 새벽까지 이어지는 영향이었다. '정신 시끄럽다'라는 표현이 무엇인지 새삼 실감이 나는 것이다. 부질없는 만남들, 결국은 결국에는, 자신이 아니라 타인의 결점을 들추어 비난하고 마는 그 대화에서 남겨진 것이 얼마간 독약과도 같이 느껴진 순간도 있었다.

그러니 수많은 성인들, 수많은 현자들이 인간 세상을 떠나 사막으로 간 것이었으리라. 거기에는 우리 감각을 미혹시키는 배경들이 가장 최소화되어 있기 때문이리라. 불교에서 '미혹'이라고도 말하는 그 모든 감각을 지워버리고 나면 인간은 하는 수 없이 자기 자신을 만난다. 그리고 통곡하는 것이다.

대답은 간단해졌다. 마치 몇십 년 만에 만난 어머니를 붙들고 울듯이, 어쩌면 그것보다 더 간절히 그리워하며 내 밖에서 찾아 헤매던 그 사람을 만나게 되니까. 결코 잊어버리지 않았으나 잊은 줄만 알았던 첫사랑의 기억과도 같은 나 자신. 사람은 신의 모상을 닮게 만들어졌으니 그 나 자신 속에 사랑의 원천인 신의 모습이 들어 있으니까 말이다. 인간에게 그보다 더한 그리움이 있을까.

통곡의 벽

영원히 살기 위해 죽습니다.

맞습니다.

당신은 부활할 것입니다.

바로 그 순간 나의 주님이 될 것입니다.

당신의 고통이 당신을 하느님께로 인도할 것입니다.

—말러, 교향곡 2번 〈부활〉 중에서

예 루 살 렘 올 드 시 티 와 통 곡 의 벽

버스가 예루살렘으로 오르는 동안 홀연히 하늘이 어
두워지더니 갑자기 검문이 더 많아지고, 나무와 풀 혹은 광야 말고
건물들이 많이 보이기 시작하자 예루살렘으로 입성한다는 것이 실
감되었다. 여행 중 처음으로 비가 뿌리기 시작했다. 여름옷을 입고
도 더웠던 사해 지역에서 출발한 버스는 예루살렘에 이르러 갑자기
히터를 틀어야 했다. 기온은 32도에서 9도까지 떨어졌다. 한 시간 남
짓한 사이의 변화였다. 버스 안에서 겉옷을 꺼내 입었지만 목도리도
둘러야 할 만큼 추웠다.

몸에서 이상 신호가 오기 시작했다. 열이 나는지 으슬으슬 추웠
고 기침이 시작되었다. 서둘러 마스크를 끼고 혹시라도 코로나일지
몰라 사람들과 더욱 거리를 두었다. 나뿐이 아니라 여기저기서 기침
소리, 목이 잠긴 소리들이 들려왔다.

예루살렘. 평화라는 뜻의 '샬롬'에서 유래되었다는 도시, 그러나 평화와는 가장 거리가 먼 도시. 아브라함이 신의 명령에 따라 이삭을 죽여 바치려고 시도했던 곳(모리아산)이며, 다윗이 성을 지어 솔로몬의 영화의 토대를 마련하고 드디어 솔로몬이 성전을 지어 봉헌했던 도시. 오랜 시간 후 유대인들이 떠났을 때 메카에서 태어난 마호메트가 하필이면 이리로 와서 승천한 도시. 그리고 예수가 죽어 묻히고 부활한 도시. 그래서 여의도의 10분의 1 크기인 이곳은 유대교, 이슬람교, 그리스도교, 세 종교의 성지이다. 특히 이슬람에게도 예루살렘은 메카, 메디나와 함께 3대 성지이다.

우리가 예루살렘을 표현할 때 흔히 쓰는 사진에 등장하는 황금 돔 사원이 있는 곳은 이슬람 지역이다. 691년 이슬람은 여기에 이 사원을 지었다. 그 황금 돔 사원 지붕에는 실제로 순금 500킬로그램이 쓰였다고 한다. 이스라엘은 4차에 걸친 이슬람과의 전쟁에서 모두 이겼으면서도 이 사원만은 손대지 못했다.

이렇게 복잡한 의미와 역사를 지닌 예루살렘은 그리하여 네 지역으로 분할되어 있다. 예루살렘 성안, 즉 올드 시티 지역을 시계판으로 본다면 정오부터 3시 반까지가 이슬람 구역, 3시 반부터 6시까지가 유대인 구역, 6시부터 9시까지가 아르메니아 구역, 9시부터 12시까지가 그리스도교 구역이다.

이 구역들은 각각 입장이 금지된 것이 아니어서 도보로 돌아다닐 수 있었지만, 나중에 나 혼자 올드 시티 성안에서 발길 닿는 대로 걸어 다닐 때 실제로 총을 든 유대인 병사들의 제지를 받았다. 적의에 가득 찬 것은 아니었고 여자인 나 혼자 이슬람 구역으로 가지 말라는 것이었다. 실제로 올드 시티 안의 골목길은 덩치 큰 사람 둘이 걸어가면 꽉 찰 듯 좁았다. 그 양옆은 모두 집들이 빼곡한데 거기서 슬쩍 문을 열고 나와 나를 데리고 들어가면 그대로 끝일 수 있겠다 싶었다.

제일 먼저 간 곳은 외신이 유대인들의 소식을 전할 때 가장 많이 자료 화면으로 나오는 그 벽, 통곡의 벽이었다. 지금은 서쪽 벽이라고도 불리는 이 벽은 유대인이나 유대교에 관한 기사에서 사람들이 붙들고 바라보고 있는 바로 그 벽이다. 나는 드디어 예루살렘 올드 시티, 그 성벽 앞에 서게 된 것이다. 검정 옷을 입은 유대인들이 벽을 붙들고는 고개를 까딱까딱 빠르게 자동인형처럼 움직이며 기도하고 가키색 군복을 입은 이스리엘 젊은이들이 총을 들고 광장 어기저기서 우리에게 날카로운 눈초리를 겨누고 있었다.

이곳은 유대인들의 전통상 남자와 여자가 기도하는 곳이 구분되어 있었고 사람들로 만원이었다. 우리가 보는 벽은 그 높이가 약 18미터, 길이가 50미터이지만, 그 아래로 커다란 돌의 단이 지하로 17단이나 더 들어가 있다고 한다.

사람들이 그곳을 순례하며 미세하게 갈라진 성벽의 돌 틈마다 자신의 소망이 적힌 쪽지들을 꽂아놓았는데 이제 더 이상 뭘 집어 넣을 틈도 없어 보였다. 신앙이 없는 여행객은 물론 가톨릭여행사에서 온 우리 일행도 여기에 소망을 적은 종이를 끼워 넣고 있었다.

통곡의 벽은 예루살렘 성전이 두 번째로 지어진 후에 다시 파괴되어 버릴 때 유일하게 남은
한 조각이다. 서쪽 벽이라고도 불린다.

기도하고 있는 랍비와 순례자들이 적어 꽂아놓은 소원을 비는 쪽지.

동양과 서양, 아프리카든 북극이든 어딜 가든 이런다. 어떤 인생이든 과거든 현재든 혹은 미래든 행복하기만 하다거나 건강하기만 하다거나 죽지 않는다거나 하는 사람을 단 한 명도 알지 못하면서 언제까지나 자신과 자신의 가족은 그렇게 되게 해달라고 빈다. 결국 저 쪽지들은, 그리고 이제껏 올린 내 기도는 그런 거다. 아버지의 뜻이 아니라 내 뜻이 이루어지게 해달라는.

한때 이 성안은 이 일대에서 가장 아름다운 곳 중의 하나였다. 기록에 의하면 예수 탄생 무렵 이스라엘을 통치하던 헤로데 왕 재위 기간 동안 예루살렘의 인구는 기존의 두 배인 6만 명까지 불어났고 왕궁은 물론 더 크게 확장되었으며 야외 극장과 경기장도 건설되었다고 한다.

그 시절 예루살렘의 성전이 또 얼마나 아름다웠는지는 다른 기록에도 남아 있다.

헤로데의 성전을 보지 못한 사람은 누구나 그의 생애에서 아름다운 건축물을 바라볼 기회를 놓친 것과 같다. 그 성전은 파랑 빨강 녹색 등 다양한 색깔의 대리석으로 이루어져 있다. 헤로데는 그 돌에 금칠을 하고 싶어했지만 현인들은 그냥 내버려두라고 했다. 있는 그대로의 모습이 더 아름다웠던 것이다. 대리석이 마치 출렁이는 파도처럼 보였기 때문이다.

—『바빌론 탈무드』 '선해' 중 마지막 운 편(『예수 시대의 생활풍습』에서 재인용)

성벽을 쌓은 대리석들의 무늬가 출렁이는 파도처럼 보였다니 그 아름다움이 실로 상상이 되지 않는다. 요르단의 페트라 같은 곳에 서 기이한 색깔의 대리석들을 보고 온 터라 약간 짐작이 가능할 뿐 이었다.

『바빌론 탈무드』에는 이 세상에 아름다움의 척도 열 가지가 주 어졌는데 예루살렘이 그중 아홉 가지를 가졌다고 했을 정도이니 그 당시 이 황량한 지대에 우뚝 솟은 예루살렘의 영화가 대단했다는 것을 짐작게 한다.

이런 기록들을 상기하면 예수께서 "진실히 여러분에게 이르거니 와, 돌 위에 돌 하나도 여기에 남아 있지 않고 허물어질 것입니다" (「마태오복음」 24장 2절)라는 말씀을 하자 사람들이 왜 그에게 살의를 느꼈는지도 약간은 이해가 간다.

유대인들이 여기에 도읍을 정한 후 예루살렘은 총 30차례 침입을 받았으며 지배자만 스무 번이 바뀌었고 완전히 파괴된 것만 열 번이 라고 알려졌다. 이곳을 지배하던 왕국은 우리가 세계사에서 이름을 들어본 거의 모든 왕국들이라 해도 과언이 아니다. 아시리아, 신바 빌로니아, 페르시아, 마케도니아 그리고 로마 등등. 게다가 이들은 이 집트, 튀르키예, 러시아 등등의 강국을 이웃하고 있다. 여기에 살던 이스라엘인들이 아직 여기에 있는 것 자체가 어쩌면 세계사적 기적 에 속할 수도 있다.

통곡의 벽은 이 성전이 두 번째로 지어진 후에 다시 파괴되어 버 릴 때 유일하게 남은 그 한 조각이다. 일찍이 예수가 죽기 전 예루살렘을 보며 여기 성전이 완전히 무너질 것이라고 예언한 대로 로마인들은 서기 70년경 유대인의 반란을 진압하여 이 성전을 완전히 파괴했다. 완전히 파괴하는 데 5개월이나 걸렸다고 하니 성의 규모가 어떠했을지 짐작도 가지 않는다.

그런데 이 파괴의 주역인 로마의 티투스 장군은 유대인들에게 본때를 보이기 위해서였을까. 일부러 서쪽 벽 하나만 남겨두었다. 유대인들은 타향에 흩어져 살다가 1년에 딱 한 번 허락된 날, 아브월 (유대력 5월, 우리 달력으로는 7~8월) 아홉 번째 날 여기에 와서 기도했으니 통곡이 나올 법도 하겠다. 게다가 여기는 자신들이 극한의 성스러움으로 여기던 지성소와 가장 가까운 벽이라고 했다. 이후 거의 2,000년이 지난 1967년 '6일 전쟁'에서 승리한 이스라엘은 이 벽을 되찾는다.

이곳에 와서 젊은 부부 마리아와 요셉은 그들의 첫 아기 예수를 성전에서 봉헌했다. 당시의 풍습에 따른 것이었다. 그때나 지금이나 기도하러 가거나 축복 받으러 가는 데는 돈이 필요한 것인지, 가난한 마리아와 요셉은 성전 예물 중에서 큰 것들을 살 수가 없어서 살아 있는 비둘기 한 쌍을 사서 봉헌했다. 가장 작은 예물이었다. 묵주기도 드리는 중에 '마리아가 예수를 성전에서 봉헌하심'이라는 대목을 묵상할 때, 나는 당신들의 첫아기에게 더 좋은 것을 선물해 줄 수도 없었을 그들의 가난에 대해 가끔 생각하곤 했다. 어쩌면 아름답고 아픈 광경이었다. 그렇게 가난한 집안에서 자란 예수는 후일 이곳으로 와서 바리사이들과 논쟁했고 결국 배운 것도 없고 집안도 변변치 않다면서 그들에게 멸시 당했고 모함 받았다. 그는 군중들에게 그렇게 미움 받으며 혁명적인 하늘나라를 알렸고 얼마 후 잡혀 죽었다.

예수, 그는 가난하게 태어나 가난하게 살다가 가난하게 죽었다. 사는 동안 어떤 영화도 맛본 일이 없다. 그런데 그가 선포한 구절 "가난한 사람들아, 너희는 행복하다. 하느님의 나라가 너희의 것이다"라는 선언은 그 이전에도 그 이후에도, 아직까지도 아무도 더는 말한 이가 없다. 그는 여기서 더 나아간다. 지금 슬퍼하는 사람, 지금 박해를 받는 사람도 행복하다고 선언한다. 그들이 땅을 차지할 것이고 그들이 하늘나라의 주인이라고 말이다.

역사를 통틀어 혹 가난하고 의롭고 슬퍼하고 박해 받는 사람들을 긍휼히 여기는 이들은 있었고 혹 편을 들어 울어주는 이들도 있었고 혹 이런 사람들을 위해 싸워주는 이들도 더러 있었으나 가난하고 의롭고 슬퍼하고 박해 받는 사람이 행복하다 못해 하늘나라가 그들의 것이고 땅을 차지하게 될 것이라고 선언한 사람은 예수뿐이었다.

이 혁명가 예수에게 군중들은 환호했다. 내가 서 있는 광장도 그렇게 사람들로 가득했다. 유대교인들과 그리스도교 순례자들이었다. 통곡의 벽 위쪽으로 보이는 황금 돔 사원에는 또 이슬람 순례객들로 가득했다. 그들이 경배하는 신은 '평화'를 외쳤건만 신이 한 말 중에서 평화, 그것만 여기에 없었고 그들은 그것 빼고는 모든 것을 다 철통같이 지키고 있었다.

이상 징후는 이제 잇몸으로까지 왔다. 잇몸이 다 들뜨고 욱신거리기 시작했다. 상비약으로 가져온 에키네시아 정제와 와일드 오레가노 오일은 이미 여행 초기부터 아픈 자매들에게 거의 다 나누어주어서 몇 알 남아 있지 않았다. 타이레놀 몇 알을 얻어 나는 오전 일정을 겨우 마치고 혼자 호텔로 먼저 가야 했다. 가이드에게 안내를 받아 택시들이 줄지어 서 있는 곳으로 가면서 마지막으로 광장을 돌아보았다.

예수께서도 이 길을 걸어가셨을 것이다. 돌아가시기 전 예루살렘에 입성할 때 수많은 군중이 메시아로 그를 칭송하며 종려나무 가지를 들고 환영했다. 그것은 곧 혁명이라도 일어날 만큼 대단한 것이었으리라. 그러나 며칠 후 바로 그 군중은 빌라도 앞에서 "예수를 십자가에 못 박으시오!" 하고 외치는 군중이 되었다.

1994년 여름, 내가 쓴 세 권의 소설이 시내 대형서점의 베스트셀러 10위권 내에 동시에 오르는 초유의 일이 일어나며 세상에 내 이름을 알리게 되었던 때가 생각난다. 돌아보면 신기하게도 아직 서른 초반이었던 내 마음속에 기쁨 말고 다른 목소리가 계속해서 울렸다. "대중을 다 믿으면 안 된다. 인기란 파도의 물거품 같은 것이다. 절대로 그들과 타협해서도 기대어서도 안 된다. 그들의 변덕에 상처받아서는 안 된다"라는 소리였다. 그리고 나는 우리나라에서 단행본을 가장 많이 판 작가가 되었다. 그러나 작가가 된 지 35년이 지나

어떤 인생이든 과거든 현재든 혹은 미래든 행복하기만 하다거나 건강하기만 하다거나 죽지 않는다거나 하는 사람을 단 한 명도 알지 못하면서 언제까지나 자신과 자신의 가족은 그렇게 되게 해달라고 빈다. 결국 저 쪽지들은, 그리고 이제껏 올린 내 기도는 그런 거다. 아버지의 뜻이 아니라 내 뜻이 이루어지게 해달라는.

는 동안 그 소리를 단 한 번도 잊은 적이 없었다. 다만 시간이 좀 지난 후 그 목소리에 하나가 더 추가되긴 했다.

"그리고 감사를 잊어서도 안 된다."

그렇게 그 길을 걸어 나오는데 이상하게도 스테파노 성인 생각이 났다.

가톨릭교회는 최대의 축일인 크리스마스 축일 바로 다음 날인 12월 26일에 성 스테파노 축일을 지낸다. 매일 미사를 다니던 내게 그것은 신선한 충격이었다. 왜였을까? 왜 이 성대한 주님 생일 다음 날 예루살렘 도시 한복판 광장에서 돌 맞아 죽은 스테파노라는 사람의 축일을 지내는 것일까. 그리스도교 신자가 되려면 기쁜 구세주를 맞이한 후 돌에 맞아 죽을 각오를 해야 한다는 말인지도 모른다. 진리란 이 세상에서 그런 취급을 받는다. 진실을 이야기한다면서 아무런 고통이 없는 사람을 그러므로 우리는 한 번쯤은 의심해 봐야 하는 걸 거다.

성탄 다음 날 새벽 미사를 가서 그의 죽음에 대한 이야기가 울리는 「사도행전」을 들으면 신선한 소름이 돋곤 했었다. 스테파노는 예수가 죽은 뒤의 제자였다. 열두 제자 이후에 처음으로 선출된 일곱 부제 중 한 사람이라고 보는 이들도 있다. 그는 그리스에서 태어난 유대인으로 추측되는데 예루살렘에 사는 젊고 능력 있고 총명한 이였다. 사람들은 그의 얼굴에서 천사를 보았다고도 하니 용모도 훌륭한 젊은이였던 것 같다. 하지만 자신들과 견해가 다르다는 이유로 당시 유대인들은 그를 돌로 쳐 죽인다.

나중에 어떤 신학자의 주해를 읽으니 스테파노 성인의 죽음으로 인해 사도들은 두려운 나머지 예루살렘을 떠나 각 지방으로 도망갔고 그래서 여러 곳으로 흩어져 퍼지게 되었다고 한다. 바오로 역시 이 일의 가담자인 것을 두고 크게 회개하여 주님의 제자가 된다. 아시다시피 바오로는 이방인들의 전도자이다. 만일 스테파노가 거기서 죽지 않았다면 제자들은 예루살렘에 머무르며 어떻게든 유대인들을 설득하려 했을까? 바오로도 크게 잘못한 일 없으니 크게 회개할 일도 없었을까?

그날 이후 이방으로 떠난 제자들의 제자들의 제자들이 퍼지고 퍼져 오늘의 내게 이르렀다는 생각이 어느 미사 때 들었다. 성경에 나오는 스테파노의 순교가 내게로 이어지며 역사의 직선이 쭉 그어지는 듯한 환각도 들었다. 베이징의 나비 날갯짓이 뉴욕의 폭풍을 일으키는 것보다 신비로웠고, 스테파노 성인이 너무나 가깝게 여겨지며 감사의 눈물이 고여왔다.

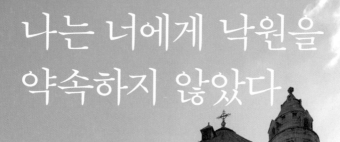

나는 너에게 낙원을
약속하지 않았다

야훼 집에 가자 할 때, 나는 몹시도 기뻤다.

우리는 벌써 왔다, 예루살렘아,

네 문 앞에 발걸음을 멈추었다.

예루살렘아, 과연 수도답게 잘도 지어졌구나.

모든 것이 한 몸같이 잘도 짜여졌구나.

—「시편」 122장 1~3절

예 루 살 렘 올 드 시 티 주 님 무 덤 성 당

검정 제복을 입은 유대인 남녀가 입실은 3시부터 가
능하다며 조기 입실을 거절했다. 몸이 많이 아파서 그러니 일행은
나중에 올 거라서 방 하나 정도는 미리 내어줄 수 없겠냐고 사정을
해보았지만 그들은 규칙상 안 된다고 대답했다. 예전에 다른 나라들
에서도 이런 경우 청소가 덜 되어 곤란하다고 거절당한 적이 있었
다. 그러나 그들은 대개 3시가 되기 전 우선으로 방 하나를 내어주
곤 했다. 거의가 그랬다.

나는 편견을 갖지 않으려고 애쓰면서 알았으니 기다리겠다고 대
답했다. 그런데 '평범'한 호텔 프런트에서 두 시간 일찍 입실하는 것
에 대한 '평범'한 이야기를 나누면서 이렇게 기분이 점점 나빠진 것
은 평생 처음이었다. 감기 때문에 내가 너무 예민해져서일지도 모르
겠다고 나는 나를 달랬다.

타이레놀을 먹고 로비에서 두 시간쯤을 버티었다. 정확히 정각 3시에 그들이 나를 불렀다. 5분이나 10분쯤 일찍 줄 수도 있는 일인데 좀 너무하다 싶었지만 나는 고맙다고 말하며 내 방 열쇠를 받았다. 트렁크를 끌고 엘리베이터 앞에 섰는데 이 최신식 호텔의 엘리베이터는 얼마나 최신식인지 밖에서 미리 내가 갈 층의 번호를 누르는 형태를 하고 있었다. 엘리베이터를 타고 내 방이 있는 층에 도착했는데 문이 열리지 않았다. 당황해서 다시 한 번 살펴보니 이 최신식 멋진 엘리베이터에는 내부에 아무런 스위치가 없었다. 겨우 하나 있는 이머전시 버튼을 누르자 아무 대답도 없었다. (이래서 가끔 나는 디지털이 싫다.)

아무튼 그러기를 여러 번, 잠시 후 이머전시 버튼 저 너머에서 귀찮아 죽겠다는 듯한 여자의 목소리가 퉁명스레 들려왔다. 내가 자초지종을 말하자 여자는 기다리면 곧 가겠다고 했다. 그러는 동안 엘리베이터의 모든 불이 꺼졌다. 관광객들도 모두 관광을 나간 텅 빈 오후 시간, 누군가 다른 층에서 엘리베이터 버튼 누르기를 기다리기도 어려운 듯했다.

나를 달래며 지루하게 서 있었다. 허리가 쑤셔오며 근육통도 시작되었다. 서 있기도 힘들 정도로 몸살이 본격적으로 시작된 모양이었다. 내가 엘리베이터에 갇혀 있던 시간은 총 40분쯤 되었다. 그것도 이머전시 버튼을 눌러서 직원이 나를 구해준 것이 아니라 미국인 부부가 우연히 밖에서 문 열림 버튼을 눌렀던 것이다. 나중에 살펴보았지만 그 엘리베이터는 그 후로 단 한 번도 고장이라든가 수리

중이라는 팻말을 달고 있지 않았다.

나는 문득 이것이 예루살렘이 나를 맞이하는 특유의 방식인가 싶어 불길함이 스쳤다. 이건 합리의 영역이 아니었다. 이제 더한 고통의 여정이 기다리고 있을 것이라는 예감이 스쳤다. 나는 성경에 여러 번 나오는, 내 생각에 아주 이상했던 그 구절, 스테파노가 죽는 것을 보고 제자들이 했던 그 말, 나중에 베드로도 하고 요한도 하는 그 말, "그들은 유대인들이 두려워서"라는 말이 무엇인지 어렴풋하게 느끼기 시작했다.

다음 날 한국의 일행은 모두 떠나고 나 혼자 예루살렘에 남았다. 기대했던 호텔들은 모두 예약이 어그러지고 하루에 거의 40만 원에 육박하는 호텔비를, 그것도 미리 내고 열흘 정도 있을 숙소를 정했다. 올드 시티의 뉴 게이트를 나와 시청 쪽으로 10분만 가면 있는 좋은 호텔이었다.

그런데 이튿날부터 나는 서툰 영어로 유대인인 호텔 경영자들과 큰 소리로 다투었다. 첫날 이들은 지하실 같은 방을 내어주고 하루만 지나면 바꾸어준다더니 다음 날부터 모르쇠했다. 돈이 아까웠다. 몇 번 항의를 하자 겨우 바꾸어준 방이 공사 중인 길 바로 앞의 1층 방이었다. 나는 이번에는 팔을 걷어붙이고 로비로 나가 큰 소리로 항의했다. 정말이지 순례 중에 그러지 않으려고 했지만—이건 하느님이 아실 거다—노골적으로 무시하는 티가 역력했다. "너희가 바꿔주기로 하지 않았느냐"는 물음에 그들은 귀찮다는 듯이 대답했다.

"그래? 나는 너에게 그런 약속 한 적이 없는데? 뭐, 매니저가 그랬다고? 그럼 매니저한테 물어봐……. 아, 정말, 그 사람 어제 휴가 갔다."

이런 식으로 나오지만 않았어도 내가 소리를 지르지는 않았을 텐데 싶었다. 돈을 미리 지불한 것도 후회가 되었다. 이럴 때는 방법이 하나뿐이었다. 일부러 관광객이 많이 오가는 늦은 오후 시간에 나는 다시 북적이는 로비로 갔다.

"나 여자거든. 나 여기서 혼자 여행하거든. 그래서 일부러 비싸도 여기 왔거든. 안전하려고 말이야. 그런데 여기 1층 방 그것도 공사 인부들이 다니는 창가 앞. 너희들, 여기서 내 안전 보장할 수 있어? 너희들이 위층의 전망 좋은 방 주겠다는 보장만 안 했어도 나는 여기 오지 않았을 거야. 너희는 약속을 어겼어. 그러니까 내 안전에 문제가 생기면 그건 너희들이 책임질 거지?"

서구인으로 보이는 관광객 무리가 나를 힐끗거렸다. 호텔 관계자들은 그제야 갑자기 내 상황을 이해하는 척하며 내 방에 오더니 새삼 심각한 표정을 짓고는 2층 구석방으로 안내했다. 나중에 떠나는 날 로비에서 매니저가 내게 다가오더니 몇 가지를 물었다.

"이해가 안 가는 게, 중년 여자가 그것도 혼자 왜 여기 머무르는 거지?"

"나는 한국에서 유명한 작가인데 예루살렘 여행에 대한 책을 쓰려고 해."

'유명한'이라는 말도 또렷하게 덧붙였다. 중년의 매니저는 약간 어이가 없는 듯한 표정을 짓더니 할 말이 없다는 듯 말했다.

"그건 참 드문 일인데, 그런 건 참 드문 일인데."

좀 켕기는 것 같았다. 나는 한껏 그를 째려봐주고 "너희 호텔에 대해서 쓸 거야" 하고 말하면서 그곳을 떠났다. 그가 마지막으로 "예루살렘이 어땠어?" 하고 물었을 때 "베리 언카인드!"라고 말해 준 것도 통쾌했다.

하지만 이게 다가 아니었다. 나중에 공항에서 출국할 때도 공항의 많은 검문마다 걸렸다. 똑같은 질문을 받았다.

"중년 여자가 왜 혼자?"였다. 그 후 나는 숨이 거의 턱에 닿도록 뛰어가 비행기를 탔다. 네 시간 전에 공항에 갔지만 그들에게 잡혀 있던 시간이 그렇게 길었던 탓이다. 나중에 친구가 말했다.

"네가 잘못했네. 중년 여자가 왜 예루살렘을 혼자 다녀."

가톨릭여행사 그룹을 보내고 처음 혼자가 된 새벽, 어둠과 추위의 공포를 참으며 올드 시티 성곽 안으로 들어가 걸어서 20여 분 거리에 있는 주님 무덤 성당(Church of the Holy Sepulchre)의 새벽 미사에 참례했다. 어둠 속에서 프란치스코회 수사님들의 오르간 소리로 미사가 시작되는데 눈물이 터져 나왔다. 예수님이 죽은 것이 슬퍼서가 아니라 내가 겪은 이 순례지의 냉대가 더 분했던 거다. 그게 좀 마음에 걸려 떨떠름하고 있는데 마음속에서 누군가가 말했다.

"언제 예루살렘이 낙원이라고 내가 말했더냐? 언제 이들이 나를 찾아오는 네게 친절할 것이라고 내가 말했더냐? 이제 보이니? 마리

주님 무덤 성당 내부. 어둠 속에서 가만히 바라보고 있으면 생각보다 많이 아름답다.

아, 나와 내 제자들이 받아야 했던 그 냉대와 수모 그리고 그 수많은 눈초리들."

신기하게도 마음속에서 들려오는 듯한 그 말은 내게 위로가 되었다. 내가 이제야 한국에서는 그저 머릿속으로만 대충 생각하던 그리스도와 그 제자들이 겪었던 그 수모와 냉대를 실감하는구나. 내가 예수의 수난을 조금씩 이해하는 거구나. 그러자 이상하게도 힘이 솟았다. 사랑하는 사람과 조금 더 하나 되는 그런 느낌. 함께 비를 맞는다는 그런 느낌.(물론 나는 이 말을 싫어한다. '비가 오면 우산을 씌워줘야지' 아니던가. 그런데 신기하게 이런 경우, 그게 맞았다. 주님과 그 제자들은 벌써 비를 맞아버리신 거니까.) 아니다. 내가 맞는 비를 예수님이 함께 맞아주시는 그런 느낌이었다. 나는 앞으로 남은 열흘은 혼자서 이런 마음으로 살아야겠다 생각했다.

지금
너는 어디로 가느냐?

오 감미로워라 가난한 내 맘에
한없이 샘솟는 정결한 사랑
오 감미로워라 나 외롭지 않고
온 세상 만물 향기와 빛으로
피조물의 기쁨 찬미하는 여기
지극히 작은 이 몸 있음을
오 아름다워라 저 하늘의 별들
형님인 태양과 누님인 달은
오 아름다워라 어머니이신 땅과
과일과 꽃들 바람과 불
갖가지 생명 적시는 물결
이 모든 신비가 주 찬미 찬미로
사랑의 내 주님을 노래 부른다.
— 성 프란치스코, 〈태양의 찬가〉

세 례 자 요 한 의 광 야 수 도 원

예루살렘에 정착하신 지 20년이 넘은 리노 형제님은 내 여정에 많은 도움을 주셨다. 리노 형제님의 차로 세례자 요한의 광야 수도원(St. John in the Desert)에 가기로 했는데 차 안에 낯선 분이 두 분 더 계셨다. 현재 파리 한인 성당의 주임으로 계시는 광주대교구의 정윤수 프란치스코 신부님과 목포 가톨릭대학의 조발 그니 빈첸시오 신부님이셨다. 우리는 함께 테오필로 신부님이 계시는 광야 수도원을 방문하기로 했던 것이다.

세례자 요한의 광야 수도원에 계시는 테오필로 신부님은 프란치스코 작은 형제회 소속의 수사 신부님이었는데 예루살렘에 파견된 지 10년이 넘으셨다고 했다. 차 안에서 간단하게 인사를 나누는데 조발그니 신부님께서 "저 기억 못 하시겠어요?"라고 물으셨다. 아무리 해도 기억이 나지 않았다. 그러자 조금은 서운하신지 내게 우리가 한번 만났던 때를 말씀하셨다. 20여 년 전 수도원 기행을 할 때 프랑스 리옹에서 이혜정 수녀님과 함께 계셨다고 했다. 이혜정 수녀 님이라면 내가 둘째를 낳던 1994년에 냉담하던 나를 일부러 찾아 와 헛되이 애써주시다가 1999년 내가 극적으로 회심하자 누구보다 도 기뻐해 주셨던 분이다. 그런데 그때 또 드라마틱하게도 수도원 기 행 중에 프랑스 리옹에서 그분을 만났던 것이다. 그때 그 기억이 어 렴풋하게 떠올랐다.

첫 번째 기행 때 젊디젊은 유학생이었던 신부님은 이제 중년의 신 부님이 되셨다. 그때 삼십 대 후반이던 나는 환갑을 맞이하고 있었 고. 두 분 신부님은 정윤수 프란치스코 신부님의 파리 본당 수리 비 용을 위해 성지순례를 하며 모금 중이라고 하셨다. 첫 번째 수도원 기행에서 뵈었던 분을 3차 수도원 기행이라고 해도 되는 이 여행 중, 20년 만에 해후하다니 신기한 기분이 들었다.

테오필로 신부님이 계시는 세례자 요한의 광야 수도원은 예루살 렘에서 40분 정도 떨어진 곳에 있었다. 성모 방문 기념 성당에서는 직선으로 3킬로미터밖에 떨어져 있지 않은 이곳은,『삼손과 들릴라』 의 그 들릴라가 태어났다는 소렉 골짜기를 끼고 있었다. 가파른 산 골짜기 비탈에 세워졌으나 오랜 시간 프란치스코회 수사님들의 정 성으로 어디나 그렇듯 정갈하고 소박했다. 이곳에 푸르게 자라는 나 무들은 그냥 심은 것이 아니라 돌담을 쌓고 물이 좀 가두어질 수 있 도록 만들어 심은 나무들이라고 했다. 그리고 한 3년은 주기적으로 물을 주어 키운 나무들이라고. 가끔 이쪽 지역을 돌아보며 생각하는 것이었지만 나무를 심고 씨를 뿌리고 그것을 놔두면 저절로 크는 우리 땅은 얼마나 감사한 곳일까.

아무튼 여기서 이렇게 나무라도 심고 기를 수 있는 것은 바로 그 안에 은수자의 샘, 즉 세례자 요한과 엘리사벳 성녀가 마셨던 수량 풍부한 샘이 있어서 가능한 일이었다. 은수자라고 하면 그리스도교에서는 사막으로 간 안토니오 성인이 그 시초라고 보통 생각하지만, 유대 광야에서 꿀과 메뚜기를 먹으며 살았던 세례자 요한 성인을 첫 은수자로 기리며 이름을 지었다고 한다.

우리는 그 샘물을 한 모금씩 마시고 바위들이 천연 그대로 놓여 있는 길쭉한 동굴처럼 생긴 성당으로 들어가 미사를 준비했다. 뜻밖에도 젊은 신부님 두 분을 만나 더군다나 모두 함께 미사를 드릴 수 있게 된 일이 정말 귀하고 감사했다.

이 성당이 있는 길쭉한 동굴은 예수의 탄생 소식을 듣고 그를 죽이려다 실패한 헤로데가 예수를 찾을 수 없자 그 무렵 태어난 아기들을 모두 죽이라고 명령했을 때, 성녀 엘리사벳이 어린 요한을 안고 피신한 동굴이라고 전해진다. 세례자 요한이 예수보다 6개월 정도 먼저 태어났으니 그도 아기였다. 외경에 의하면 당시 제사장이었던 요한의 아버지 즈가리야는 성소에서 피살되었다고 한다. 그러니 졸지에 과부가 된 성녀 엘리사벳이 이 동굴로 요한을 데리고 피신했을 것이다.

이제 나는 어떤 사람을 생각할 때 늘 그의 죽음부터 돌아보게 된다. 얼마 전에는 성경 구절들을 읽다가 눈물이 흘러내렸다.

감옥에 갇힌 요한이 예수에게 전갈을 보내서 "당신이 오시기로 한 그분 즉 구세주가 맞으십니까?" 하고 물었던 장면이었다.

요르단강에서 세례를 줄 때 "저기 하느님의 어린양이 가신다"라고 성령에 가득 차서 말했던 분이 왜 그런 마음 약한 질문을 하셨을까. 그러자 예수님은 또 시원하게 예스, 노가 아니라 이렇게 말씀하신다.

"여러분이 듣고 보는 대로 요한에게 가서 알리시오. 소경들이 보고 절름발이들이 걸으며 나병 환자들이 깨끗해지고 귀머거리들이 들으며 죽은 이들이 일으켜지고 가난한 이들이 복음을 듣습니다. 나에게 걸려 넘어지지 않는 사람은 복됩니다."(「마태오복음」 11장 4~6절)

어이없는 일로 감옥에 갇혀서, 그분이 메시아가 아니면 어쩌지, 모든 것이 그저 환각은 아니었을까 하며 두려워했을 요한의 처지에 마음이 아팠다. 어두운 감옥 안에서 요한은 지쳐 다 포기하고 싶었던 걸까.

내가 믿고 노력하며 지키려고 애쓰면서 살아온 인생이 헛된 것이 아니었을까 하는 생각이 죽음 직전에서야 들면 인간은 얼마나 마음이 아플까. 게다가 곧 요한은 목이 잘려 과일처럼 쟁반에 받혀 잔칫상에 전시될 몸이 아니던가. 그것도 사악한 인간들의 파티에 말이다. 그가 그것을 예감하지 못했을 리가 없다. 예수께서 "여자에게서 태어난 사람 중에서 이보다 더 나은 사람은 없다"라던 그에게 하느님은 이런 대접을 하신다. 나는 그게 너무나 슬펐다.

예전에 어떤 신부님께서 하신 말씀도 떠올랐다.

"죽는 순간, 그 마지막 찰나까지 마귀는 우리를 유혹할 겁니다. '하느님 같은 것은 없어. 다 헛 거야' 하고."

인도의 성녀 콜카타의 마더 데레사도, 프랑스의 성녀 데레사도 마지막 순간 이런 유혹을 겪었다고 했다. 그 훌륭한 분들이 겪었던 일을 나만 겪지 않을 거라고 생각할 수는 없었다. 꼭 죽음이 아니더라도 혼신의 힘을 다해 애쓰다 보면 어느 순간 이런 때가 찾아온다. '거봐, 다 소용없다니까. 세상은 변하지 않아, 너 혼자만 미친 짓 하는 거야.' 이보다 더 크고 강력한 유혹은 없다.

미사를 마치고 우리는 성녀 엘리사벳의 무덤인 동굴과 테오필로 신부님의 동굴 같은 거처도 순례했다. 테오필로 신부님은 프란치스 코회 수도자의 복장인 밤색 수도복을 입고 계셨다. 요르단의 모세 기념 성당에서도 그랬지만 예루살렘의 그리스도교 성지를 지키는 분들 중 가톨릭 사람들은 거의 다가 프란치스코회 수사님들이었다. 그들이 이 예루살렘을 지키는 것은 수도회의 창립자 프란치스코 성인이 예루살렘을 지키기 위해 십자군을 따라 여기까지 왔던 것에서 유래한다고 했다.

요르단의 모세 기념 성당에서도 그랬지만 이스라엘 곳곳의 가톨릭 성지에서 프란치스코회 수사복을 입은 신부님들을 마주치는 것이 내게는 예사롭지 않았다. 왜냐하면 하동에서 혼자 지내는 기간

은수자의 샘, 세례자 요한의 샘. (왼쪽) 자연 동굴을 그대로 살린 세례자 요한의 광야 수도원
성당 내부. 성녀 엘리사벳과 아기 요한의 모습이 벽화로 그려져 있다. (위)

동안 나는 아침마다 프란치스코 성인의 기도를 노래했기 때문이다. 그것은 〈태양의 찬가〉였다.

아침기도가 끝나면 나는 이 노래로 하루를 시작했다. 우연이겠지만 정원으로 난 스피커에서 이 노래가 울리면 때마침 엷은 바람이 불어오고 아침 햇살이 비스듬히 비쳐오는 정원에서 풀과 나뭇가지들이 춤을 추는 것만 같았다. 내 침실에서 늦잠을 잔 동백이가 그제야 어슬렁거리며 마당으로 나오고 나는 장화를 신고 목장갑을 끼고 커다란 밀짚모자를 쓰면서 음악에 맞추어 춤을 추기도 했다. 그러면 동백이도 잔디밭을 뛰고 그렇게 나의 일과는 시작되었던 것이다.

이 노래를 지은 성 프란치스코(1182~1226)는 당시 이탈리아 중부 도시 아시시에서 가장 부유한 상인의 아들이었다. 비단옷을 입고 부잣집 자제들과 아가씨들, 술과 고기에 둘러싸여 살고 있었다. 그의 아버지는 프란치스코의 이런 방탕을 못마땅해했지만 말리지 않았다. 아마 귀족 자제들과의 교류가 나중에 직물 장사에 도움이 될 거라고 생각했을지도 모른다. 그렇게 행복했던 프란치스코가 이 노래를 지은 것은 아니다.

젊은 프란치스코가 변하기 시작한 것은 이웃 도시국가인 페루자와의 전쟁에서 포로로 잡혀 1년 동안 감옥 생활을 하고 나온 후였다. 감옥에서 지독한 열병을 앓고, 지하 감방의 쥐 떼에 시달리면서 프란치스코는 처음으로 삶의 어둠을 맛보았고 그것이 그의 성장점을 친다. 그러나 그것도 아직 그의 삶을 다 바꾸지는 못했다.

약간 깨달은 것 가지고는 삶은 바뀌지 않는다. 대개는 약간 더 괴로워질 뿐이다. 삶은 존재를 쪼개는 듯한 고통 끝에서야 바뀐다. 결국 이렇게, 이러다 죽는구나 하는 고통 말이다. 변화는 그렇게나 어렵다. 가끔은 존재를 찢는 듯한 고통을 겪고도 바뀌지 않는 사람이 있는데, 대신 고통을 거부하려고 헛되이 싸우던 그가 망가지는 것을 나는 여러 번 보았다.

그러므로 고통이 오면 우리는 이 고통이 내게 원하는 바를 묻고, 반드시 변할 준비를 해야 한다. 이것은 그동안 우리가 가졌던 틀이 이제 작아지고 맞지 않음을 알려주는 것이다.

우리가 한낱 미물이라 여기는 매미도 허물을 벗어야 더 큰 성충이 된다. 매미는 그 허물을 벗기 전 제 껍질을 키우면서 그것을 벗어던질 줄은 몰랐을 것이다. 겨우겨우 얻은 먹이로 그 껍질을 키웠을 것이다. 그래도 매미는 그걸 버린다. 잠시지만 엄청나게 연약한 피부로 모든 위험에 노출된 채로 새로운 껍데기를 기다려야 하는 것이다. 모든 성장은 위험하다. 성장은 일종의 변형이고 변형은 딱딱하고 강한 것에서가 아니라 부드럽고 말랑말랑한 것에서만 이루어지기 때문이다.

아직 바뀔 준비가 되지 않은 채 여전히 멋진 기사가 되고 싶었던 프란치스코는 다시 몇 년 후 십자군을 따라나선다. 너도, 그리고 다른 너도 다들 그리로 가는 분위기였을 것이다. 그도 스스로는 엄청 비장한 결심을 하고 결연하게, 그러나 어쩌면 휩쓸려갔을지 모른다. 그런데 그렇게 진군하던 어느 날 그는 신비한 음성을 듣는다. 그 신

비한 음성은 그리 신비하지도 않은 질문을 던짐으로써 그의 일생을
뒤흔든다. 그 질문은 이것이었다.

"프란치스코야, 너는 어디로 가느냐?"

내 선배 하나는 이 세상에서 제일 근원적이고 실존적인 질문이란
'대체 내가 지금 여기서 뭐 하고 있는 거지?'라고 한 적이 있다. 그
이후로 나도 가끔 생각하곤 했다. '내가 대체 지금 여기서 뭐 하고
있는 거지?'라고. 요즘 말로 번역을 하자면 "여긴 어디? 나는 누구?"
쯤 될 것이다. 솔직히 이 질문을 스스로에게 던질 때처럼 제정신인
순간이 살면서 그리 많기나 하단 말인가.

어쨌든, "어디로 가느냐?"라는 실존의 질문 앞에 답을 하지 못한
프란치스코는 진군 행렬을 따라가던 것을 포기하고 아시시로 돌아
온다. 옛 친구들은 다시 모여들었다. 그는 유쾌하고 잘생기고 밥 잘
사주는 멋진 친구였다. 과거의 모든 습관을 끊는 것, 그중 사람의 인
연을 끊는 것은 그에게도 무척 어려웠던 것 같다. 인색하게 보이기
싫어 그는 남들이 하자는 것을 다 하였다. 그러자 그의 마음은 더
공허해졌다.

프란치스코는 기도했다.

"삶의 목적을 발견하게 해주십시오. 값진 삶이란 무엇입니까? 알
려주십시오. 간절히 원합니다."

나는 이 구절을 읽고 왜 프란치스코가 위대한 성인이 될 수 있었
는지 희미하게 알 수 있었다. 내 기도의 궁극에는 나의 불편함이나

포기, 희생 같은 것이 깃든 적이 없었다. 그것은 언제나 나의 안녕, 나의 편리와 나의 영예로움과 관련이 있었다. 나는 삶의 목적, 그것도 값진 삶의 의미를 가르쳐달라고 기도해 본 적도 없었다. 그렇게 기도하지 않았던 것은 다시 생각해 보니 그렇게 기도하다가 정말 응답이라도 받을까 봐 겁이 나서 그랬던 것 같다.

"당신이 완전해지려고 하면 가서 당신이 소유하고 있는 것을 팔아 가난한 사람들에게 주시오. 그러면 하늘에서 보물을 차지하게 될 것입니다. 그리고 와서 나를 따르시오."(「마태오복음」 19장 21절) 뭐, 이런 응답이라도 올까 봐.

이 노래를 지을 무렵 프란치스코는 많이 아팠다. 집을 뛰쳐나온 그는 아버지와의 인연도 끊고 가난하게 살겠다고 맹세하고는 맨발로 구걸을 하며 살아갔다. 그는 구걸로 얻은 적은 음식조차 더 가난한 이들이나 나병 환자 등에게 나누어주고 하루 한 끼 그것도 빵과 소금만 먹었다. 그는 두통과 빈혈과 극심한 위궤양에도 시달렸다. 이 노래를 짓던 말년의 그는 눈병으로 인해 거의 실명 상태였다. 만성 영양실조였을지도 모른다. 보이지 않는 정도가 아니라, 한낮의 태양빛은 그에게 엄청난 눈의 통증을 유발했고 밤에는 쥐들의 소란함 때문에 잠들기 어려웠다.

알베르나산에서 받은 오상(五傷) 때문에 제대로 걷기도 힘들었다. 예수의 고통에 동참하고 싶다고 기도한 그에게 하늘에서 내려졌다는 다섯 개의 상처는 십자가 위의 예수가 그러했듯 손과 발 그리고 옆구리에 동전만 한 구멍을 내었고 거기에서는 끊임없이 피가 흐르고 있었다. 예수의 상처는 서너 시간 만에 그를 죽게 했지만 프란치스코의 상처는 오래도록 그를 그저 고통으로 내몰았다.

인간은 이 정도 육체의 고통만으로도 충분히 절망 상태에 이를 수 있다. 그런데 시련은 그뿐만이 아니었다. 프란치스코는 자신을 존경해 모여든 사람들이 세운 프란치스코회 수도원이 자신의 뜻과는 전혀 상관없이 부자가 되는 것을 보았다. 그가 그토록 피하고자 했던 종교 권력이 또다시 생겨났고, 동료들이 죄책감도 없이 그 권력을 쥐고 흔드는 것을 그는 제 눈으로 보았다. 프란치스코 때문에, 프란치스코의 가난한 정신을 추앙하며 모인 무리들은 하나의 거대한 조직이 되자 이제 대놓고 병든 프란치스코를 소외시켰다. 그리스도의 정신을 이야기하고 가난과 예수를 말하는 그가 거추장스러워지기 시작한 것이다. 노골적인 무시와 따돌림.

그가 죽은 후도 아니고 그가 멀쩡히 살아 있는데, 길지도 않았던 생의 말년에 그것을 제 눈으로 보고 들어야 하다니. 심지어 그의 눈은 거의 보이지도 않았다. 이것은 인간으로서 결코 참아낼 만한 종류의 고통이 아니었다. 그런데 그 극심한 고통과 죽음을 마주하며 그는 노래했다. 'Oh, Dolce è Sentire(오 감미로운 느낌이여)' 하고.

고통 앞에서 '멋지고 찬란하고 위대하시다'라고 노래한 사람들은 간혹 있었다. 그가 겪어내야 했던 그 고통만큼 큰 포효는 우리를 전율하게 한다. 그 포효는 어쩌면 더 위대하고 더 감동적일 수도 있었다.

그러나 이렇게 노래한 사람은 일찍이 없었다. 감미롭다니. '오, 감미로워라.' 영어로 스윗하다라고 번역될 그 단어, '오, 달콤하여라', '오, 부드러워라' 하고. 오, 맙소사!

그가 신을 만났든 아니든, 그의 몸에 남게 된 오상이 하늘로부터 온 것이었든 그의 자해였든, 이쯤 되면 이 인간은 성자가 맞다. 나는 기도했었다.

'오, 프란치스코. 어떻게 인간이 그럴 수가 있을까요? 그러니 인간은 대체 어디까지 위대해질 수 있는 것인가요? 인간은 어디까지 잔인해지고 타락할 수 있나요? 우리가 절망하던 그만큼! 어쩌면 그보다 더.'

그러자 신기하게도 기도의 응답처럼 목소리가 들렸다. 내 내면 깊은 곳에서 말이다. 그 목소리는 말했다.

"너의 자세는 무엇이냐? 이 삶을 바라보는 너의 방향은. 그가 성자가 된 것은 고통 때문이 아니었다. 신을 만나 황홀한 접선을 했기 때문이 아니었다. 고통은 성자가 아니라도 온다. 상처도 온다. 가난도 오고 멸시와 따돌림도 온다. 그때 비로소 인간은 선택하는 것이다. 성자가 될 것인지, 희생된 비참한 늙은이가 될 것인지."

그것이 여기로 오기 전의 나의 아침 생활이었다. 그런데 그 수도복을 입은 프란치스코회 수도자 테오필로 신부님께서 이곳에서 내가 겪는 애로 사항을 물으셨다. 프란치스코 성인에 대한 거룩한 묵상은 모두 어디 가고 그동안 참았던 불만이 내 입에서 터져 나왔다. 실컷 다 말해 놓고 나니 고해성사를 이렇게 열렬히 하면 엄청난 신자가 되었겠다 싶어 부끄럽고 우스웠다. 다 털어놓고 나니까 테오필로 신부님은 하하 웃으시면서 "이스라엘 사람들이 불친절하고 총 들고 다니는 것은 제가 어쩔 수 없지만 제가 할 수 있는 일 즉, 이 수도원 뜰에서 상추쌈을 싸먹을 수 있는 양고기를 조만간 구워주겠습니다"라고 하셨다. 순간 거짓말처럼 모든 슬픔은 사라지고 입안 가득 웃음이 나왔다. 스스로 생각하기에, 내가 아무리 맛있는 것만 주면 다 좋은 사람이라고 해도 좀 너무하지 않았나 싶었지만, 부처님 말씀으로 나를 달랬다.

산다는 것은 이와 같다. 어느 사람이 길을 가는데 큰 코끼리가 성난 사자처럼 달려들었다. 그 사람은 죽을힘을 다해 도망가다가 한 우물을 발견하고 거기에 몸을 숨기려고 하였다. 우물은 깊었다. 그래서 그는 우물 안에 있는 긴 넝쿨을 잡고 매달렸다. 코끼리는 큰 덩치로 쫓아왔지만 우물까지는 들어올 수 없어 그 주변을 맴돌았다. 그가 한숨을 돌리고 바닥을 보니 우물 바닥에서 네 마리의 독사가 혀를 날름거리고 있었다. 게다가 자세히 보니 지금 그가 잡은 넝쿨을 흰쥐와 검은쥐가 번갈아 갉아먹고 있었다. 그는 절망에 빠지려 했는데 어디선가 꿀이 한 방울씩 그의 얼굴로 떨어져 내렸다.

불교적 가르침에서는 이 넝쿨 줄이 우리의 목숨이며 코끼리는 무자비하고 무상한 시간이고 흰쥐와 검은쥐는 낮과 밤, 혀를 날름거리는 네 마리 독사는 지수화풍(地水火風), 즉 우리의 세계, 그리고 똑똑 떨어지는 꿀은 재물욕, 색욕 등등의 욕망이라고 했다. 이렇게 죽을 목숨인 인간이 그 꿀을 먹느라 정신이 없다는 것을 경계하라는 말 같았다.

그러나 나는 이 비유를 들으며 조금 다른 생각을 했다. 무심하게 흘러가는 시간과 언제든 닥쳐올 죽음 앞에 선 불안한 존재, 기필코 죽는 우리에게 꿀은 좀 다른 의미일 수도 있다고 말이다.

그냥 내 생각에 그 꿀은 희망이고, 그 꿀은 뜻밖의 친절 혹은 정직한 삶의 작은 기쁨들이며, 그 꿀은 진리의 말씀이라고 말이다. 코끼리에게 밟힐 때 밟히고 독사에게 물릴 때 물리더라도 오늘 이 시간 내게 주어진 작은 기쁨이 또 우리를 살게 하는 거라고 말이다.

몸과 마음이 지쳐가는 여행의 한복판에서 세례자 요한의 광야 수도원과 테오필로 신부님은 내게 그런 꿀이었다.

"너의 자세는 무엇이냐? 이 삶을 바라보는 너의 방향은. 그가 성자가 된 것은 고통 때문이 아니었다. 신을 만나 황홀한 접선을 했기 때문이 아니었다. 고통은 성자가 아니라도 온다. 상처도 온다. 가난도 오고 멸시와 따돌림도 온다. 그때 비로소 인간은 선택하는 것이다. 성자가 될 것인지, 희생된 비참한 늙은이가 될 것인지."

세례자 요한의 광야 수도원은 고독과 침묵 속에 기도했던 은수자들의 전통이 남아 있다.

"거기 그 사람이
있을 겁니다"

나를 위해 울지 마.
네 이웃을 위해 울어.
사랑의 반대말은 미움이 아니라 무관심이다.
—이태석 신부의 마지막 유언 중에서

다음 날 내가 먼저 여기 예루살렘에 계시다는 이미숙 루치아 수녀님을 찾아 나섰다. 염치없지만 전화를 해서 "수녀님, 혹시 한국 라면이라도 있으면 좀 주신 수 있어요?" 물었던 것이다. 수녀님은 "어쩌죠, 라면 없는데" 하시더니 일단 자신의 수도원으로 오라고 초대해 주셨다. 헐렁해진 바지를 벨트로 조여 매고 나는 구글 맵을 켜고 수도원을 찾아 나섰다. 뜻밖에도 수도원은 내가 묵는 호텔에서 도보로 10분 정도 거리에 있었다. 유대인 중산층들이 사는 아름다운 주택가였다.

예루살렘의 살레시오 수녀원은 원래는 예루살렘의 가톨릭 여학교였는데, 지금은 학생이 줄어 유스호스텔로 쓰이고 있었다. 조금 일찍 알았다면 이리로 올 걸 싶었다. 올드 시티에서도 가깝고 젊은 이들의 모던한 거리 벤 예후다와도 가깝다—앞으로 예루살렘 혼자 여행하실 분은 여기로 가세요. 살레시오 순례자의 집(Salesian Sister's Pilgrims' Home)입니다. 수녀님은 설거지를 마친 후 급히 나와 나를 반겨주셨다. 소박하고 아름다운 숙소였다. 사이프러스 나무가 10여 미터 높이로 줄줄이 서 있고 언제나 어떤 수도원이라도 그러하듯 정갈하고 소박했다.

살레시안이란 살레시오 수도회에 소속 된 수도자를 말한다. 쉽게 설명하자면, 남수단에서 봉사하다가 돌아가신 이태석 신부님도 살레시안이셨다. 살레시오 수도회는 가난한 청소년들의 교육을 지향한다.

수도원의 성당과 숙소, 그리고 가난한 청소년들을 위해 일하는 살레시안들의 의미를 설명해 주시고 난 수녀님은 앞치마를 벗어놓고 "갑시다" 하고 나서셨다. 아시안 슈퍼마켓이 있는데 거기서 한국 라면을 팔 거라고 하셨다. 우리로 치면 5월 혹은 9월의 한낮 같은 맑고 아름다운 예루살렘의 현대적 거리를 우리는 걸었다.

"어떻게 수녀가 되었냐고요?"

내 물음에 수녀님은 "호호" 하고 웃으셨다. 나와 연배가 비슷하셨는데 수녀님들은 늘 그러하시듯 많이 젊어 보이셨다.

나는 보스니아 메주고리예라는 곳에서 발현한 성모님이 아이들에게 하셨다는 말을 기억하고 있었다. 아이들은 물었다.

"성모님, 어떻게 그렇게 예쁘세요?"

2000년대 초반 이에 관한 책을 읽을 때 이 구절에 이르러 나는 마음속으로 쾌재를 불렀다. 뭐라고 대답하실까 많이 궁금했다. 나의 빈약한 상상력은 성모님께서는 워낙 겸손하시니까 "무슨 소리니, 외모는 중요한 게 아니란다"라든가, 아니면 단순하게 "고맙다", 뭐 이러고 넘어가실 줄 알았다. 그런데 아니었다. 성모님은 이렇게 대답하셨다고 한다.

"으응, 내가 아름다운 이유는…… 많이 사랑하기 때문이란다."

비논리적인 이 구절 하나로 나는 메주고리예 성모님의 발현을 믿어버렸다. 이 단순한 말은 십 대 초반의 아이들이 지어내기에는 너무 고차원적인 말이 아닌가.

아무튼 루치아 수녀님은 걸어가면서 말씀하셨다.

"전남의 한 조그만 마을에서 태어났어요. 중학교 때 아버지가 일찍 돌아가셨지요. 큰딸인 나는 학업을 다 이루지 못하고 서울로 올라와 낮에는 일을 하고 밤에는 학교를 다닐 수밖에 없었어요. 그러다 제가 새로 소개받은 어떤 회사에 취직하게 되었지요. 거기 사장님께서 어느 날 저를 부르시더니 서울 시내에 나가 구경을 시켜주시고 밥도 사주시고 그리고 뜻밖에도 저를 서점에 데려가 책을 사주셨어요. 저에게는 서울이란 온통 고생과 긴장뿐인 도시였는데 아주 뜻밖의 일이었지요. 집에 갈 때가 다 되어서 받는 것에 익숙하지 않은 제가 조심스레 여쭈었어요. '제게 왜 이런 걸……' 하고요. 사장님께서 웃으시며 제게 자신의 지갑을 열어 돈을 보여주며 대답하셨어요.

'누군가 너에게 이런 걸 해주라고 이 돈을 주셨단다. 그러니 아무 염려 말아라.'

말도 안 되는 소리였죠. 그냥 사장님께서 나 미안해하지 말라고 하시는 소리인 줄만 알았어요. 그래서 대답했죠.

'그런 좋은 분이 계시다니 믿을 수 없네요.'

저는 그냥 웃으려고 했어요. 그런데 말씀이 이어졌죠.

'그 사람이 궁금하니? 만일 그렇다면 그게 어디든 네가 가는 길에 있는 성당에 들어가보거라. 거기 그분이 계시단다.'"

온갖 것에 투덜거리며 오직 매콤한 것을 먹고 싶은 배고픈 마음에 겨워 허적허적 걸어가고 있던 내가 걸음을 문득 멈추었다. 무언가가 목울대를 콱 틀어막았다. 감동이었을 것이다.

"그래서 동네 성당에 갔죠. 그게 시작이었어요."

모든 사람의 생은 어쩌면 알아볼수록 참 이토록 신비한 이야기들을 간직하고 있는 것일까. 나는 뜻밖에도 먹먹한 가슴을 추스르지 못하고 있는데 수녀님은 시리아 이야기를 하셨다. 원래는 소임지가 여기가 아니라 시리아였다고. 폭격으로 수녀원 건물이 다 부서져 내릴 때까지 거기 계셨다고 했다. 죽음과 삶이 종이 한 장같이 구겨져 내리는 경계에서 한국 대사관의 '협박에 가까운 안내'로 결국 이리로 올 수밖에 없었다고, 아직도 그곳에 두고 온 시리아의 형제자매들을 생각하면 잠을 못 이룬다고 하셨다. 가끔 이곳에서 가이드로 일을 하시면서 순례객들에게 모금을 하기도 하고 남은 음식이나 옷보따리를 모아 시리아로 가는 분을 통해 보낸다고 하셨다.

거리의 나무는 한국의 5월처럼 푸르렀고 젊은이들의 거리는 아름다웠다. 달력을 펼치면 나오는 5월 같았다. 거리의 악사들은 오후의 연주를 위해 나무 그늘 밑에서 악기를 조율하고 있었고 바람은 상 큼하게 불었다. 이런 곳에 로켓이 떨어지고 총알이 날아다니고 젊은 이들이 죽어가야 했구나 생각하니 마음이 아팠다. 벤 예후다 거리 를 걸어가며 이야기하는 동안 우리는 아시안 마켓에 도착했다. 수녀 님 이야기를 들으며 눈물 바람을 하며 걸어왔는데 한국 라면을 보 자 그건 그것대로 또 반가웠다. 덥석덥석 싸가지고 수녀님과 함께 수녀원으로 돌아왔다. 먹어본 지 20년도 더 된 상표의 라면이었다. 수녀님은 손수 라면을 끓여주시겠다고 했다.

예의상 남은 라면 몇 개를 들어 보이며 여기 수녀님들께 드리라 고 했더니 수녀님은 반색을 하시며 여기 할머니 수녀님들도 한국 라면을 아주 좋아하신다고 했다. 구수한 라면 냄새가 수녀원 식당 에 퍼지고 할머니 수녀님들이 "메르시 보쿠", "그라시에" 하시면서 프랑스와 이탈리아 말로 각기 인사를 하시는데 의외로 마음이 많 이 기뻤다.

내가 좋아하는 프랑스의 아베 피에르 신부님은 사형제를 폐지시 킨 것으로 유명한 프랑스 대통령 미테랑의 친구였다. 평생을 사회주 의자로 살며 성당도 나가지 않았다던 미테랑이 임종을 앞두고 신부 님을 불렀다고 한다. 신부님은 병석에 있는 그를 위해 기도해 주셨 다. 미테랑이 물었다.

"이보게 친구, 정말로 신은 계신가?"

피에르 신부는 대답했다.

"그럼. 이보게, 친구, 생각해 보게. 우리 젊었을 때 길을 걷다가 거

예루살렘에서 가장 번화한 곳이라고 하는 벤 예후다 거리. 전쟁과 죽음의 그늘 대신 이 날
은 상쾌한 바람이 불었다.

90세이신 이탈리아 출신의 수녀님은 한국 라면을 좋아하신다고 했다. 키가 내 반만 하셨는데 얼마나 곱고 밝으셨던지. (왼쪽) 정갈하고 따듯한 분위기의 수녀원 식당. (오른쪽)

지가 있어 우리가 가진 돈을 다 주었던 거 기억나나? 나중을 생각도 않고 다 주었지. 그 바보 같은 짓을 하고도 그때 우리 마음이 얼마나 기뻤나? 그게 바로 신이 계신다는 증거일세."

내 마음도 기뻤다. 한국 라면을 먹어서. 내가 가진 먹을 것을 이웃과 나눌 수 있어서.

매운 것으로 점심을 해결하며 힘을 얻은 나는 오후에는 혼자서 예루살렘 성당들을 기쁜 마음으로 순례할 수 있었다.

2,000년 된 올리브나무가 있다는 겟세마니 동산 대성당과 성모 무덤 성당, 그리고 주님 승천 성당과 주님의 기도문 성당, 베드로 회개 기념 성당, 최후의 만찬 기념 성당, 주님의 눈물 성당 등은 그냥 두루 순례하기에 그리 많은 시간이 걸리지 않았다. 사실 너무나 많은 사람과 장사꾼 들에 치여 오래 순례하기도 힘들었다. 나중에 사람들이 "거기 어때?" 하고 묻기에 내가 대답했다.

"음, 말이야. 남대문시장 안에 석굴암이 있다고 생각하면 돼."

그중에서 예수님이 예루살렘을 내려다보며 눈물 흘리신 것을 기념하는 주님의 눈물 성당(Dominus Flevit Church)에 도착했을 때 어린 시절의 일화가 기억났다. 고등학교 1학년 때던가 2학년 때, 교리 경시대회를 나갔다. 시험은 혜화동 가톨릭대학교 교정에서 열렸다. 끝나고 나서 주일학교 선생님과 정답을 맞춰보는데 이상한 것이 하나 있었다. 주관식이었던 문제는 '예수께서 살아생전 몇 번을 우셨는가?'였다. 몇 번인지 쓰고 그 구절에 각각 설명을 붙이라는 문제였다.

선생님은 두 번이라고 하셨다. 한 번은 라자로가 죽었다는 소식을 알리며 마르타가 울 때, 한 번은 수난을 앞두고 예루살렘을 바라보며.

그런데 나는 세 번이라고 썼다. 선생님은 나에게 오답이라는 듯 실망한 표정을 지으셨다. 나는 대답했다.

"저도 그 두 번을 썼어요. 그리고 덧붙였죠. 태어나실 때."

선생님이 잠시 생각하더니 하하하 웃으셨다. 어쨌든 나는 거기서 상을 탔었다. 1등은 아니었다. 지금도 궁금하다. 채점관들은 내 답을 어떻게 처리했을지.

금요일에 루치아 수녀님께서 문자를 주셨다. '십자가의 길을 가보실래요?' 하시는 것이었다. 나 혼자서 구글 맵을 켜고 그곳을 다녀오긴 했었다. 아시다시피 남대문시장—아니, 정비된 요즘 남대문시장 말고 전쟁 통의 남대문시장—한복판을 걷다 온 기분이어서 일찍 호텔로 돌아와 녹초가 되었었다.

이곳에 오기 전 나는 상상했다. 나 혼자 예루살렘에 남으면 십자가의 길을 따라 매일 묵상을 해야지. 그런데 나는 오늘 생각하는 것이다, 이런 종류의 묵상을 하기엔 우리 동네 성당이 제일 좋은 곳이구나 하고. 파랑새를 찾으러 떠났다가 집으로 돌아가기로 막 마음먹은 치르치르와 미치르가 이런 마음이었을까. 하지만 수녀님께서 특별히 시간을 내서 나를 안내해 주신다니 덥석 그러마고 따라나섰다. 수녀님과 헤어진 후 혼자 아시안 마켓에 가서 떠날 때까지 먹을 라면을 비축해 둔 터였다.

'그런 좋은 분이 계시다니 믿을 수 없네요.'

저는 그냥 웃으려고 했어요. 그런데 말씀이 이어졌죠.

'그 사람이 궁금하니? 만일 그렇다면 그게 어디든 네가 가는 길에 있는 성당에 들어가보거라. 거기 그분이 계시단다.'

예수님께서 올리브산에 올라가 예루살렘을 내려다보며 눈물 흘리신 것을 기념하는 주님의 눈물 성당.

비아 돌로로사

하나님은 쾌락 속에서 우리에게 속삭이시고,
양심 속에서 말씀하시며,
고통 속에서 소리치십니다.
고통은 귀먹은 세상을 불러 깨우는 하나님의 메가폰입니다.
—C. S. 루이스, 『고통의 문제』 중에서

수녀님과는 다마스쿠스 문에서 만났다. 올드 시티에는 총 여덟 개의 성문이 있는데 황금 문만을 제외하고 지금도 다 그대로 쓰이고 있었다. 나의 숙소가 있는 뉴 게이트 쪽이 유대인 구역이라면 다마스쿠스 문 쪽은 무슬림 지역이었다. 조금 일찍 가서 기다리는데, 건너편에 버스터미널이 있어서 그 주변이 온통 장터였고 다마스쿠스 문도 이미 온갖 무슬림 장사들로 점령되어 있다시피 했다.

유대인 지역의 야파 문 같은 경우는 아름답고 정갈하고 모던한 쇼핑몰이 연결되어 있었다. 야간에는 레이저 쇼도 했다. 샤넬 매장부터 자라와 H&M, 그리고 현대적인 레스토랑, 뜻밖에도 한국 옷을 파는 매장 등이 있었다.

반면 다마스쿠스 문 쪽은 또 이곳대로 활기가 있었다. 갓 구운 빵 냄새가 여기저기서 풍겨왔고 어린아이 머리통만 한 망고며 바나나,

그리고 온갖 오렌지가 내 눈길을 끌었다. 신세계백화점 본점과 그 옆의 남대문시장 같은 대조였다.

우리는 서울 광장시장 순희네 빈대떡집 앞길 같은 풍경을 따라 사람들을 이리저리 피하며 올라갈 수밖에 없었다. 비가 내리고 나서 떨어졌던 기온은 다시 올라 30도를 웃돌았고 태양은 강렬했다. 이탈리아에서 공부를 하기도 한 루치아 수녀님은 보이는 곳곳마다 하나라도 더 가르쳐주려고 설명을 하셨는데, 솔직히 나는 십자가의 길에 다다르기도 전에 힘이 들었고 귀도 멍멍했다. 하지만 나는 수녀님을 놓치지 않으려고 애를 쓰며 인파 사이를 걸었다.

예수, 감옥에 갇히시다

아직 십자가의 길이 시작되기 전, 수녀님께서는 나를 데리고 옛 감옥 터로 가셨다. 발굴된 터라고 하는데 동굴 형태의 방들이 여러 개 있는 지하의 장소였다. 우리로 말하자면 일부러 동굴 모양의 카페를 만들어 룸을 여러 개 만들어놓은 것처럼 공간이 나뉘어 있었고, 그 작은 룸 안으로 들어가보니 적게는 서너 명 많게는 십여 명을 가둘 수 있는 방이 나왔다. 그 밤, 예수께서는 잡혀 이곳으로 끌려오셨을 것이다.

동굴 벽을 깎아 나무 의자처럼 만들어놓고, 머리 부분 뒤로 조그만 고리 모양의 홈이 여러 개 패여 있었다. 수녀님께서 거기에 앉으

셔서 묶인 두 손을 모아 뒤로 들어 보이셨다. 그 홈 사이로 밧줄을 넣어 묶으면 죄수는 두 손이 머리 뒤로 올려 젖혀진 채로 묶이는 것 같았다. 나는 그 자리에 앉아 예수님이 당하셨을 그 자세를 해보았다. 우선 육체가 많이 고통스러울 것이었다. 그러나 가장 먼저 눈에 들어온 것은, 지금은 전깃불로 밝혀져 있다 해도 그 동굴에 가득 찬 어둠이었다. 예수가 여기서 묶이셨을 때, 그는 이미 만신창이가 될 만큼 매를 맞은 후였을 것이다. 제자들도 모두 달아난 후였다. 그를 끌고 온 병사들은 그의 눈을 가리고 주먹으로 얼굴을 때리며 누군지 맞혀보라고 조롱했고 침도 뱉었다. 이미 그의 온몸은 피투성이인 채였을 것이다.

원래 십자가형은 나무에 사람을 매달아 호흡 곤란으로 죽게 하려는 것이 목적이었는데, 사람이 그렇게 쉽게 죽지는 않았기에 각종 맹금류들이 십자가에 달린 사람의 눈을 쪼아 먹고 살점을 공격했다. 그 광경은 바라보는 사람들에게도 엄청난 혐오와 공포를 일으켰다. 그래서 예수가 잡힐 무렵에는 미리 고문과 구타로 '반쯤 죽여놓은 후'에 매다는 것이 원칙이었다고 한다. 당시 채찍으로 죄인을 때렸는데 그 채찍을 한번 맞으면 등가죽이 찢어지고 살점이 떨어져 나갔다고 한다. 그렇게 매 맞고 조롱 당한 참담한 상태로 예수는 여기 묶여 계셨을 것이다.

그렇게 묶인 예수의 눈에 비친 이 동굴의 어둠은 얼마나 깊었을까. 설사 그것이 고통이라 해도 모든 것이 역동적으로 움직이는 때보다 이렇게 멈추었을 때, 당하고 났을 때보다 당하기 직전이 얼마

사람들로 붐비는 다마스쿠스 문 앞. (위)

예수님이 갇혔던 감옥에서 예수님의 두 다리를 넣게 했던 구멍이 보인다. (아래)

십자가의 길은 매주 금요일 오후 3시에 시작된다. (위)
비아 돌로로사, 십자가의 길을 안내하는 표지판. (아래)

나 고통스러운지 우리는 안다. 어쩌면 서른세 살 젊은 예수는 모든 것을 각오했음에도 불구하고 이 어둠, 이 고요, 이 정적 속에서 물었을지도 모른다.

"나의 하느님, 나의 아버지. 설마, 진짜로 저를 버리실 건가요?"

나는 수녀님과 함께 그 십자가의 길로 들어섰다. 이미 많은 프란치스코회 수사님들이 금요일 오후 3시 십자가의 길을 걷기 위해 도열하고 계셨다.

예수, 빌라도에게 사형선고를 받으시다

라틴어로 '비아 돌로로사(Via Dolorosa)'라고 불리는 십자가의 길은 예수가 사형선고를 받은 본시오 빌라도의 법정에서부터 시작한다. 이곳을 '에체 호모 아치(Arch of Ecce Homo)'라고도 부른다고 했다. '에체 호모(Ecce Homo)!'란 '보라, 이 사람을!'이란 뜻이라고 한다. 여기서부터 골고타 언덕까지 600미터, 이곳은 14세기 프란치스코회 수도사들에 의해 추정되었고 후에 고고학 발굴을 통해 확인되었다고 한다.

당시 로마 총독부는 이곳이 아니라 지중해가 바라보이는 아름다운 카이사리아에 있었다. 로마 총독 빌라도는 유월절 기간 동안 자주 일어났던 반(反) 로마 시위를 진압하기 위해 이곳에 와 있었다고 전해진다. 그래서 예수 대신 반란의 괴수 바라빠를 놓아주는 일도 일어난 듯하다. 빌라도의 법정은 현재는 아랍인들의 초등학교가 있는 곳인데, 이슬람의 심장인 황금 돔 사원의 바로 옆이기도 하다.

여기서 빌라도가 예수에게 묻는다.

"당신이 유대인들의 왕이오?"

나는 가끔 이 장면들을 인류의 조상 아담과 하와가 에덴을 잃어버리기 직전의 사건들과 비교해서 생각해 보곤 했다. 사실 어린 시절 아무것도 아니라고 생각했던 그 장면들, 하와가 뱀의 유혹에 넘어가는 일련의 사건들은 곱씹어볼수록, 내 나이가 들수록 그 의미가 더해졌다.

뱀이 여자에게 물었다.

"하느님이 너희더러 이 동산에 있는 나무 열매는 하나도 따먹지 말라고 하셨다는데 그것이 정말이냐?"(「창세기」 3장 1절)

그러자 하와는 대답한다.

"아니다. 하느님께서는 이 동산에 있는 나무 열매는 무엇이든지 마음대로 따먹되, 죽지 않으려거든 이 동산 한가운데 있는 나무 열매만은 따먹지도 말고 만지지도 말라고 하셨다."(「창세기」 3장 2~3절)

바로 이것이 원죄의 시작이라는 것을 나는 오래도록 깨닫지 못하고 있었다. 즉, '카더라'라는 방식으로 가짜 뉴스를 전하면서 마치 진위를 확인하려는 듯 보이지만─실제로 이런 방식으로 가짜 뉴스를 생산하면 법망도 빠져나갈 수 있다─그저 악의적인 헛소문을 퍼뜨리려는 것이 본질이다. 사실과 아주 다른 질문들, 현대적 용어로 하면 '개소리'에 대한 올바른 대응은 현대적 용어로 말하자면 '개무시'라는 것이었다. 이런 질문을 하는 뱀의 본질을 하와는 살폈어야 했고 그 자리를 뜨면 그만이었다.

얼핏 보기에 아무 잘못도 없는 이 무구한 대답이 대체 왜 원죄의 시작이라는 것인지 처음에는 도무지 이해가 되지 않았다. 그러나 생각해 보면 아마도 하와의 내면에 있는 무언가가 뱀하고 이야기를 나누고 싶어했을 것이다. 말보다 먼저 마음속의 심상이 만들어졌을 것이다. 어쩌면 권태, 어쩌면 '하느님, 네가 뭔데. 나보다 뭐가 그리 잘났어' 하며 가끔씩 일렁이는 반감들, 교만들, 어쩌면 이 모든 것.

「창세기」를 보면 뱀은 하느님이 만드신 것 가운데 가장 사악했다는 설명이 나온다. 그런데 왜 하와는 그토록 사악한 것을 혐오하며 얼른 자리를 피하지 않았을까. 신이 우리에게 준 방어력 중 첫째는 혐오인데 말이다.

내 인생 전체의 실수가 시작되는 시간도 마치 이와 같다는 것을 깨달은 것은 오래오래 시간이 지난 후였다. 나는 세상의 모든 질문에 대답해야 하는 줄 알았다. 그것이 예의라고 굳게 믿고 살았던 얼치기 모범생이던 나는 그래서 수많은 유혹에 넘어갔다. 세일즈맨의 교과서에도 나온다는 말은 이런 것이라고 한다. 질문을 던져서 고객이 한 번 대꾸하면 50퍼센트, 두 번 대꾸하면 75퍼센트, 세 번 대꾸하면 물건을 팔 확률이 98퍼센트로 높아진다고. 그런데 내 인생의 위험한 고비마다 나는 세 번이 아니라 다섯 번씩 대답했던 것 같다. 그러니 나에게 결여된 것은 침묵, 침묵이 가져올 여백을 감당하는 여유였다.

나중에 사도 바오로에 의해 두 번째 아담이라고 일컬어진 예수는 여기 빌라도에 의해 제시되는 이 '개소리'적 질문에 대답한다.

"그것은 너의 말이다."

이것의 현대적 해석은 무엇일까.

어쨌든 예수는 침묵한다. 헤로데에게 끌려갔다가 다시 빌라도에게 돌아오고 어떤 조롱을 당해도 침묵한다. 아담과 하와 부부가 입방정으로 잃었던 파라다이스는 예수의 침묵으로 조금씩 그 회복을 시작한다. 성경을 가만히 읽어보면 "그것은 너의 말이다"라는 예수의 대답은 최후의 만찬부터 시작된다. 유다가 "배신할 사람이 저는 아니겠지요?" 하고 뻔뻔하게 묻자―이 뻔뻔함을 우리는 2,000년이 넘도록 오늘날까지 수많은 범죄자들에게서 보고 있긴 하다―, 예수가 대답한 것이다. "그것은 너의 말이다." 그리고 수난 내내 예수는 이 입장을 견지한다.

침묵, 그래서 우리를 앞서간 수많은 선지자와 현자 들은 사막으로 숲으로 그리고 외딴곳으로 간 것일까. 무엇보다 침묵을 위해서. 낙원 회복의 첫 관문은 어쩌면 침묵이니까?

그리고 빌라도는 예수를 처형하라는 군중의 요구를 마지못해 들어준다. 그는 결코 예수를 죽일 의도도 고문할 의도도 없었다. 심지어 그는 사람들이 예수를 '시기하여' 죽이려는 것도 알 만큼 영리한 자였다고 성경은 전한다. 하지만 그는 파견된 식민지의 지배자, 그는 다만 식민지 사람들의 의견에 따랐고, 그는 다만 당시의 법대로 자신의 일을 했는데 오늘날 우리는 「사도신경」이라는 기도문을 통해 최소 일주일에 한 번씩 그를 비난한다. 그는 너무 억울하지 않을까.

나는 문득 그가 한나 아렌트의 그 유명한 저서 『예루살렘의 아이히만』의 원형 같다는 생각을 했다. 아돌프 아이히만은 150만 명의 유대인을 집단 학살한 충실한 관리, 그 주역이었다. 그는 그저 시키는 대로 일한 죄밖에 없다 했지만 이 시대의 위대한 철학자 아렌트는 그를 통하여 '악의 평범성'이라는 개념을 도출했다. 아이히만은 자신은 집단 학살에 동조한 것이 아니라 사회의 일원으로서 자신의 역할에 충실했다고 강변한다. 그는 평범한 이웃집 아저씨 같은 사람이었다. 그게 무엇이든 시키는 대로 하는 관리. 아렌트는 말한다.

그들은 아주 무서울 만큼 정상적이었고 또 지금도 여전히 정상적이라는 점이다. 우리의 법률 기관들이 가지고 있는 관점과 판결에 대한 우리의 도덕 기준의 관점에서 보면 이러한 정상적인 모습은 잔혹한 일들을 모두 모아놓은 것보다 더 끔찍한 일이 될 것이다.
— 한나 아렌트, 『예루살렘의 아이히만』

결론적으로 그녀는 인간으로서의 도덕적 무사유와 무비판에 대해 유죄를 선고한다. 최소한 인간이라면 자신의 행동에 대해 숙고하고 결정하며 양심에 비추어 생각해야 하는 존엄을 소유하고 있는데도 그것을 포기한 죄, 요즘 말로 번역하면 그저 상관에게, 규칙에게 '뇌를 의탁한 죄'가 될까.

빌라도는 권력을 가지고 있었다. 자신의 입으로 '이 사람은 죄가 없다'고도 한다. 그런데 대중의 성화에 못 이겨, 여론에 못 이겨, 예수를 내어준다. 그를 오늘날 소환해 현대의 법정에 세운다 해도 그는 그리 큰 형벌을 받을 것 같지는 않다. 그런데 그리스도교는 2,000년 동안 이보다 더 큰 죄는 없다고 선언한다. 놀랍지 않은가?

그들은 그렇다고 해도, 나는 거기서 자유로운가. 나는 오로지 나 자신의 양심과 자유에 의해 판단하고 생각하는가. 대세, 남들이 그렇다고 함에 휘둘리지 않았는가.

나는 십자가의 길을 계속 걸었다.

예수, 매 맞으심

채찍 성당(Church of the Flagellation)이라고 불리는 성당은 예수께서 사형선고를 받으신 곳에서 그리 멀지 않았다. 성당 내부에는 스테인드글라스가 삼면을 차지하고 있었다. 그 왼쪽에는 빌라도가 손을 씻는 장면이 있고, 우측에는 예수 대신 풀려나 기뻐하는 반란군의 수괴 바라빠가 있다.

예수께서는 여기에 이르러 몹시 맞으신 후 가시관을 쓰고 붉은

채찍 성당의 스테인드글라스. 삼면 중 중앙에 돌기둥에 묶여 채찍질 당하는 예수님의 모습이 담겨 있다.

망토를 둘렀다. 빌라도의 병사들은 예수께 손에는 갈대를 들게 하고 경배하며 조롱하였다. 수많은 군중이 그가 죽으러 가는 것을 구경하기 위해 이 길에 서 있었다고 한다. 생각해 보았다. 저 병사들은 예수를 그렇게 때리고 조롱하며 침 뱉으면서 무슨 생각을 했던 것일까.

가끔 우리 속에 있는 공격성과 잔인함은 이렇게 신념에 가득 찬 정의의 외피를 쓰고 나온다. 나는 잔인한 복수 드라마 같은 것을 보면서도 늘 그 생각을 했다.

왜 복수극이 인기가 있는 것일까. 그 답은 아마도 우리 속에 있는 공격성과 분노가 죄스럽기 때문일 것이다. 그냥 대놓고 공격을 하기에는 죄책감이 있으니까. 우선 충분히 나쁜 인간들을 만들어놓고 우리는 우리의 공격성과 분노를 퍼부어대고 그 대리인에게 정의의 사도라는 월계관을 씌워준다. 그런데 전혀 착하지 않은 나도 복수극의 끝에 이르면 마음이 좋지 않았다. 범죄를 행한 자들을 잔인하게 짓밟는 것이 불편했다.

그런 생각이 들었다. 과연 그게 다 사실이라 해도 착한 이들을 혹은 무고한 이들을 폭력으로 짓밟은 이들을 다시 폭력으로 응징하는 것은 온당할까, 하는 의문이었다. 너를 괴롭힌 자를 똑같이 괴롭히라고 누가 우리에게 그 면죄부를 준 것이었을까 하는 의문 말이다. 우리 아이들도, 부부싸움을 하던 한때의 나도, 내 이웃도, 내 조상도, 이스라엘도, 팔레스타인도 모두 그렇게 싸웠고, 싸우고 있고, 싸울 것이다.

"저쪽이 먼저 그랬어요. 그러니 나라고 가만히 있을 수야 없잖아요. 그래서 제가 그렇게 한 거라고요."

그런데 예수는 그러지 않았다.

예수, 첫 번째로 쓰러지시다

바리사이들에게, 그리고 유대인들에게 늘 무시당했던 것을 보면 예수는 볼품없는 외모를 가졌던 것이 틀림없는 것 같다. 키도 그리 크지 않았는지 모르겠다. 함께 못 박힌 다른 죄수들과는 달리 몸도 약했는지 자꾸 쓰러진다. 당시 십자가는 보통 136킬로그램 정도 되었다는데, 죄수는 그중에 가로목, 즉 30~50킬로그램 정도 되는 것을 지고 가야 했다고 한다.

나는 안다. 예수는 그 무게 때문에 쓰러진 것이 아니었다. 우리를 쓰러뜨리는 것은 절망이다. 하동에 내려와 혼자 500평 가까운 정원과 텃밭을 일구었을 때, 평소에도 자주 어긋나던 내 허리를 여러 사람들이 걱정했다. 한번은 거의 1,000장이 넘는 벽돌을 혼자서 나르며 길을 만들기도 했다. 내 육체의 한계까지 밀어붙이는 듯한 고통이 따르는 일이기도 했다. 그런데 온몸이, 그리고 특히 허리가 아팠지만 육체는 자고 일어나면 바로 나았다. 내 허리가 잘못되어 몇 주씩 불편했던 지난날을 생각했다. 그때 나는 알았다. 내 허리를 고장나게 했던 것은 내가 극복해 내지 못해 쌓인 내 속의 울화와 분노였다. 힘든 일이 아니라.

예수는 이미 여러 사람들의 야유를 듣고 있었다. 이미 가시관이 씌워지고 "나는 이스라엘의 왕이다"라는 조롱을 들은 뒤였다. 예수와 아무 상관이 없던 병사들은 그의 눈을 가리고 침을 뱉으며 "네가 예언자라지? 침을 뱉은 내가 누군지 맞혀봐라" 하며 웃었다. 모여든 군중은 그의 고통을 구경하고 있었고, 제자들은 모두 도망갔으며, 신은 그를 구원하러 올 기미조차도 없었다. 그를 조롱하던 권력을 가진 그들이 이겼다. 이 무거운 십자가를 잘 지고 가봐야 그 후에 오는 것은 엄청난 고통을 동반한 죽음일 것이었다.

이곳에는 아르메니아 정교회 경당이 있었다. 천장을 올려다보니 가시관을 그린 벽화가 있는데 거기에 이상한 글씨가 씌어 있었다. 사람들에게 물어보니 "울지 마라. ……다시 살아나리라"라는 뜻이라고 했다.

'울지 마라'라는 말을 듣는 순간 울음이 목울대로 훅 하고 올라왔다. 참 이상하다. 울지 마, 하는 말은 결코 그것을 만류하는 말이 아니다. 이상하게 그건 모든 우는 이들에 대한 위로가 되고 격려가 된다. 부정어를 쓰면서 이런 뜻으로 쓰이는 말은 아마도 이 말이 유일할 것이다. 그래서 나는 약간 울었다.

사람들은 많았고 날은 더웠으며 길은 멀었는데.

아르메니아 정교회 경당. 십자가를 지고 가던 예수님이 첫 번째로 쓰러지신 것을 묵상한다.

예수, 마리아를 만나시다

내 영세명이 마리아라서 그런지 모르지만 나는 성모 마리아에 대해 여러 번 묵상을 하곤 했다. 만일 누군가 성모님의 일생을 글로 단순하게 표현했다면 '이렇게 지지리 복 없는 여자가 있을까?' 했을지도 모른다.

가난한 집에서 태어났고 미혼모가 되었다. 첫아이를 타지의 마구간에서 낳았고 약혼자 요셉의 꿈에 나타난 계시에 따라 산모는 몸을 추스르기도 전에 이집트로 도망 다녀야 했다. 변변한 게 뭐가 나오겠냐는 말이 당연시되던 나자렛이라는 도시에서 가난한 목수의 아내로 살았다. 풀도 안 나는 나라에서 나무를 질료로 쓰는 목수라는 직업으로 어찌 호화스럽게 살았을까 말이다. 요셉 성인이 일찍 죽어 과부가 되었고, 하나밖에 없는 아들은 사춘기가 되면서부터 호락호락하지 않았고 결혼도 하지 않았다.

그중 제일 가슴이 아팠던 것은 친척들이 예수님의 소문을 듣고 마리아를 앞세워 예수의 무리를 찾아왔을 때였다. 친척들은 예수님을 붙잡으러 나섰다. 예수님이 미쳤다고 생각한 것이다.

이윽고 예수의 어머니와 형제들이 왔는데, 그들은 밖에 서서 그분을 불러내려고 누군가를 들여보냈다. 예수 주위에 군중이 앉아 있었는데, 그들이 예수께 "보십시오. 선생님의 어머님과 형제분들[과 자매님들]이 밖에서 찾으십니다" 하고 말하였다. 그러자 예수께서 그들에게 대답하여 "누가 내 어머니며 내 형제들입니까?" 하셨다. (……) "하느님의 뜻을 받들어 행하는 사람이야말로 내게는 형제요, 자매요, 어머니입니다."

—「마르코복음」 3장 31~33, 35절

아마도 요셉의 집안 친척들, 그러니 마리아로서는 시댁 친척들이었을 듯하다. 요셉은 다윗의 자손이고 친척들도 그러하니 그 자부심이 얼마나들 컸을까. 그들은 심지어 예수가 자신들의 고향 나자렛에 왔을 때 그의 설교가 마음에 들지 않자 그를 절벽에서 밀어버리려고 했던 자들이다. 어머니 마리아가 아들 종아리를 때려서라도 장가도 보내고 일을 시켜야 하는데 그들은 마리아가 가만히만 있는 것이 답답했을 것이다. 그래서 그녀를 앞세워 찾아왔다. 마리아가 예수를 찾자 예수는 냉정히 선을 긋는다. 그것도 사람들 다 보는 앞에서 들으라는 듯이 말했다.

"누가 내 어머니며 내 형제들입니까? (……) 하느님의 뜻을 받들어 행하는 사람이야말로 내게는 형제요, 자매요, 어머니입니다."

성경은 거기까지만을 기록한다. 마리아는 돌아서서 다시 나자렛으로 갔을 것이다. 이미 그때 오십이 넘은 마리아, 지금으로 치면 칠십 노인이 다 된 나이였을 그녀는 헛걸음치고 먼 길을 돌아갔다. 가면서 그녀는 친척들의 어떤 수군거림을 들었을까. 돌아가도 집 안은 텅 비어 있었을 것이다. 삶도 가난했을 것이다. 다른 자식 하나 없는 집, 그게 아니었다면 나중에 예수가 십자가에 매달려서 그 절체절명의 순간에 요한에게 마리아를 부탁하고 '요한이 그날부터' 당장(!) 마리아를 자기 집에 모실 리가 없었을 테니까. 그걸 생각하면 맘이 너무나 아프고 또 그분의 큰 품이 감동스럽다.

누군가의 말대로 성모는 하느님의 아들을 낳아서가 아니라 그 아들이 하느님의 뜻—자신의 뜻이 아니다—을 행하도록 놔두고, 내버려두고, 그리고 떠나보냈기에 거룩한 어머니가 된 것이리라. 이것은 결코 쉬운 일이 아니다. 살아갈수록 더 생각하는데 인생에서 얻는 것보다 내려놓는 것이 백배는 더 어렵다. 그중에 제일 어려운 것이 아마도 자식일지 모르겠다.

한때 나도 아이들에게 집착한 적이 있었다. 내가 불행했기에 더 그랬는지도 모른다. 그래서 나는 바리사이 같은 엄마가 되었다. 아이의 성적을 위해 밤늦도록 매를 때려가며 가르치려고 한 일도 있고, 사람들 앞에서 버릇없이 굴면 가차 없이 벌을 주었다. 나중에는 엄격함으로는 아무것도 할 수가 없다는 것을 알고 방식을 바꾸었다. 방황하는 사춘기 아이를 위해서 그 애 학교 운동장 담벼락을 돌며 몇 시간이고 기도를 한 일도 있었다. 그러나 어느 날 이런 생각이 들었다. 이게 그 유명한 집착이라는 것이구나, 이게 그 유명한, 남을 내 마음대로 하고, 아이에게 내가 몸소 하느님이 되어 그 애의 고유한 생김새대로가 아니라 내가 원하는 대로 하고 싶은 교만의 죄구나, 싶었다. 내 긴긴 기도도 실은 집착의 다른 포장이라는 것을 깨닫게 된 것이었다. 그걸 깨달은 나는 몹시 아팠다.

마리아가 십자가를 지고 가다 넘어진 상처투성이 아들을 보고 그 자리에서 울거나 소리쳤다는 기록이 없다. 하늘을 향해 "제발 제 아들을 살려주세요" 하고 기도했다는 말도 없다. 그녀는 침묵하며 아들의 길을 그저 따라갈 뿐이었다. 그리하여 그녀는 모성을 완성한다. 내 맘에 들지 않고 이해도 할 수 없고 남들 보기에도 엄청나게 부끄럽지만, 그러나 아들에게 아들이 원하는 길을 가게 함으로써.

키레네 사람 시몬이 십자가를 대신 지다

정토회의 법륜 스님은 가끔 성경을 인용하는데, 이상하게도 그 해석이 감동적이곤 하다. 그가 강조하는 삶의 태도는 아마도 자주적인 삶, 내가 주인이 되는 삶인 것 같은데, 그 예로 그가 인용하는 말 중에 성경 구절이 있다.

즉 "오 리를 가자고 하는 사람에게는 십 리를 가주고 속옷을 달라고 하는 사람에게는 겉옷까지 벗어주라"는 것이다. 어린 시절 성경을 배울 때는 이 구절을 그저 '후하게 주라'라는 정도로 생각했는데 그의 말을 듣고 곰곰 생각해 보니 엄청난 의미가 있는 말이었다. 즉 '내 인생의 주인을 나로 생각하고 주체적으로 사고하고 주체적으로 살아가라'는 말로 이처럼 좋은 예가 없다 싶었던 것이다.

예수가 너무 약해 십자가를 지고 다 오르지 못할 것 같자, 로마 병사들은 군중들 사이에 끼어 있었던 한 남자에게 잠시 동안이지만 예수의 십자가를 대신 지게 한다. 그래서 키레네 사람 시몬은 예수의 십자가를 졌다. 어떤 분은 키레네 사람 시몬을 예로 들면서, "억지로든 뭐든 어쨌든 십자가를 지니까 성경에 나와 이천 년 동안 그 이름이 기록되잖아요?" 하시며 웃었다. 그러나 내 생각은 좀 달랐다.

억지로 지든 자발적으로 예수를 도울 마음에 지든, 십자가를 대신 지고 간다는 것은 보통의 일이 아니었다. 그러나 그는 억지로 했다. 이것이 내 마음에 걸렸다.

아닌 게 아니라 나중에 찾아보니 뜻밖에도 키레네 사람 시몬은 성자가 아니었다. 조금 뒤 베로니카라는 여자가 예수 얼굴 한 번 닦아주고 바로 성녀가 되었던 것과는 대조적이다.

내적동기와 외적동기, 어지로 하는 것과 자발적인 것의 차이는 희생자와 성녀의 차이보다 더 크다. 결국 신이 우리에게 주셨다는 자유는 스스로 생각해 보고 배신할 수 있는 자유이다. 이것을 다른 말로, 즉 자유의지—이 자유의지 때문에 천사 3분의 1이 배신하여 지옥으로 갔다—라고 하는데, 이것은 사랑이라는 것의 본질을 정확히 가리키고 있다.

사랑은, 그러니까 참사랑은 강요하지 않는다. 사랑은 그 자발적임으로 완성된다. 억지로 때려서 혹은 돈을 주고 혹은 꾀어내서 하는 애정을 우리는 사랑이라고 부르지 않는다. 그래서 키레네 사람 시몬은 그렇게 십자가 지고 가는 수고를 하고도 그의 수고는 헛되었다. 그의 수고는 노예의 것이었기 때문이다. 노예의 마음으로 1,000명을 구해도, 노예의 마음으로 하느님 아들의 십자가를 대신 져도, 하느님의 아들과 나란히 걸어도, 2,000년이 넘도록 성경에 그 이름이 오르내려도, 그것은 헛되다. 스스로 말미암음, 자발성이란 이토록 무서운 것이다.

베로니카, 예수의 얼굴을 닦아드리다

베로니카(Veronica)라는 이름은 진실한 형상, 즉 'vera+icon'이라는 뜻이라고 한다. 당시 베로니카는 십자가의 길 근처에 있다가 예수의 얼굴을 닦아드렸는데 그 형상이 그녀의 수건에 찍혔다고 전해진다. 예수 수난의 길을 생각해 보면, 사도 요한—당시 그는 아직 성인 남자가 아니라 어쩌면 청소년에 가까워 보인다—을 제외하면 예수를 배반하거나 공격하지 않은 것은 여인들뿐이었다는 점이 흥미롭다. 십자가 밑에 서 있던 예수의 지지자들도 모두 여인이었다.

실제로 성경에서 예수님이 그 힘든 와중에 여인들을 보고 "나를 위해 울지 말고 너와 네 자녀들을 위해 울어라" 하시는 장면을 봐도 그렇다.

마치 동대문시장의 한복판에 있는 상가 건물처럼 생긴 십자가의 길 6처에는 그런데 뜻밖의 장소가 있다. 예수의 작은 자매들의 우애회(이하 작은 자매회로 부른다)의 한국 수녀님이 계신 것이다. 작은 자매회는 내가 한국에서도 정말 관심 있게 본 수도회였다. 사막에서 죽은 성자 샤를 드 푸코의 뜻을 따라 마들렌 위템 수녀가 창립한 수도회로, 1955년 우리나라에도 들어왔다. 6·25전쟁의 포연이 겨우 가신 즈음, 그들은 경북 왜관에서 한센병 환자들을 돌보며 그 일을 시작했다고 한다.

"가장 가난한 지역에서 가장 가난한 사람들과 같은 방법으로 사십시오"라는 것이 그들의 모토이다. 그래서 그분들은 공장 노동자, 파출부, 식당 주방 일 등을 하며 살아가신다. 생각해 보라. 말이 쉽지, 이건 결코 쉬운 일이 아니다. 나는 우리 아이들이 수도자가 된다면 두 손 들어 찬성하는 사람이지만, 만일 그중에 여기에 입회한다면, 하고 생각하자 10분쯤 망설여졌다. 이 작은 자매회에서 한때 제일 유명했던 공동체가 서울의 모든 쓰레기를 모아놓았던 난지도(지금의 상암동) 공동체였다고 한다. 그곳에서 나오는 쓰레기로 커피 잔과 포트, 꽃병과 그림 등을 전시해 놓은 호화로운(?) 숙소를 꾸며서였다.

나도 80년대 대학 시절에 가끔 그 난지도라는 쓰레기 더미 근처에 갔었다. 그러나 더는 가지 못했다. 그 악취가 거의 기절할 정도였기 때문이다. 그런데 여기서 수녀님들은 공동체를 이루어 쓰레기 더미 속에서 가난한 이들과 함께 사셨다고 했다. 2023년 현재도 이분들의 본부는 비가 새고 허름한 빈민가에 있다고 한다. 유럽의 번쩍이는 수녀원과 수도원, 그런대로 버젓한 한국의 수녀원을 다녀본 나에게 이것은 충격이었다. 한국에서 파견되어 20년간 이곳에 사신 김애순 수녀님이 여기 계시다고 하는데 우리는 나중에 뵙기로 하고 일단은 행렬을 따라 나섰다.

예수, 세 번째로 넘어지시다

이제부터 언덕은 제법 가팔라진다. 빈손으로 가는 나도 약간 지치는데 예수는 이쯤에서 기진맥진하셨을 것이다.

예수께서 세 번째 쓰러지신 것을 묵상할 때면 한 신부님의 얼굴이 언제나 겹쳐 떠오른다. 왜관 수도원의 이석진 그레고리오 신부님이다. 신부님은 우리 어머니하고 나이가 같은 1934년생이신데, 그 마음은 얼마나 젊으신지 인터넷과 페이스북을 다 하시고 운전은 바로 얼마 전 그만두셨다. 해방 전 수도원이 있던 함경남도 덕원에서 살던 분으로, 한반도의 모든 시련을 몸으로 체험하신 실향민이기도 하다.

처음 뵈었을 때 그분은 나를 김천(구미)역까지 데려다주셨다. 아마도 『높고 푸른 사다리』를 쓰기 위해 취재하러 자주 왜관 수도원을 방문할 때였다고 기억한다. 택시를 불러 타고 가도 되는데 싫어 연로하신 신부님 힘드시다며 내가 거절을 했더니 신부님께서 정색을 하고 말씀하셨다.

"마리아 씨, 사람에게 신세를 지는 것도 배워야 해요. 아무에게도 신세 지지 않고 혼자서 잘 살겠다는 거 그거 교만일 수 있어요."

아직도 그때의 신선한 충격이 기억난다.

나는 그 후로 그레고리오 신부님을 마음속의 큰삼촌처럼 생각하며 자주 뵈었다.

신부님께서는 어느 날 이런 말씀을 하셨다.

"내가 젊어서 신부 그만두려는 생각을 한 번 한 적 있어요. 몇 달을 고민해도 답은 하나인 거라. 동료들도 싫고 다 못마땅하고, 그래 마지막으로 피정을 며칠 하고 그만두기로 마음을 먹고 떠났지. 어떤 성당에 들어가 십자가의 길 기도를 바치기 시작했어요. 예수가 사형 선고 받으시고 예수가 매 맞으시고 예수가 쓰러지시고 그렇게 십자가의 길 기도를 바치며 묵상기도를 하는데, 9처에 이르러 예수가 세 번째로 쓰러지신 곳에 이르렀어. 그때 내 마음도 십자가를 지고 가는 것마냥 쓰리고 아픈 때였는데 그 장면을 묵상하다가 나도 모르게 소리를 쳤어요. '예수님, 일어나세요! 죽으러 가셔야죠!' 하고. 그리곤 주저앉아 큰 소리로 울었죠."

세 번째로 쓰러진 예수는 그렇게 일어났을 것이다. 죽을힘을 다해, 죽으러 가기 위해 기필코, 십자가 위에서 죽기 위해서.

이제 행렬은 더 이상의 오름을 멈추고 이상한 동굴 같은 곳을 통과한다. 신기하게도 이 길은 아르메니아 정교회의 경당이다. 그래도 이들은 예루살렘의 4분의 1을 차지해 관리할 정도로 예루살렘에 대해 진심이 있었다. 한때 거대한 아르메니아 제국이었던 이들은 오늘날에는 우리에게 이름도 생소한 아주 작은 나라로 변했다. 역사란 무엇인가, 하는 생각을 또 하지 않을 수 없었다.

사랑은, 그러니까 참사랑은 강요하지 않는다. 사랑은 그 자발적임으로 완성된다. 억지로 때려서 혹은 돈을 주고 혹은 꾀어내서 하는 애정을 우리는 사랑이라고 부르지 않는다. 그래서 키레네 사람 시몬은 그렇게 십자가 지고 가는 수고를 하고도 그의 수고는 헛되었다.

프란치스코회 수사님들과 십자가의 길을 걷고 있는 순례자들.

고통은 유혹이다

보이는 사람에 대한 사랑은
보이지 않는 하느님을 지향해야 하고
보이지 않는 하느님에 대한 사랑은
보이는 사람들에게서 드러나야 한다.
— 마산교구 김동영 신부 강론 중에서

골 고 타 언 덕 터 로

아르메니아 구역을 통과해서 주님 무덤 성당 앞으로
나온 후, 행렬은 다시 주님 무덤 성당 오른쪽으로 올라간다. 거기가
골고타 언덕 터라고 했나. 다른 곳들이 실제로 성경 속 그 장소인지
아닌지 좀 불분명한 데 비해서 이곳은 역사적으로도 고증이 그중
잘된 진짜 골고타라고 전해진다. 골고타란 '머리털이 없는 두개골'을
의미하는 아르메니아어 '골골타'나 히브리어 '굴골레트'가 그리스어
식으로 왜곡된 것이라고도 한다. 라틴어로 갈바리아도 같은 뜻이다.
예수가 처형되던 그때에는 성벽 바로 외곽에 있던 동산이었는데, 나
중에 로마군에 의해 돌로 메워지고 이후 콘스탄티누스대제에 의해
기념 성전이 세워졌다.

오래전 아주 힘든 시간을 보내던 어느 사순 시기에 나는 성당에
잠시 앉아 있었다. 기도할 말도 힘도 내겐 남아 있지 않았다. 그냥

십자가의 길 11처에서 십자가에 못 박히신 예수님을 묵상한다.

무거운 침묵만이 내려앉던 나날이었다. 내 마음은 분노와 비탄으로 들끓고 있었다. 일부러 찾아간 성당도 아니었고 시간이 약간 남아 들어간 곳, 딱히 기도할 생각도 없었다. 나는 그냥 십자가에 못 박힌 예수를 바라보고 있었다.

그때 어떤 환시가 내게 다가왔다. 환시라는 것을 알았고, 그것이 싫으면 고개를 흔들거나 그 자리에서 일어서거나 해서 그걸 떨쳐버리면 그만이라는 것도 알고 있었다. 그런데 나는 그냥 침묵 속에 앉아 있었다.

처음에는 십자가에 달린 예수가 못 박힌 두 손을 비틀고 있었다. 뭐랄까, 우리가 두 손을 꽁꽁 묶이거나 해서 부자연스러워졌을 때 손을 이리저리 비틀어 보이며 피를 돌게 하려고 애쓰는 것 같은 모습이었다. 내게는 그렇게 보였다. 그런데 그렇게 손을 비틀던 예수는 뜻밖에도 완전한 알몸이었다. 완벽한 나신(裸身).

십자가형이 옷을 벗긴 채 행해진다는 것을 알고 있었지만, 아무리 환시 속에서지만, 완전히 벌거벗은 채 십자가에 매달린 젊은 남자를 보는 내 마음은 충격에 휩싸였다. 붉은 피들이 스트라이프 무늬처럼 알몸 위로 흘러내리고, 피는 또다시 흘러내렸다. 예수는 양 손목을 꼼짝 못 한 채로 가끔 혼신의 힘을 다해 온몸을 위로 들어 올렸는데, 그래야 겨우 약간이라도 숨이 쉬어지는 듯했다. 그러나 순간 몸은 다시 중력에 의해 털썩 내려앉았고 그때마다 그의 몸은 물론 십자가 나무에까지 피가 굵은 비처럼 죽죽 흘러내렸다. 새까만 머리는 피에 감은 듯 젖어 있었고 고개는 숙인 채였다.

공포영화의 한 장면을 보고 있는 듯한 충격이 왔다. 마음 저 밑에서부터 일어나 나가자, 일어나 나가버리자 하는 속삭임도 있었다. 그러나 나는 그냥 앉아 있었다. 그렇게 벌거벗겨진 채 못 박힌, 환상 속의 예수를 보았던 것이다. 잘도 우는 나인데도 눈물조차 나오지 않는 처참한 광경이었다.

나는 아직도 그 장면들을 잊지 못한다. 그리고 그날 집으로 돌아오는 길에 네거리의 커다란 전광판에서 내 이름을 보았다. '공지영 작가 전직 신부에게 명예훼손으로 고소당해 검찰 송치'라는 제목이었다. 그제야 눈물이 났다. 어렴풋하게나마 내게 다가왔던 환상의 의미들을 나는 새겼다. 그리고 그 이후 나는 나에게 닥쳐왔던 고비들을 잘 넘겼다. 엄청난 은혜라고 생각하면 지금도 눈물이 난다.

그렇게 숨 한 번 쉬기 힘든 순간에도 예수는 몇 마디 말을 남겼다.

"아버지, 저 사람들을 용서해 주십시오. 사실 그들은 무슨 짓을 하는지 알지 못합니다."

고통은 몇 가지 특별한 해악을 우리에게 끼친다. 고통은 사실 '가만히 두면 원래는 착하고 평범하다'고 주장하는 우리를 새로운 길로 인도해 간다. 그래서 나는 어느 날부터 고통이 유혹이라는 생각을 하고 있었다.

고통은 우선 첫째로 우리에게 악심을 불러일으킨다. 아마도 우리 안에 숨겨져 있던 것이리라.

오래전 강원도 시골집에서 키우던 개 두 마리를 잃어버린 적이 있었다. 아마도 석 달 열흘을 울었던 것 같다. 그때 곳곳마다 플래카드를 걸고 현상금도 내걸었다. 한번은 제보를 받고 다른 골짜기로 갔다. 그들이 제보한 개가 우리 개들이 아니라는 것을 알고 돌아서려는데 한 남자가 소리쳤다.

"아줌마, 개새끼들 찾으러 다녀? 뭐 하러 그딴 짓을 해? 벌써 어느 집 솥단지에서 푹푹 삶아져서 뼈만 남았거나 아니면 골짜기로 잘못 들어갔다가 멧돼지에게 받혀 콱 뒈졌겠지."

허탕을 친 채로 차를 출발시키려는데 어이가 없었다. 처음 보는 사람이었는데 대체 왜 저런 악의를 품고 있는 것인지 나로서는 도무지 이해가 되지 않았다. 아무 대꾸도 못 하고 눈물만 흘리며 그 자리를 떠나 돌아오는데 갑자기 화가 치밀어 올랐다.

'나쁜 자식, 무슨 말을 그따위로 해. 그냥 가만히만 있어도 중간은 가잖아. 좋아, 두고 보자. 너도 꼭 그런 일 당해라. 그래, 너도 당할 거야. 너도 가장 소중한 것을 잃어버리고 그게 솥단지에 들어가 있거나 멧돼지에게 받히는 걸 보게 될 거야. 나쁜 놈, 나쁜 ××!'

내 입으로 그보다 더한 저주가 나왔던 거 같다. 그러다가 문득 '지금 내가 뭐 하고 있는 거지?' 하는 생각이 들었다. 설사 그가 악의로 가득 차 나를 저주하고 조롱했다고 해서 내게 이럴 이유와 권리가 충분한 것은 아니었다. 우선 이건 누구보다 나에게 나빴다. 나는 이제껏 누구를 두고도 이런 저주를 생각해 본 일이 없었다. 결국 유혹이었다.

두 번째로 고통은 우리로 하여금 남을 판단하게 만든다. 나는 이미 그 인부를 악심에 가득 찬 나쁜 인간이라고 결정했다. 혹시 훗날 그와 마주치게 된다거나 그에 대해 누군가 물으면 이 경험에 의해 판단할 것이다. 그의 40~50년 인생 중 나는 겨우 그 몇 초를 목격해 놓고 말이다. 주저하지도 머뭇거리지도 않고 말할 것이다, "인간성이 아주 못됐어."

세 번째로 고통은 우리를 이기적으로 만들며 사랑을 방해한다. 만일 그 무렵 누가 내게 다가와 자신의 강아지가 아파서 걱정이라고 했다면 나는 이렇게 생각하고야 말았을 것이다.

"아니, 지금 내가 강아지 잃어버리고 힘든 거 보이지도 않니? 니네 강아지가 죽을병도 아니잖아." 뭐 이런 생각 말이다. 자기네 강아지 아프다고 걱정하는 것이 무언가 잘못하는 것도 아닌데 나는 아마도 그 일로 그녀를 미워할 수도 있었을 것이다.

알지 않은가. 고통 중에 우리가 얼마나 많은 것을 잃어버리는지 말이다. 우리는 이웃에 대한 연민을 잃어버리고, 우리는 타인에 대한 공감을 잃어버리며, 우리는 낯선 이에 대한 친절을 잃어버린다. 고통이 벼슬이라도 되듯이 군다. 우리가 고통 속에서 얼마나 교만할 수 있는지, 그 신비가 떠올라 왔다.

인간은 극심한 고통 중에서도 교만할 수 있는 신비한 생명체라는 것을 깨닫는 것은 그리 어렵지 않다.

내가 아는 한 유명한 분은 오래전 생때같은 아들을 잃었다. 언론에서 그분의 고통을 이야기하며 한국의 유수한 대학, 최고학부 출신이라는 말을 반복했다. 비극을 배가하기 위한 수사였던가. 그분의 슬픔은 가시지 않아 어느 날부터는 숲속의 수녀원에 가서 아무도 만나지 않고 지냈다. 워낙 유명한 분이었기에 수녀님들도 모두 조심스러웠다고 한다. 그러던 어느 날, 아직 수련자이던 젊은 수녀가 그 방을 청소하다가 작은 일로 그분과 언쟁을 하게 되었다. 그분은 훌륭한 인격을 가진 분이었기에 이렇게 대답했다고 한다.

"미안해요. 아시다시피 내가 아들 잃고 요새 정신이 없어 실수를 했네요. 누구라도 젊은 아들을 잃고 나면⋯⋯."

나는 그 유명한 분을 안다. 좋은 분이었다. 겸손한 분이었다. 그래서 내가 존경하던 그분은 분명 그랬을 것이다. 그런데 당돌한 젊은 수녀는 그것을 용서하지 않고 이렇게 대꾸했다고 한다.

"왜 자매님 아들은 죽으면 안 되는 거죠?"

다음 날 그분은 수녀원을 나왔다. 괘씸해서가 아니었다. 모욕적이어서도 아니었다. 깨닫고 치유되어서였다. 그 모진 한마디가 그분이 스스로 둘러친 유폐의 벽을 깨부순 것이다. 그리고 그분은 우리에게 말했다.

"그 지극한 고통 속에서도 우리는 얼마나 교만할 수 있는지!"

고통에 대해 이야기하자면 결코 잊지 못할 책이 있다. 내가 눈을 떠서 밤에 잠들 때까지 온통 고통 속에서 헤맬 무렵, 나는 『고통이라는 선물』을 만났다. 아직도 그 충격은 생생하다(이 글을 쓰려고 다시 찾아보니 『아무도 원하지 않는 선물』이라는 제목으로 개정판이 나와 있었다).

이 책은 고통을 느끼지 못한다는 점만 빼놓고 모든 것이 정상인 네 살짜리 아이 탄야에 대한 예화로 시작한다.

> 탄야가 '고통에 대한 선천적 무감각'이란 비공식적 명칭의 희귀한 유전질환을 앓는다는 것이 분명한 듯했다. 그 아이는 고통을 느끼지 못한다는 것을 제외하고는 모든 것이 정상이었다. 탄야는 자신의 손과 발이 불에 타거나 손가락을 물어뜯을 때 일종의 따끔한 느낌만 받을 뿐, 그로 인한 불쾌감은 전혀 느끼지 못했다. 탄야는 오히려 따끔거리는 느낌을 즐기고 있었다. (……) 7년 뒤, 세인트루이스에 있는 탄야의 엄마에게서 전화가 왔다. 탄야는 11살이 되었고 한 기관에서 살고 있다고 했다. 그 애는 두 다리를 모두 절단했다. 손가락도 대부분 잃었다. 팔꿈치는 계속해서 탈구되었고, 양손과 다리의 절단된 부위에서 생긴 궤양으로 만성 패혈증까지 앓고 있었다.
>
> ─ 필립 얀시·폴 브랜드, 『고통이라는 선물』

이 책의 공저자 폴 브랜드는 영국에서 인도로 간 선교사의 아들이었다. 그는 유명한 한센병 전문의로, 전 세계, 특히 제3세계의 한센병 환자를 위해 일하는 훌륭한 의사이다. 그는 손과 발, 코가 뭉개지고 눈까지 멀어버리는 것은 한센병의 직접적인 병세가 아니라고 써놓았다. 여러분도 그걸 알고 계셨던가. 나는 큰 충격을 받았다. 한센병이 깊어지면 그게 피부병의 일종이니까 자연히 손과 발 혹은 피부가 뭉그러지는 줄 알고 있었다. 그러나 한센병 균이 우리 몸에 하는 일은 고통을 없애버리는 것이다.

생각해 보라. 고통이 완전히 없어지는 것. 대개 이런 것이 우리의 소원이 아니던가 말이다. 그런데 그렇게 고통이 없어지고 나면 인간의 손과 발이 뭉개지고 코가 뭉개지며 종국에는 눈도 먼다. 조금도 주의하지 않기 때문이다. 문을 닫다가 손을 찧어도, 발 위로 무거운 돌이 떨어져도 피하지 않는다. 아프지 않기 때문이다. 눈은 왜 멀게 되냐면, 눈을 계속 뜨고 있어도 아프지 않기 때문에 깜박이지 않게 되고 깜박이지 않으니까 심한 안구건조증이 오고, 그리하여 각막이 상한다는 것이다. 실제로 한센병 환자들에게 몇 초마다 작은 소리를 내는 장치를 주어 그때마다 눈을 깜빠이게 하면 실명이 방지된다고 했다. 고통을 전혀 느끼지 못하게 되는 것, 이것은 죽음에 이르는 길인 것이다. 참으로 중대하고 두려운 일이다.

고통에는 이렇게 이점도 있다. 첫 번째로, 고통은 내가 무엇에 집착하고 있는가를 보여주는 바로미터이다. 내가 고통을 받았던 것은 주로 인간관계, 전적으로 결혼 관계였다.

처음 결혼 관계가 어그러졌을 때 나는 그것을 그만두어야 했다. 그런데 그러지 못했다. 내가 결혼이라는 것, 가정이라는 것, 안정이라는 것에 집착하고 있었기 때문이다. 우습지 않은가. 내가 만일 더 어린 시절 완벽한 결혼 생활을 1년이라도 해보았다면 결혼이라는 제도에 집착하는 것이 합리적일 것이다. 우리 부모가 그랬다면 그것도 이해할 만하다. 그러나 그런 일은 없었다. 만일 내 주변에 이상적인 결혼 생활—여기서 이상적이라고 하는 것은 우리가 꿈속에서 그리는 그런 생활을 말한다—을 하는 사람이 단 한 커플이라도 있었으면, 내가 그 결혼 생활에 집착하는 것이 이해될 수도 있을 것이다. 그러나 지금 돌아보면 허깨비, 나는 있지도 않고 있을 수도 없으며 앞으로도 있지 않을 결혼 생활을 꿈에 그리고, 거기에 집착하고 있었던 것이다. 망상이다.

아잔 브라흐마 스님은 그의 책 『성난 물소 놓아주기』에서 '고통이란 이 세상이 줄 수 없는 것을 기대하는 마음'이라고 짧고 멋진 정의를 내렸다. 나는 결혼이 줄 수 없는 것을 결혼에서 바랐고, 사람이 줄 수 없는 사랑을 사람에게 원했던 것 같다. 나중에 신을 다시 찾게 되었을 때 내가 원했던 그 사랑의 원형이 거기 있었다는 것을 알고 깜짝 놀랐다. 그걸 인간에게 바랐었다. 우상숭배를 하려 했던 것이다.

두 번째로 고통이 주는 이점이 있는데, 그것은 겸손해진다는 것이다. 야트막한 정상까지 가려고 산을 오르기 시작하거나 책을 하나 쓰려고 자리에 앉거나 하면, 말할 것도 없이 고통이 다가온다. 내 한계는 너무도 분명해서 "오늘은 이 밭의 잡초를 다 뽑아야겠다. 뭐, 한나절이면 되겠네" 하거나 "이번 달 말까지 원고를 끝낼 수 있을 것 같아요" 하는 망상이 깨지는 데 시간이 얼마 걸리지도 않는다. 내가 고작 이만큼밖에 안 되는 인간이구나 싶다. 여기서 그 고통을 자기비하로 떨어지지 않게 잘 관리하면, 그것은 곧바로 고통의 세 번째 이점인 성숙으로 연결된다.

한때 나는 고통이 우리를 성장시키고 성숙시킨다는 말에 반감을 가졌었다.

"싫어요. 성장 안 해도 좋으니까 아무 일도 일어나지 않게 해주세요" 하고 기도하기도 했었다. 그러나 그렇게 기도해도 고통은 왔고 나는 선택해야 했다. 성장할 것인지, 망가질 것인지.

예수님은 그 극심한 고통과 수치 속에서, 심지어 자신을 때리고 고문하고 못 박고 이제 자기의 속옷을 가지고 노는 그들, "이자가 다른 이들을 구원하였으니 정말 하느님의 메시아, 선택된 이라면 자신도 구원해 보시지" 하고 빈정거리고 있는 이들을 향해 말한다.

"아버지, 저 사람들을 용서해 주십시오. 사실 그들은 무슨 짓을 하는지 알지 못합니다."

그는 고통에 겨워 자기중심적이거나 이기적이 되지 않았고 공감과 연민을 멈추지도 않았다. 내 고통이 이렇게 큰데 너희들은 뭐 하는 거니, 서운해하지도 않았다. 판단은 오로지 아버지께 맡기고 그는 그들을 위해 심지어 변호까지 자청한다. 죄를 저지르는 자가 자기가 저지르는 상황이 무엇인지 정확히 인지하지 못했다는 것은 '심신미약'이라는 이름으로 현대의 법정에서도 몹시 유효한 변호가 아니던가.

예수님은 십자가에 못 박힌 순간에도 공감과 연민을 멈추지 않으셨다.

달려 있던 악인들 가운데 하나도 그분을 모독하여 "당신은 그리스도가 아니오? 당신 자신도 구하고 우리도 구하시오" 하였다. 그러나 다른 악인이 되받아 그를 나무라며 "같은 심판을 받는 주제에 너는 하느님이 두렵지도 않으냐? 우리야 한 짓에 마땅한 벌을 당연히 받고 있지만 이분은 아무것도 그릇된 일을 하지 않았다" 하였다. 그러고는 "예수님, 당신 나라로 가실 때에 저를 기억하여 주십시오" 하고 말씀드렸다. 그러자 예수께서 그에게 "진실히 당신에게 이르거니와, 당신은 오늘 나와 함께 낙원에 있을 것입니다" 하고 말씀하셨다.

—「루카복음」 23장 39~43절

이 우도라는 죄수는 인류 역사상 최초로 낙원의 티켓이 구매 확정된 사람이다. 세례자 요한조차도 이런 대접을 받은 일이 없다.

코로나가 끝나자 거의 2년 만에 구치소 미사가 재개되었고 나는 다시 사형수 미사에 참여하게 되었다. 그러는 동안 이곳에도 변동이 있었다. 내가 함께이기를 거부했던 그 유명한 연쇄 살인범 둘이 우리 모임에 합류하리라 예고되었다. 첫 번째 든 생각은 거부감이고 두 번째 든 생각은 두려움이었다. 그들은 심지어 여성들을 성폭행하고 잔인하게 죽인 사람들이었다. 20년이 다 된 봉사를 그만두어야겠다고 마음먹었다. 그런데 서울 교정사목국 현대일 신부님의 간곡한 부탁이 이어졌다.

실제로 만나보면 그들은 평범한 죄수였다. 그런데 집에 돌아와 우연히 유튜브를 검색하다 보면 그들의 범죄 사실을 아주 샅샅이 드러내주는 방송들이 줄지어 나왔다. 가끔 구토가 치밀기도 했다.

봉사를 그만두어야 하나 나도 여러 날 망설였다. 사형제가 실질적으로 폐지된 지 26년, 내가 만나온 사형수들은 그 이전에 사형선고를 받은 사람들이었다. 이런 말이 좀 이상할 수도 있지만 그들은 서사를 가지고 있었다. 존속살인을 할 만큼 혹은 살인을 할 만큼 구구절절한 사연을 가지고 있었다. 갑작스러운 상황으로 살인을 저지르고 만 경우도 있었다.

그런데 이제 내가 새로 맞닥뜨릴 인물들은 그렇지 않았다. 범죄심리학자들이 '현대형 범죄'라고 하는, 잔인하고 연쇄적이며 이유—이유가 있다고 해서 살인이 합리화된다는 것은 절대 아니다—도 별로 없는 범죄들이었다. 이제 어쩌면 결단을 내릴 시기가 왔는지도 몰랐다. 나로서는 이것이 나의 한계를 인정하는 힘겨운 겸손이었다. 나는 신부님께 이제 봉사를 그만두겠다고 말씀드렸다. 사형수를 위한 봉사자가 될 사람을 구하는 일은 그리 쉬운 일이 아니었던 터라 신부님께서는 난색을 표하셨지만, 하동에서 올라오는 나의 노고를 아시기에 딱히 말리지도 못하시는 것 같았다. 그러던 어느 날 성경을 읽다가 나는 예수와 같이 십자가에 못 박혔던 이 도둑을 바라보게 되었던 것이다.

손가락질 받던 세리 자캐오에게, 간음하다 잡힌 여자 막달라 마리아에게 예수는 말했다.

"나도 당신을 단죄하지 않습니다. 가시오. 그리고 이제부터 다시는 죄를 짓지 마시오."

그리고 예수는 이 잔악무도한 잡범에게 말한다.

"당신은 오늘 나와 함께 낙원에 있을 것입니다."

나는 아직도 한 달에 한 번 구치소에 간다.

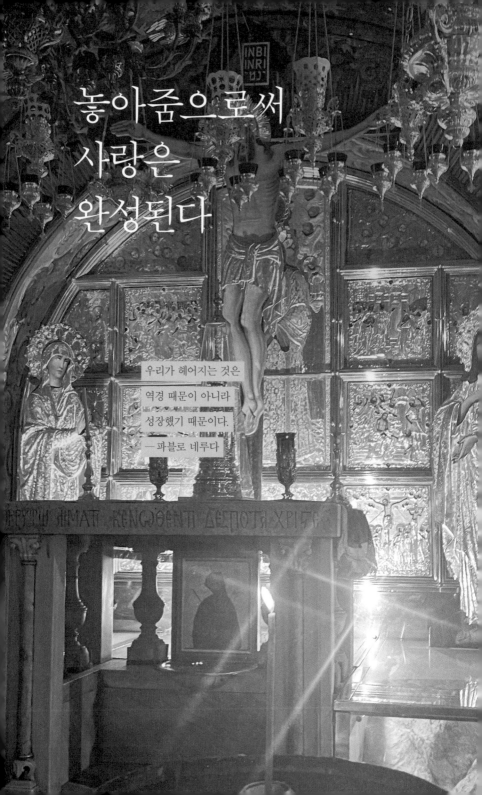

놓아줌으로써
사랑은
완성된다

우리가 헤어지는 것은
역경 때문이 아니라
성장했기 때문이다.
— 파블로 네루다

독일 중부에 마르부르크라는 도시가 있다. 프랑크푸르트에서 북쪽으로 한 시간 가면 있는 대학 도시로 유명한 곳이고, 그림 형제, 헤겔, 그리고 『닥터 지바고』를 쓴 러시아의 삭가 보리스 파스테르나크 등도 거쳐간 아름다운 소도시이다. 거기 성 엘리자베스 성당이 있다. 1997년 첫 유럽 여행 때 그곳에 들렀었다. 그리고 놀라운 그림을 하나 발견했다. 그것은 〈피에타〉였다. 십자가에서 예수님의 시신을 내린 제자들이 마리아의 무릎에 잠시 그를 놓아드렸다는 구전에 따른 그림, 우리에게는 로마 바티칸에 있는 미켈란젤로의 〈피에타〉가 더 많이 연상되는 그 피에타이다.

성 엘리자베스 성당의 그림에서 마리아는 늙었고 핏발 선 눈을 하고 있었다. 그녀의 베일에는 십자가에서 떨어져 내렸을 선혈이 방울방울 얼룩져 있었다.

독일 마르부르크의 성 엘리자베스 성당에 있는 <피에타>.

"나의 하느님, 나의 하느님, 어찌하여 나를 버리셨습니까?"

예수의 일생, 그중에서 그 죽음을 묵상하다 보면 참으로 인류 역사상 이보다 더 비참한 죽음을 나는 아직 알지 못한다. 죄 없이 죽어간 사람은 많았다. 그러나 최악의 경우 모든 인간에게 버림받았다 해도 최소한 하늘이 그를 버리지 않음을 그들은 안다. 이는 그리스도교가 얼씬도 하지 않았던 중국의 고대 사료에서 포악한 왕이 현자를 죽일 때조차 나타나는 사실이다. 현자들은 자신들의 떳떳함을 하늘이 안다며 죽어갔다. 그리스도교가 없어도 그들은 최소한 하늘의 도리를 다한 자신을 하늘이 굽어보고 있다는 정도는 확신했다. 크리스마스 다음 날이 축일인 스테파노도 "하늘이 열려 있고 하느님 오른편에 사람의 아들이 서 계신 것이 보입니다"라고 외치며 죽었다. 온갖 고문과 고초를 당하던 그 이후의 성인 성녀 들도 최소한 하늘이 계심과 하늘이 자신을 버리지 않음 을 믿었다.

그런데 여기 신의 아들이라는 예수가 있다. 아직 잡히기 전에 올리브동산에서 피땀 흘리며 기도할 때 그는 심지어 제자들 앞에서 "이 잔을 저에게서 거두어주소서"라고 자기가 아버지라고 부르는 하느님께 부탁했었다. 그리고 그는 그 가장 간절한 순간에 제자들 앞에서 그의 아버지에게 보란 듯이 거절당했다. 자존심은 밑바닥까지 떨어져 내렸을 것이다. 매 맞고 조롱 받은 육체는 더할 수 없이 너덜너덜해지고 벌거벗긴 몸의 수치도 버거운데 이제 하늘마저 닫힌다. 하느님의 아들은 그렇게 세상의 순례를 마감한다. 어떤 역사에서도 이보다 더 버림받고 이보다 더 고독한, 그리하여 비참한 최후는 없다.

그리고 행렬은 주님 무덤 성당에 이르러 십자가의 길을 마감한다. 예수의 친구들은 유대인들의 눈치를 보며 예수를 묻는다. 로마인이 아니고 유대인들의 눈치를 보았다 함은 권력보다 무서운 것이 관습이고 종교 혹은 이데올로기라는 말도 될 것이다.

그들은 서둘러 예수를 여기에 장사 지내고 무덤 입구를 큰 돌로 막아놓았다. 이제 밤이 올 것이니까 말이다. 밤도 그냥 밤이 아니다. 안식일의 밤이다. 앞에서도 말했지만 전등 스위치 하나도 올려서는 안 되는 밤이다. 먹지도 못하고 움직이지도 못하는 무력함의 극치를 지나가야 하는 것이었다.

예수의 어머니 마리아는 그 밤, 그 어둠을 보며 무슨 생각을 했을까? 예수의 제자 베드로는? 요한은? 그 밤은 끔찍한 절망이었을지도 모르겠다.

나도 밤이 싫었다.

밤은 어둡고 무서운, 나쁜 것이란 생각이 있었다. 어렸을 때부터 잠도 자기 싫어했다. 1년 중 내가 제일 좋아하는 날은 하지고, 그다음은 동지였다. 하지는 낮이 제일 기니까 좋았고 동지는 이제 더 이상은 나빠질 일 없이 낮이 조금씩 길어지겠지 싶어서 그랬다. 그러나 다시 돌아보니 치유도 언제나 밤에 일어났다. 어린 시절 엄마가 말하곤 했었다.

"자라. 자고 나면 나아 있을 거야."

자고 일어나면 신기하게도 많은 것이 달라져 있기도 했다. 자고 일어나면 내 바지가 껑충해지고 옷소매가 짧아져 있기도 했다. 비단 인간에게만 그런 것은 아니어서, 하동에 와서 살다 보니 자고 일어나면 아랫집 감나무가 초록초록 했고, 자고 일어나면 길가 은행나무가 노랗게 물들어 있기도 했다.

해가 있어야 싹이 튼다고 생각하지만 어둠 속에서야말로 싹이 트고 꽃이 피어난다는 것, 이것은 정말 위대한 일이다. 그러니까 우리는 밤에 자랐고, 고통 중에 성숙했고, 아프고 나서야 키가 반 뼘쯤 자란 것일까.

하루는 친구가 자신의 뜰에서 민들레가 필 듯 말 듯 하기에 그 피는 순간을 관찰하려고 몇 시간을 뚫어지게 처다보았다는 이야기를 힌 적이 있었다. 거의 벙글어진 꽃은, 그러나 아침 해가 중천에 오르도록 피어나지 않았다고 했다. 몇 시간 후 요의를 참다못해 화장실에 다녀왔는데, 그제야 꽃이 피어 있어서 너무 화가 났다고 했던 이야기에 우리는 한참을 웃었다. 그러나 그게 정답이다. 우리가 억지로 보려고 한다고 보이지는 않는 것이다. 모두가 안 보는 사이, 성장이 이루어진다.

우주의 힘은 수줍다. 우주는 힘이 잔뜩 들어간 사람, 눈 부릅뜬 사람을 비켜 다닌다. 알지 않는가. 모든 스포츠도 결국은 힘을 빼면 고수가 된다. 삶도 그렇다. 밤이란 건, 하늘이 '좀 가만히 있을래? 넌 좀 자. 눈 좀 감고 가만히 있어봐. 내가 그대로 치유해 줄게. 제발 네

주님 무덤 성당에 있는 에디쿨레. 예수님의 무덤을 감싸고 있는 작은 경당이다.

힘 좀 빼봐'라고 속삭이는 시간인지도 모른다. 모든 것이 어둠 속에서 이루어졌고 밤이 했다.

그리고 그 두 번의 밤 동안 죽은 사람이 스스로 다시 살아나는 전무후무의 역사가 이루어졌다. 아무것도 없는 동굴 안, 아무것도 보이지 않는 칠흑 같은 어둠, 움직일 수도 없는 안식일의 그 무기력한 밤에.

그러고 보니 밤새, 나 자는 사이에, 모두가 어둠이고 암흑이라고 말하는 그 시간에, 우리가 이건 아니지, 라고 생각하며 이것 말고 아침이 왔으면 하고 기다리던 그 밤이라는 시간에, 세상은 한 뼘 자라기도 했고 초록이 돋기도 했으며 아픔이 나아 있기도 했다. 나에게 이 은둔, 인간에 대한 혐오와 절망, 사회에 대한 공포심 어린 경멸, 모든 만남에의 거절과 취소는 밤이었던가. 내가 그토록 사랑했던 글을 버리려고 문을 닫아건 채 독하게 마음먹고, 그리하여 나는 이 유대인들의 적의를, 이 배척을, 이 캄캄한 무덤을, 이 죽음을, 이 밤을 보러 이리로 떠나왔던가.

샤를 드 푸코를 찾아서

타인의 행복을 위해 박탈과 고통의 삶을 살기로
결심해서는 안 됩니다.
탄탄하고 오래 지속되는 참된 사랑은 자기 자신의
행복과 타인의 행복을 동시에 추구하는 사랑입니다.
우리가 타인을 향해 가려고, 종종 우리 자신을 가두는
고리를 깨뜨릴 때, 인생은 흥미진진해집니다.
― 엠마뉘엘 수녀, 『나는 100살, 당신에게 할 말이 있어요』 중에서

사마리아 여인의 우물에서 나자렛 글라라 봉쇄 수녀원까지

천 일이 넘는 칩거 동안 나는 세 남자에게 매혹되어 있었다. 프란치스코와 샤를 드 푸코, 그리고 십자가의 성 요한이다.

요르단에서부터 시작된 일정에서 나는 주님의 발자취를 지키고 싶어한 프란치스코 성인의 열렬함을 이어받은 프란치스코회 수도사님들을 만났고, 이제 샤를 드 푸코(1858~1916) 성인을 만나고 싶었다. 그는 2022년 5월 성인품에 올랐다. 예루살렘과 나자렛은 그 성인을 이해하는 데 있어 중요한 열쇠를 가진 도시이다.

책으로 샤를 드 푸코를 처음 만난 것은 10여 년 전의 일이다. 이상하게도 나는 그에게 계속 끌리고 있었다. 그의 기도문을 가지고 다니며 외웠고, 어쩌다가 그 기도문이 거슬리게 느껴진다면 그건 내 영성 생활이 느슨해지고 있다는 증거 같았다.

〈의탁의 기도〉

아버지, 이 몸 당신께 바치오니 좋으실 대로 하십시오.
저를 어떻게 하시든지 감사드릴 뿐,
저는 무엇에나 준비되어 있고 무엇이나 받아들이겠습니다.
아버지의 뜻이
저와 모든 피조물 위에 이루어진다면
이밖에 다른 것은 아무것도 바라지 않습니다.

저의 영혼을 당신 손에 도로 드립니다.
당신을 사랑하옵기에
이 마음의 사랑을 다하여 당신께 제 영혼을 바치옵니다.
당신은 제 아버지시기에
끝없이 믿으며 남김없이 이 몸을 드리고
당신 손에 맡기는 것이
어쩔 수 없는 저의 사랑입니다.

―최민순 옮김

　샤를 드 푸코는 프랑스에서 손에 꼽을 만한 귀족 가문의 사람이
었다. 그의 가문은 영국으로 치면 다이애나비와 처칠을 배출한 스
펜서가와 비길 만큼의 엄청난 부와 권력을 소유했고, 그는 마치 왕
자와도 같은 어린 시절을 보낸다. 19세기 중반에 식민지를 넓혀가며

부를 축적하던 프랑스에서 태어난 그는, 그러나 여섯 살 때 아버지와 어머니를 연이어 잃는다. 그리하여 유산을 모두 물려받고 돈밖에는 아무것도 지니지 않은 젊은이로 자란다.

한 인간이, 그것도 어리고 젊은 인간이 아무것도 가지지 않았는데 돈이 많다는 것은 엄청난 재앙이다. 샤를 드 푸코도 이 재앙에 휩쓸려 간다. 그는 어머니가 그토록 바랐던 신앙을 버렸고 여자들을 얻었다. 먹고 마시고 놀 수 있는 것은 얼마든지 있었다. 손만 뻗으면 쾌락은 선악과보다 쉽게 손에 닿았다. 아무튼 그는 젊고 돈 많은 남자가 저지를 수 있는 모든 것을 저지르며 나락으로 떨어지고 있었다. 먹을 것에 탐닉하던 뚱보였던 그는 학교에서 퇴학당한 이후 어렵게 들어간 사관학교에서도 거의 꼴찌로 졸업하고는 군대에 겨우 들어간다. 그러나 곧 부임한 부대에서도 쫓겨난다.

쫓겨날 무렵 그의 부대는 모로코에 주둔해 있었는데, 그는 그 모로코인 남자들의 이슬람 신앙에서 깊은 인상을 받았던 것 같았다. 그러나 그는 환락의 생활을 계속하고 있었다. 그것은 그에게 공허를 안겨주었다.

이상하다. 얼핏 생각하면 화려하고 사치스럽고 방탕한 생활이 다채롭고, 매일 기도하고 가난을 소중히 여기며 신을 섬기는 생활이 단조로울 것 같지만, 이상하게도 그건 정반대다. 그는 이 환락으로 가득 찬 생활에서 엄청난 권태와 공허, 그리고 외로움을 느꼈다.

사촌 누이 마리의 권유에 따라 생 오귀스탱 성당의 위블랭 신부를 찾아갔다. 그는 한때 기도했었다.

"하느님, 만일 당신이 계신다면 저로 하여금 당신을 알게 해주소서."

위블랭 신부는 "신에 대해 이야기하고 싶다"는 그에게 다짜고짜 "꿇으시오. 그리고 고백하시오" 하고 명령했다.

이 순간이다. 이 순간이 바로 우리와 같은 타락하고 평범한 한 인간이 성자로 탄생되는 첫 순간이었다. 그는 "뭐라고? 쳇, 관두시오" 하고 돌아서 나갈 수도 있었다. 그러나 그는 거기서 무릎을 꿇었고 자신의 모든 삶과 죄를 고백했다. 그리고 다시 일어섰을 때 그의 모든 것은 바뀌어 있었다.

내가 왜 그에게 그토록 매료되었던가? 화려한 공허들을 나도 체험해 보았기 때문일 것이다. 나의 경우는 은총이 더해져서 무릎을 꿇지도 고해하지도 않고 다만 "하느님, 어디 계세요?" 하고 외쳤을 뿐인데 모든 것이 바뀌었다. 아니, 나보다 은총을 더 받은 이도 있다. 우리에게는 『나니아 연대기』로 유명한 영국의 유명한 영문학자이자 신학자인 C. S. 루이스는 "동물원에 갈 때는 무신론자였는데, 돌아올 때는 신자가 되어 있었다"고 고백한다. 이것은 신비이다.

이 글을 읽는 여러분들은 이미 그 체험을 했거나, 아니면 그 체험을 앞두고 있을 것이다. 그것이 어디서 어떻게 얼마나 느리고 혹은 빠르게 일어날지는 사실 우리의 소관이 아니다. 우리는 다만 기도할 수 있겠다.

"만일 당신이 계신다면 저로 하여금 당신을 알게 해주십시오" 하고.

그가 말했다.

"당신은 나에게 쓰라린 공허를 느끼게 하였고 나로 하여금 슬픔을 맛보게 하였습니다. 그 슬픔은 나를 온통 벙어리로 만들었으며 사람들이 축제와 향연을 벌일 때면 더욱 끈질기게 나를 괴롭혔습니다. 내가 베푸는 파티에서도 한순간이 지나면 오히려 깊은 침묵에 빠졌고 마침내는 모든 것이 역겨워졌습니다."(공지영,『높고 푸른 사다리』에서 재인용)

그랬을 것이다. 슬픔으로 벙어리가 되어 마침내는 모든 것이 역겨워지는 순간이 왔을 것이다. 사람들이 축제와 향연을 벌일수록, 그것이 흥겹고 그것이 왁자할수록, 그것이 멋지고 기름지고 질탕할수록, 그만큼 더 쌓이는 슬픔과 공허를 나는 얼마간 안다.

엄청난 환호를 받고 집으로 돌아와 옷을 갈아입을 때, 무대 위에서 입었던 그 허물 같은 옷을 침대 위나 의자에 걸칠 때 나는 이상하게 내 껍데기를 벗는 듯한 공허에 시달리곤 했다. 환호가 클수록, 내 말이 감동적이라고 나 스스로도 그렇게 생각할수록, "선생님 때문에 저는 살게 되었어요" 하고 독자들이 이야기하면 할수록 그랬다. 거짓을 말한 것이 아닌데도 이상하게 내가 위선자가 된 것 같았다. 허공에 사라지는 말이라는 것의 허망함 때문이었는지도 모른다.

생에 딱 한 번만 봉사하자 마음먹고 결심을 다지고 다져 정치판을 도우러 나섰을 때도, 쌍용자동차 노동자를 도우려 거리에 나섰을 때도, 세월호 아이들을 위해 거리에서 지냈을 때도, 나는 실은 행복하지는 않았다. 그 방법이 나와 맞지 않아서였을 것이다. 사람들이 많은 곳에 가면 늘 식은땀에 젖었고 그리고 힘겨워 집에 돌아와 기절을 하듯 누워 있어야 했다. 그러면서도 사람들만 만나면 웃었고 명랑했고 말도 잘하는 나는 누구인가? 이 이중성의 간극은 그저 힘만 드는 것이 아니라 실은 공허도 동반했다.

나는 그 어둠과 고통, 은둔 속에서 하루 종일 생각했다. 너무 늦었지만 물었던 것이다.

인간은 무엇으로 사는가, 내 삶의 남은 시간들을 무엇으로 채울 것인가, 신앙이란 무엇이며 선함이란 또 무엇인가, 올바르게 산다는 것은 무엇인가. 그러면 생각의 동굴은 깊어져서 새소리 멀어지고 물소리도 들리지 않는 정적 속으로 나는 자주 잠수하곤 했었다.

그 생각들 속에서 한 가지 확실했던 것은 모든 것이 불확실하다는 사실이었다. 그러나 이 '불확실성'이야말로 인간의 숙명이자 에너지의 원천일 것이다. 내게도 그것은 참이다. 내 스무 살 때 "당신은 세 번 이혼할 것이며, 결혼 생활은 기억도 하기 싫게 불행할 것이며, 성이 다른 세 아이를 두는데 그 아이들이 당신의 마음을 아프게 할 것이며, 당신은 돈을 좀 벌긴 하지만 당신 손에는 한 번도 쥐어보지 못할 것이고, 당신의 안티들이 당신이 책을 낼 때마다 따라다니며 악다구니를 쓸 것이다"라는 예언을 들었다면 나는 온전할 수 있었을까. 아마도 나는 모든 희망을 잃고 글을 쓰려고 시도하지도 않았을 것이다. 다가오는 남자란 모두 배척해 버리고, 혹은 사귄다 해도 마음 한구석으로 날마다 이별을 준비했을 것이다. 내가 어렵게 번 돈 같은 것들을 그들이 사업한다고 가져갈 때 절대 내주지도 않았을 것이다. 그러니 어쩌면 안전한 삶을 살았을지도 모른다.

268

지금 다시 돌아보면 우습다. 어떤 삶을 택할 것인가? 10년 전만 해도 나는 대답했을 것이다.

"차라리 아무것도 시도하지 않고 아무 일도 일어나지 않을 삶을 택하겠어요. 이 고통이, 이 지경이 저는 지긋지긋합니다."

그러나 이제 와 돌아보면 그렇지 않다. 나는 이제 적어도 지나온 내 삶을 미워하지 않는다. 그러니 예언이 있다 한들 듣고 난 뒤 우리가 온전할 수 있는 것도 그 불확실의 힘이다. 그것이 나쁜 것이든 설사 좋은 것이라 해도. 그러니 불확실성에도 이점은 있다.

하지만 한 가지 확실한 것도 있는데, 그것은 자기 자신을 이웃처럼 사랑해야 한다는 것이다. 나는 이제 사랑이 희생이 아니라는 것을 안다. 다만 사랑의 한 부분이 희생이고 희생은 강한 자가 약한 자에게 하는 것, 엄마가 아기에게, 어깨가 넓은 청년이 철로 위에 쓰러진 노파에게, 용광로 같은 심장을 지닌 자가 식민지가 된 가여운 조국에게 하는 것이라는 것을 안다. 예수는 신의 아들이었기에 죽은 것이고, 그가 인류를 위해 죽었기에 신의 아들임이 증명된 것이다.

가장 어린 누이에게 오빠의 밥을 해주라는 것은 사랑이 아니다. "아버지 성질이 저러니 네가 참아라"도 사랑이 아닌 것을 알며, "너만 입 다물면 우리 가족이 평화롭다"는 학대이며, 남편이 할 일, 자녀가 할 일을 대신 해주고 진다는 십자가 같은 것은 이 세상에 없다는 것도 안다. 이웃을 위해, 남을 위해 나를 나누고 도와주는 삶을 산다는 것과 희생한다는 것은 완전히 다른 일인 것이다.

내 젊은 날 스승이었던 M. 스캇 펙의 명저 『아직도 가야 할 길』이 떠올랐다.

사랑에 관한 흔한 오해 중 두 번째는 의존도 사랑이라고 생각하는 것이다. (……) "사랑이란 선택의 자유로운 실천입니다. 서로가 없어도 잘살 수 있지만 함께 살기로 선택할 때만이 서로 사랑한다고 할 수 있는 겁니다."

사랑의 느낌에는 제한이 없지만 사랑할 수 있는 능력에는 한계가 있다. 그러므로 나는 사랑할 능력을 누구에게 집중할 것인지 선택해야 하고, 그를 향해 사랑의 의지를 집중해야 한다. 참사랑은 사랑으로 인해 압도되는 그런 느낌이 아니다. 그것은 책임감 있게 심사숙고한 끝에 내리는 결정이다.

그리하여 샤를 드 푸코는 이스라엘 나자렛으로 간다.
"나의 하느님은 이렇게 가장 가난하고 비천한 자리를 택하셨기 때문에 아무도 하느님으로부터 그것을 빼앗을 수가 없었다."
위블랭 신부의 말은, 샤를 드 푸코의 영혼을 꿰뚫었고 훗날 일생의 좌우명이 되었다고 한다. 그는 신자가 되는 순간 "하느님을 위해 모든 것을 바치겠다"는 결심을 동시에 했다고 한다. 그는 사람들 중에서 가장 가난하고 비천한 자리를 찾는 것 외에는 아무것도 원하지 않았다. 그는 그리스도와 가장 가까이 있을 수 있는 방법은 그것뿐이라고 생각했다.

그의 그러한 행태가 지난날의 죄를 곱씹으며 하는 끝없는 자학이 아니었다는 것이 중요하다. 그의 행위들은 마치 어머니의 고향을 찾아 그 허름한 누옥에서 며칠 밤을 꼭 자보고 싶은 아들의 마음, 혹은 아버지가 전사한 전투 지역을 따라 그 길을 꼭 걷고 싶은 아들의 사랑과 같은 것이었다. 그래서 그는 나자렛으로 가서 수녀원에 들어가 잡역부가 된다.

나는 그의 전기에서 이러한 것들을 읽고 오래 그를 생각해 온 터라서 이번 기행에서 가능하다면 따로 나자렛에 가보고 싶었다. 그러고 나서 가능하다면 사마리아 여인이 예수님을 만났던 야곱의 우물에도 가보고 싶었고, 친절한 누군가가 "그래 또 어딜 가보고 싶니" 하고 혹시라도 묻는다면 예전에 읽은 갓산 카나파니의 소설 「하이파에 돌아와서」의 그 하이파에 꼭 가보고 싶었다. 하지만 예루살렘 교민인 리노 형제님은 연이은 손님에 치여 꼼짝도 못 하시는 것 같았다.

혼자서 갈 수 있는 방법을 찾아 구글로 검색을 계속해 봤지만 대중교통은 그리 발달되어 있지 않아 엄두가 나지 않았고, 유대인 지역과 팔레스타인 자치구 사이에는 대중교통이 아예 없었다. 앞에서도 이야기했지만 나는 염치 불구하고 남에게 부탁하는 것을 죽을 만큼 싫어하는 사람이었다. 그래서 언제나처럼 생각했다.

'허락해 주신다면 가게 되겠지요. 그러나 가지 못하면 예루살렘을 걷겠습니다. 그것만으로도 감사합니다.'

어렸을 때부터 무엇이든 열심히 하는 버릇이 있는 내가 이런 태도를 가지게 되는 데는 돌아보면 20년이 걸렸다. 나더러 책을 열 권 더 쓰라거나 잘 걷지도 못하는 내게 높은 산을 올라보라거나 하는 것이 어쩌면 더 쉬웠을 시간들이었다. 주님은 기도마다 내게 명령하셨다.

"너는 멈추고 하느님 나를 알라."

나는 아직도 그 시간들을 다 기억한다. 그렇게 멈추어 있으면 땀구멍마다 녹즙이 흘러내리는 듯한 고통이 일었다. 몸을 멈추고, 머리를 멈추고, 감정을 멈추는 일 말이다. 그렇게 혹독한 날들이 지나간 후, 아주 약간씩 나는 멈추고 힘을 빼는 법을 알게 되었다. 지금도 누군가 내게 다가와 "성당에 가고 싶어요" 할 때 나는 그를 데리고 가면서 딱 한마디를 건넨다.

"워터파크 가보셨죠? 그중에서 유수풀 알죠? 물이 흘러가고 우리는 튜브 타고 둥둥 떠내려가는 곳이요. 자, 이제부터 그렇게 해요. 성당에 오는 마음이라는 튜브를 탔으니 힘을 빼세요. 그리고 즐겨요. 그러면 모든 것을 그분이 다 하시고 데려다놓으실 거예요. 참 쉽죠?"

떠나는 날을 닷새 정도 앞두고 천사가 '꿀'을 가지고 나타나셨다. 테오필로 신부님으로부터 연락이 온 것이다.

"마리아 씨, 나자렛 데려다줄 사람 찾았어요?"

내가 아니라고 하자, 테오필로 신부님이 말씀하셨다.

"내가 약간 시간이 나니 나랑 갑시다. 나자렛만 가면 되나요?"

마음속으로 '오오' 하며 환성이 나왔지만, 나는 애써 침착하게 대답했다.

"원래는 사마리아 여인의 우물도 가고 싶었는데, 혼자 가기에는 교통도 그렇고 위험할 것 같더라고요."

그러자 신부님께서 대답하셨다.

"좀 돌아가긴 하겠지만 갑시다. 뭐, 다 사람 사는 데인데, 또?"

이게 웬일인가 싶었다. '또?'라니. 나는 염치 불구하고 또 대답했다. 뭐, 말이라도 해보자 싶어서였다.

"하이파라는 곳이 있다는데, 거기 가볼 수는 없겠죠. 꽤 북쪽이던데."

그러자 신부님은 잠시 망설이더니 대답하셨다.

"그럽시다. 마침 거기에 수녀원도 있어요. 그럼 좀 일찍 출발해야겠네요. 내일 아침 다마스쿠스 문 앞에서 만나기로 해요. 참, 작은 자매회의 김애순 수녀님께서 이삼일 후 마리아 씨를 여기서 샤를드 푸코가 살았던 예루살렘 글라라 수녀원으로 데려가주신다고 했어요. 준비하시고 내일 봬요."

웬 떡이라는 게 보따리째 굴러들어오는 느낌이었다.

검문에 검문을 이어가면서 달려가는 길은 포장이 이어지다가 어느 순간 비포장이나 다름없이 누더기가 된 채였다. 유대인 지역을 벗어나자 확연하게 풍경이 바뀌었고 국민소득 4만 달러의 이스라엘에서 갑자기 시간 여행자가 되어 1970년대의 한국으로 돌아간 것 같았다. 지금이 2022년이라는 것을 알려주는 표지는 그곳에서 달려가는 현대와 기아 차 정도일까. 우리는 세겜을 통과해서 사마리아의 우물을 향해 가고 있었다. 그러나 여전히 장터들은 활기찼고 사람들의 표정도 그리 나쁘지 않았다.

사마리아 여인의 우물을 굳이 가보고 싶었던 것은 여러 가지 이유가 있었다. 내가 회심한 그 순간부터 많은 사람들이 「요한복음」에 나오는 우물가의 사마리아 여인의 구절을 들려주며 그 여자가 꼭 나 같다고 했다. 가만히 생각해 보니, 그 이유는 그녀가 남편이 많았던 여자이고 이제 남편이 없는 여자라서인가 보았다.

"이 여자는 남편이 다섯이나 있었고 지금도 남자와 살고 있는 모양이니 나는 아직도 멀었어." 나는 농담으로 사람들의 말을 막았다. 한번은 황창연 신부님께서 강연 중 이 여인에 대해 말하면서 "이뻤을까요, 아닐까요? 말해 뭐 하겠어요. 무지하게 이뻤겠죠" 하셔서 한참 웃은 적이 있었다.

그러던 어느 날 서강대의 오세일 신부님과 이야기를 나누던 중에 그분께서 이 여인을 언급하면서, 미국에서 공부할 때 자신의 스승이었던 급진적 여성 신학자는 이 사마리아의 여인을 「요한복음」의 저자로 보기도 한다는 말씀을 하셨다. 순간 내 귀가 번쩍 뜨였다.

"중요한 것은 그 여인이 남편이 몇 있냐 없냐가 아니에요. 예수와 대화를 나눌 때 보면 그 여인은 성경에 대한 지식이 해박할 뿐 아니라 모든 예언서를 두루 꿰고 있다는 것이죠. 그녀는 후에 예수를 따르는 여인들 중 한 명이 되었을 확률이 높고, 그리고 요한을 도와 복음을 썼을 수도 있어요."

아닌 게 아니라 성경을 읽을 때 이 대목에 이르러 이상한 점이 몇 군데 있었다. 우선 예수님이 먼저 말을 거시는 경우는 극히 드물었고 예수님이 혼자 계시는 것—특별히 기도하러 가시기 전에는—도 드문 일인데, 대사가 마치 드라마처럼 자세하게 주거니 받거니 기술되어 있었다. 「요한복음」에만 나오는 이 대목에서 저자라고 알려진 요한은 심지어 이 자리에 있지도 않았다. 자세히 들여다봐도 내게는 이 대화가 이 귀한 필사본에 이렇게 길게 기록될 일인가 싶어 시큰 둥했던 것이다. 그러나 만일 이 사마리아의 여인이 그 저자라면 이야기가 달라질 것 같았다. 그래서 그곳과 그 우물에 한번 가보고 싶었던 것이다.

아스팔트가 깨져져 거친 길과 쓰레기가 뒹구는 보도 모퉁이에 사마리아 여인이 예수님을 만난 우물이 있는 야곱의 우물 성당이 있었다. 그리스정교회가 관리하는 성당답게 그 안뜰은 정갈하고 아름다웠다. 사이프러스 나무들이 줄지어 선 돌 마당을 가로질러 계단을 내려가자 성당이 나타났다. 신기하게도 성당 한가운데 우물이 있었다. 이미 너무나도 오래전이라 주변은 높아졌고 우물은 아주 낮아진 것 같았다. 테오필로 신부님께서 우물물을 길어 보이셨다.

성경에 따르면, 사람들을 피해 정오가 다 된 때 땡볕에 물을 길러 나왔던 사마리아의 여자는 예수를 만나고 변한다. 그녀는 그 지역 사람들에게 메시아가 오셨음을 알렸고, 예수님은 예정에 없었지만 거기서 이틀이나 더 머무셨다고 한다. 사람들이 나더러 사마리아의

야곱의 우물 성당 안에 보존된 우물과 이콘. 사마리아의 여인은 이곳에서 예수님을 만나고 변화한다.

여자 같다고 말한 것이 그러고 보니 기분 나쁠 일도 아니었다. 어려운 와중에 이 지역의 이 성당에 온 것이 꿈만 같았다. 우리는 갈 길이 멀어 그곳에서는 오래 머물지 못했다.

우리는 길을 가다가 잠시 차를 멈추었다. 우리랑 똑같이, 한가한 시골 길가에 오렌지와 감자 등을 쌓아두고 팔고 있는 곳이었다. 신부님은 나자렛의 글라라 수녀원 수녀님들에게 드릴 선물을 좀 사야겠다고 하면서 차에서 내리셨다. 위험한 지역이라서 나는 차 안에 앉아 있는데 날이 좀 더워 창문을 내리려니까 오렌지를 파는 가족 중 아버지만 빼고 온 식구가 내게 다가오고 있었다. 돌이 좀 넘은 아이를 안고 있는 엄마와 열여섯은 되어 보이는 큰딸 소녀와 열 살쯤 되어 보이는 아들과 갓난아기. 모두 눈을 휘둥그레 뜨고 나를 구경하러 왔다. 이 세상에 태어나 동양 여자를 처음 보는 것 같았다. 딸은 삼성 휴대폰을 앞세우며 나더러 사진을 찍어도 되냐고 물었다. 하는 수 없이 내려서 그들과 사진을 찍었다. 그 엄마와 딸 그리고 아기. 나중에는 계산을 끝낸 아빠까지 왔다. 아들에게 "너도 와"했더니 그 소년은 엄청나게 수줍은 얼굴로 나무 뒤로 가서 숨었다.

잠시였지만 웃으며 그들과 있다가 우리는 출발했다. 뒤돌아보니 소녀가 아직도 나를 향해 손을 흔들고 있었고 엄마는 아이를 안은 채 하염없이 웃고 있었다. 검은 차도르를 쓴 여인들이었다. 차창을 내리고 고개를 빼서 나도 손을 흔들어주다가 문득 가슴이 아파왔다. 이곳은 위험한 지역, 한 달 전에도 시위하던 사람들이 죽었다고 했다.

저 가족들에게도 기관총이 겨누어지고 저 가족들과 저 소년들에게도 포탄이 퍼부어질까. 이들의 얼굴은 한국에 돌아와서도 지워지지 않았다. 검고 아름다운 눈들과 짙은 눈썹, 선량한 입매 들이……. 나는 생각했다. 그 옛날 성가족의 얼굴은 이와 같지 않았을까.

그리고 리노 형제의 경고는 옳았다. 다음 날 거기서 또 세 명의 사람이 죽었다.

나자렛으로 가는 길로 들어서자 검문하는 군인이 우리보고 차를 세우고 모두 내리라고 했다. 팔레스타인 지역에서 유대인 지역으로 넘어가는 길이어서 검문이 심했다. 그들이 든 기관총은 언제든 수상한 자를 쏠 수 있는 권한을 부여 받고 있었다. 테오필로 신부님께서 걱정하지 말라고 하면서 그들에게 웃으며 영어로 말을 건넸지만 그들은 웃지 않았다. 그들의 나이 열여덟에서 스무 살쯤 되어 보였다.

열여덟에서 스무 살쯤의 젊은이들에게 실탄과 총을 쥐여주고 그들에게 언제든 총을 쏠 수 있는 권리를 주는 것에 대해 어떤 생각이 드는가. 나는 그들의 총구에 따라 이리 가고 저리 가면서 또 그들의 지시에 따라 두 손을 들고 소지품을 꺼내주고 여권을 보이고 심문을 받으며 나치의 젊은 친위대 유겐트와 모택동의 홍위병을 떠올렸다. 이런 사람들에게 좋은 끝은 없다고 역사는 전하고 있다.

테오필로 신부님께서 말씀하셨다.

"자주 당하는 일이라 그러려니 하다가도 어떤 때는 좀 어이가 없어요. 지금 우리에게 하듯이 늙은 팔레스타인 노인들한테도 총구로, 혹은 손가락으로 젊은 군인들이 이리 가라 저리 가라 지시를 하지요. 그때 팔레스타인 사람들은 어떤 마음이 들까요. 역사라는 거, 지금은 융성하다가 곧 사라지고 지금은 쇠약해도 곧 융성하고…… 이 반복을 모르는 것일까요?"

그렇게 몇십 분을 억류된 채로 검사를 받다가 풀려났다. 테오필로 신부님도 말씀이 더 없으셨다. 우리는 나자렛 입구로 가서 우선 점심을 먹었다. 우리로 치면 분식집같이 생긴 팔레스타인 식당이었는데 매운 닭볶음과 감자튀김이 아주 맛있었다. 얼마 전 내가 대접을 한다고 테오필로 신부님과 리노 형제님, 그리고 정윤수 신부님과 조발그니 신부님 이렇게 다섯이서 에인 케렘 근처 레스토랑에서 점심을 먹은 값이 거의 400불—당시 환율로 거의 56만 원—나온 경험이 있었던 나는, 이렇게 먹은 값이 우리 돈 2만 원도 안 된다는 사실이 정말 즐겁고 감사했다. 그리고 우리는 샤를 드 푸코가 머물던 나자렛의 글라라 수녀원으로 갔다.

규모가 상당히 큰 글라라 수녀원은 이사를 가고 지금은 그 터에 특수학교가 운영되고 있는데, 그 뒤편 샤를 드 푸코가 살던 작은 집과 경당은 남아 있었다. 그리로 들어가자 뜻밖에도 입구에 커다란 그림이 그려져 있었다. 그걸 뭐라고 설명할 수 있을까. 과장을 보태 말하면 문이 열리고 그 그림을 보는 순간 나는 피를 뒤집어쓴 사람과 마주친 것만 같은 전율을 느꼈다. 이것은 샤를 드 푸코의 마지막을 묘사한 것, 그것을 순교라는 아름다움으로 승화시킨 그림, 그러

샤를 드 푸코의 초상화. 보는 순간 나는 얼어붙어 버렸다. (우리 나라 최초 공개일 것이다.)

푸코는 나자렛의 글라라 수녀원에서 허드렛일을 해주며 지내기도 했다. 그가 기도하고 머물
렀던 숙소 입구.

나 잔인했고 비장했다.

그는 가난을 원했다. 그는 낮은 자리를 원했다. 그는 비참을 원했다. 그가 사랑하는 스승이 낮은 자리에 있기에 그는 더 할 수 있으면 그보다 낮아지고자 했다.

그는 말했다. "가난은 과장된 절제나 아낌이 아니며 부유한 자가 재치 있게 관리하는 재능도 아니다. 청빈은 금전에 대한 애착에서 해방되어 끊어버리는 것이며 돈을 싫어하는 것이다. 우리는 부자들도 존중하지만 그들은 우리를 필요로 하지 않는다. 우리는 예수께서 주신 자산인 가난한 자들과 함께하자."

샤를 드 푸코가 머물던 오두막에는 이탈리아 신부님 두 분이 식사를 마치고 막 커피를 내리고 계셨다. 예수의 작은 형제회 신부님들이셨다. 샤를 드 푸코의 자취를 지키며 그곳에 살고 계셨다. 긴 이야기를 나누지 않았는데 나는 단번에 그 두 분이 고독 속의 고독과 더불어 살고 계신다는 것을 깨달을 수 있었다. 그들의 얼굴에는 '선함'이라는 말이 써 있었다. 이렇게 아름답게 나이 드신 분들을 두 분이나 이 나자렛의 뜻밖의 장소에서 뵙게 된 것은 내게 엄청난 행운으로 여겨졌다.

한 평 반쯤 되는 거실에 둥근 식탁 하나와 의자 몇 개, 가스레인지, 그게 다였다. 테오필로 신부님께서 그 신부님들과 이탈리아어로 이야기를 나누고 내게 통역을 해주셨다. 내게 전율을 일으키게 한 푸코의 그림은 세르지오 바자리니라는 사람이 푸코가 복자(福者)가 된 이후 그렸다는 것도 알려주셨다. 그는 전문 화가가 아니었다. 송구하게도 이탈리안 커피를 한잔 얻어 마시고 우리는 샤를 드 푸코가 머문 숙소와 경당으로 갔다.

나는 경당과 숙소를 둘러보았다. 그가 하염없이 바라보았던 십자가와 그가 경탄했을 커다란 종려나무, 그가 만졌을 흰 회벽과 그가 밟았을 나무 바닥을 조심스레 느꼈다. 그는 아무것도 바라지 않았다. 단지 가난한 사람들의 곁에 있는 것 외에는.

이게 무슨 영성일까. 이것은 예수가 말한 "가난한 사람들아. 너희는 행복하다. 하늘나라가 너희의 것이다"만큼 혁명적인 이야기.

우리는 그곳을 나와 나자렛 거리를 걸었다. 3년 동안 이곳에 머물면서 푸코는 이 길을 따라 심부름을 가기도 했으리라. 글라라 수녀원은 봉쇄 수녀원이니 잔심부름도 많았을 것 같았다.

이사 간 나자렛의 글라라 수녀원은 나자렛 시내가 마주 보이는 언덕 위에 있었다. 이미 안면이 있는지 테오필로 신부님이 들어가자 젊은 수녀님들이 까르르 웃으며 포옹으로 반겨주셨다. 작고 소박한 수녀원은 지원자가 줄어 이제 그 규모를 줄여 이리로 이사한 지 몇 년이 되었다고 했다. 여기에도 역시 샤를 드 푸코 기념관이 있었다.

스무 명이 좀 넘는 글라라 수녀원의 식구들 모두가 나를 구경하러 나왔다. 거동이 불편한 할머니 수녀님들은 이탈리아와 프랑스 출신들이셨고 젊은 수녀님들은 거의 남미 출신이시라 했다. 수녀님들과 차를 마시고 나서 뜰을 거닐고는 우리는 가져온 오렌지를 전달했다. 함께 그 오렌지를 까서 먹었는데 세상에서 내가 먹어본 것 중 가장 맛있는 오렌지였다. 수녀원 뜰에서 즐겁게 기념사진을 찍고 우

리는 수녀님들과도 작별했다. 돌아보니 우리 차가 언덕을 내려가는
동안 보이지 않을 때까지 손을 흔드는 수녀님들이 보였다.

이 땅에서 이렇게들 살면 안 되는 걸까. 싸우지 말고 그냥 너는 너
대로 나는 나대로 사는 것, 그게 인류에게 그토록 어려운 일인 것일
까 하는 오래된 의문이 내게 맴돌았다.

나자렛에서 하이파까지는 비교적 가까운 거리였다. 서쪽을 향해
해안으로 달려가는 길은 유대인 지역답게 선진국의 고속도로로 잘
정비되어 있었다. 가는 길에 홀연히 하늘이 어두워지더니 비가 뿌리
고 순식간에 무지개가 떴다. 나에게 무지개란 주님의 약속 같다는 혼
자만의 믿음이 있었다. 무슨 약속일까. 아마도 이 여행 내내—이 여
행, 아마도 이승의 여행—나와 함께 계시다는 표징 같았다.

하이파는 생각보다 훨씬 아름다운 도시였다. 지중해 연안의 도시
들이 가진 그 특유의 따스함과 아름다움이 있었는데, 상업적 느낌
은 덜했으니 아름다울 수밖에.

나는 어린 시절 읽은, 아직도 잊지 못하는 단편소설 하나 때문에
이곳으로 온 것이었다. 앞에서도 언급했던, 바로 갓산 카나파니의 소
설 「하이파에 돌아와서」이다. 이 소설은 창비에서 나왔던 책 『불볕
속의 사람들(Men in the Sun)』에 실린 작품이다.

먼저 당시 사정을 알기 위해 표제작인 「불볕 속의 사람들」의 내용
을 보면 이러하다. 1948년 제1차 중동전쟁 당시 70만 명이나 되는

팔레스티나 난민들이 발생했다. 이들은 일을 하기 위해서 쿠웨이트로 불법 입국을 해야만 했다. 육로를 택했으므로 몰래 물탱크 안에 탄다. 아무도 나쁜 의도는 없었다. 운전사에게 돈을 지불하고 잠깐만 물탱크에 들어가 있으면 아무리 오래 걸려도 15분 만에 국경을 통과하고 그리고 내리면 그들은 일자리를 얻을 수 있었다. 햇살이 작열하는 물탱크 안은 마치 여름날 땡볕 아래 주차된 차 안보다 더 더워 70도까지 치솟았지만, 15분만 참으면 되는 것이니까 하루 이틀 그렇게 사람을 나르는 바도 아니었다. 그런데 예상 밖의 일이 일어나 국경의 군인이 트럭 운전사에게 트집을 잡는 바람에 시간이 10여 분 더 지체되어 버렸다. 물탱크 차는 국경을 통과했지만 총 25분이 걸린 것이다. 태양은 사정없이 내리쬐고 있었다. 겨우 국경을 통과해서 겁에 질린 운전사가 물탱크를 열어보자 사람들은 모두 죽어 있었다. 이 소설은 그런 이야기였다. 실화에 기초했다고 한다. 나는 아직도 작가의 담담한 마지막 질문을 기억한다.

"그들은 물탱크 안에서 왜 두드리며 살려달라고 소리치지 않았던 것일까?"

이 책의 저자 갓산 카나파니는 팔레스타인 출신 작가로 동양의 노벨상이라 불리는 로터스상을 수상했다. 팔레스타인 해방 기구에서 편집자로 일하기도 한 그는 이 소설을 발표할 무렵 이미 팔레스타인 사람들에게 영향을 미치는 작가였다. 그리고 얼마 후 그는 이스라엘 정보기관이 그의 차에 설치한 폭탄이 터져 즉사했다. 그의 나이 36세였다.

「하이파에 돌아와서」는 하이파에서 쫓겨난 팔레스타인인 젊은 부부가 5개월 된 아들을 집에 놔둔 채 구하지 못하고 떠났다가 20년 만에 돌아오는 이야기이다. 하이파가 이렇게 아름다운 도시인 줄 알았다면 어린 시절 그걸 읽던 내 마음이 더 아팠을 것 같았다. 그들이 돌아와 보니 그들이 살던 집에는 이스라엘인 부부가 그들의 아이를 자신들의 아이로 키우며 살고 있었다. 그 이스라엘인들 역시 나치 수용소에서 탈출한 아픔을 가지고 있었다.

거기에 두고 왔기에 20년 동안 애가 타도록 그리워했던 어린 아들은 성인이 되어 점령국 이스라엘 군인이 되어 있었다. 그는 친부모에게 소리친다.

"당신들은 나약했어요. 나를 지킬 힘이 없었어요. 도망갔잖아요. 나약해 빠졌다고요."

그러자 아버지가 대답한다.

"그래, 우리가 비겁하다는 사실이 너에게 이렇게 할 권리를 주는 것이냐? 잘못을 잘못으로 갚는다고 그게 옳은 것은 아니다. 네 말처럼 힘이 곧 정의라면 나치가 유대인에게 가했던 아우슈비츠도 정의가 아니냐?"

그러면서 그는 자신이 이곳을 방문하기 전에 팔레스타인 해방군에 가담하겠다던 둘째 아들을 떠올린다. 그 형제는 곧 전쟁에서 서로에게 총구를 마주 댈 것이었다.

이 소설은 생경한 구호와 경직된 묘사만이 횡행했던 80년대 초반 문단에서 내게 어떤 소설을 어떻게 써야 할지를 제시한 이정표 같은

나자렛의 글라라 봉쇄 수녀원에서 만난 수녀님들과 함께.

글이었다. 우리가 어떤 것들을 질문해야 하는지를 말이다.

"우리가 비겁하다는 사실이 너에게 이렇게 할 권리를 주는 것이냐? 잘못을 잘못으로 갚는다고 그게 옳은 것은 아니다."

이 질문은 그로부터 40년이 지난 오늘날에도 여전히 유효하지 않은가.

우리는 엘리야의 동굴이 있는 갈멜산의 수녀원으로 갔다. 이곳은 예수의 데레사, 십자가의 성 요한, 그리고 리지외의 소화데레사를 배출한 갈멜 수도원의 그 갈멜이다. 여기서 엘리야는 바알 신을 믿는 450명의 선지자들과 시합을 벌여 이겼다. 이기고도 그는 쫓겨 도망치는 신세가 되었다.

성경을 통틀어 3,000년이 넘게 나오는 바알 신, 그 바알 신은 여기서도 위세를 떨친다. 농사를 주관했다는 바알 신, 비를 내릴지 가뭄을 줄지를 결정한다는 그 신은 그러므로 이 사막 지대의 사람들에게는 중요한 신이었으리라. 이스라엘의 하느님께서 그토록 많은 예언자들을 보내 이 세상 신은 나밖에 없다고 목이 터져라 알려줘도 사람들은 조금의 틈만 보이면 하느님을 배신하며 경배했다는 그 신. 하느님조차도 사람들로부터 결코 떼어내지 못했던 그 신. 바알.

그 신의 이름은 오늘날의 언어로 번역하자면 돈일 것이다. 돈은 이미 바알 신보다 더 높은 지위에 올라 있으며 사람들이 그에게 행하는 경배는 바알 신이 울고 갈 정도가 아니던가.

수녀원은 바닷가가 잘 보이는 언덕에 있었다. 그 유명한 갈멜의 본산답게 이탈리아 해안의 좋은 수녀원보다도 크고 아름답고 깨끗했다. 엘리야의 동굴에서 잠시 기도하고 우리는 수녀원 정원 한구석 카페에서 아이스크림을 먹었다. 해가 지려고 하는 해안은 정말 아름다웠다. 해안가가 끝도 없이 이어져 있고 공원은 잘 조성되어 있었다. 야자수 아래 그늘마다 벤치가 있고 사람들이 조깅을 하고 있었다. 그냥 어떤 선진국의 해변 도시처럼 편안했다. 그러나 이곳도 포격으로 얼룩진 곳이었다.

석양이 지고 있었다. 우리는 남으로 달렸다. 예루살렘에 도착하면 서둘러도 9시가 넘을 것 같았다. 테오필로 신부님은 이스라엘 돈이 없는 나에게 맛있는 것도 사주시고 ― 겨우 하이파에서 아이스크림만 내가 크레디트 카드로 샀다 ―그리고 기름 값도 받지 않으셨다. 어떻게 갚아야 하는지 모르겠다. 혹시 이분도 말씀하실까.

"어떤 분이 오늘 아침 제게 마리아 씨를 잘 안내하라고 말씀하셨어요. 그분이 궁금하시면 가까운 성당에 가보세요. 거기 계실 거예요" 하고.

"워터파크 가보셨죠? 그중에서 유수풀 알죠? 물이 흘러가고 우리는 튜브 타고 둥둥 떠내려가는 곳이요. 자, 이제부터 그렇게 해요. 성당에 오는 마음이라는 튜브를 탔으니 힘을 빼세요. 그리고 즐겨요. 그러면 모든 것을 그분이 다 하시고 데려다놓으실 거예요. 참 쉽죠?"

하이파 시내에서 바라보이는 지중해. 아름답게 석양이 지고 있었다.

참된 고독 속으로

사랑했기에 제 마음이 아팠고

그 모든 사랑은 당신으로부터 왔기에

저는 저를 사랑하시느라 아팠던 당신을

이제야 헤아려봅니다.

— 예루살렘 26일째, 공지영의 일기 중에서

예 루 살 렘 글 라 라 봉 쇄 수 녀 원

떠나기 전날, 나는 역시 다마스쿠스 문에서 김애순 수녀님을 만났다. 11월도 중순이 넘어가자 이제 예루살렘은 쌀쌀해지기 시작했는데, 내게는 두터운 겉옷이 없었고 떠날 날이 가까웠기에 옷을 사기에도 적합하지 않았다. 예루살렘의 물가는 엄청나다. 금방 간다고 하시기에 따라나섰는데 거의 한 시간을 걸었다. 김애순 수녀님은 이제 몇 년 있으면 은퇴하는 노 수녀님이신데 나보다 더 튼튼하신 듯했다. 예루살렘에 처음 오셨을 때 아직 어두운 새벽에 나와 6킬로미터를 걸어 매일같이 새벽 미사를 다니셨다고 했다.

김애순 수녀님은 예수의 작은 자매들의 우애회에 소속된 수녀이시다. 작은 자매회분들은 이곳에 파견되어서도 언제나 가장 허름한 일을 하셨다. 간호보조사, 파출부, 요양원 청소부 같은. 김애순 수녀님은 20년 전에 파견되어 팔레스타인 여인들과 함께 의류 공장에 취직하셨다고 했다. 이분들은 "너희들 중에 가장 작은 자들에게 해준 것이 바로 나에게 해준 것"이라는 복음 말씀을 따라 사는 사람들이다.

"왜 이 수도원이어야 했어요?"

내가 물었다. 수녀님은 잠깐 웃으시더니 심드렁하게 대답하셨다.

"사는 게 허망하잖아요. 무언가 의미 있는 삶을 살고 싶었어요."

그러고는 '이유가 너무 단순해서 재미없죠?' 하는 표정으로 나를 바라보셨다. 이순의 나는 귀가 순해지고 고통으로 단련되느라 마음의 모서리가 많이 닳아 이제는 얼마간 안다. 단순함의 위대함을.

높은 언덕, 육중한 담에 나 있는 글라라 수녀원의 문은 단단히 잠겨 있었다. 김애순 수녀님이 벨을 누르자 자동으로 문이 열렸다. 고요하고 정갈한 마당으로 들어가자 실내로 가는 문이 열렸고 곱게 늙으신 수녀님께서 나오셨다. 그분들의 공용어는 프랑스어인 듯했다. 김애순 수녀님은 익숙한 프랑스어로 문지기 수녀님과 이야기를 나누신 후 나를 보고 웃으셨다.

"잘됐어요. 여기 샤를 드 푸코의 발자취를 따라오는 순례자들을 위해 샤를 드 푸코 담당 수녀님이 계신데, 직접 나와서 설명을 해주시겠다고 해요."

우리는 커피를 한 잔씩 대접받고 만남의 집에서 수녀님을 기다렸다.

왜 샤를 드 푸코를 좋아했던가. 여기 오려고 그런 것은 아니었다. 하동에서 칩거를 시작하면서, 문을 걸어 잠그고 농사를 짓고 꽃을 가꾸고 혼자 지내면서 몇 가지 생각이 들었었다.

내 신앙의 첫 도전은 이름 모를 사람에게서 왔다. 회심 초기라고 기억하는데, 당시 어떤 잡지에 실린 글을 보게 되었다. 한 신부님께서 독일에서 공동묘지에 가셨다가 어떤 젊은 부부가 묘지 앞에 꽃과 테디 베어 인형을 두고 가는 것을 보았단다. 부부가 간 후 신부님이 가보니 그곳은 일곱 살 정도에 생을 마감한 아이의 무덤이었다. 그리고 묘비에는 이런 말이 써 있었다고 했다.

"주님께서 주신 아기, 주님께서 도로 거둬 가시니 우리는 그저 감사할 뿐."

아마도 이 글을 처음 읽었을 때 내 마음은 약하게 비명을 질렀던 것 같다. "말도 안 돼"라고 중얼거렸을지도 모르겠다. 그러나 깊은 마음 저편에서 이런 생각도 들었다. 이렇게 반응할 수도 있는 거구나. 믿음이 있어 이런 신세계가 펼쳐진다면—아마 나는 절대로 갈 수 없겠지만—혹여 가능하다면 나도 한번 그 세계로 가보고 싶다고.

시간이 지나갔다. 고통이 닥칠 때마다 다시 평화를 찾기 위해 하느님이 곳곳에 설치하신 허들을 넘으면서, 혹은 곳곳에 숨겨놓으신 퀴즈들을 풀면서 나는 자라났다. 확실히 성장을 한 것 같다. 고통이 나를 키운 것이었다. 이제는 얼마간, 그게 무엇이든 내게 주셨다 도로 가져가신 것을 원망하지 않을 만큼 말이다.

아시시의 성 프란치스코는 「참되고 완전한 기쁨」이란 글에서 고통

에 대해 다음과 같이 이야기를 들려준다.

"레오 형제, 기록하십시오."

레오 형제가 대답하였다.

"예, 준비되었습니다."

프란치스코가 말했다.

"어떤 것이 참된 기쁨인지 기록하십시오."

"어느 소식 전달자가 와서 파리의 모든 교수들이 우리 수도회에 들어왔다고 전한다고 합시다. 그러나 그것이 참된 기쁨이 되지 않는다고 기록해 놓으십시오. 마찬가지로 알프스산 너머 모든 고위 성직자들, 대주교들과 주교들이 우리 수도회에 들어오고, 또 프랑스의 왕과 영국의 왕이 우리 수도회에 들어왔다고 전한다 해도, 그런 것들이 참된 기쁨이 되지 않는다고 기록해 놓으십시오. 마찬가지로 나의 형제들이 비신자(非信者)들에게 가서 그들 모두가 신앙을 갖게 하였고, 또한 내가 병든 이들을 고쳐주고 많은 기적들을 행할 수 있는 큰 은총을 하느님으로부터 받았다고 전한다 해도 나는 형제에게 말합니다. 이 모든 것들 안에는 참된 기쁨이 없습니다."

"그러면 참된 기쁨이란 어떤 것입니까?"

"내가 페루자에서 돌아오는데 이곳에 밤이 깊어 도착합니다. 때는 겨울이고 진흙길이며 몹시 추워, 나의 수도복 자락에 젖은 찬물이 얼어 고드름이 되고, 그 고드름이 자꾸 다리를 때려, 다리의 상처에서 피가 나옵니다. 그리고 내가 추위에 떨면서 진흙과 얼음에 뒤범벅이 되어 문에 다가가서, 오랫동안 문을 두드리고 부르기를 수차례 한 다음에야, 형제 하나가 나와서 '당신은 누구요?' 하고 묻습니다. 나는 '프란치스코 형제입니다'라고 대답합니다. 그는 '썩 물러가거라. 지금은 돌아다니는 시간이 아니니, 들어올 수 없다'라고 말합니다. 내가 다시 애걸하자, 그는 '썩 물러가거라. 어리석고 무식한 것아, 두 번 다시 우리에게 오지 말아라. 우리는 이제 사람들도 많고 훌륭한 사람들도 많으니, 너는 필요 없어!'라고 대답합니다. 나는 또다시 문 앞에 서서 '하느님의 사랑으로 오늘 밤만이라도 저를 받아주십시오!' 하고 애걸합니다. 그러나 그는 '그럴 수 없어! 십자가 수도회로 가서 부탁해 봐!'라고 대답합니다. 이러한 경우 만약에 내가 인내를 가지고 마음의 평정을 잃지 않는다면, 바로 여기에 참된 기쁨이 있고 또한 참된 덕도 영혼의 구원도 있다고 나는 형제에게 말합니다."

— 작은 형제회 한국 관구 엮음, 『아씨시 프란치스코와 클라라의 글』

이 글을 읽고 나서 내가 무슨 말을 중얼거렸던가. "미쳤어, 미쳤어……." 나는 못 볼 거라도 본 것처럼 투덜거렸다. 그러다가 십자가의 성 요한을 알게 되었다. 맨발의 갈멜 수도원의 수사였던 사람.

"어느 날 예수님께서 내게 오셔서 말씀하셨지. 네가 나를 위해 그 수많은 고초와 시련을 겪은 것을 알고 또 고맙게 생각한다. 그러니 요한아, 내가 네게 무엇을 주랴?"

이런 기회가 또 없다. 이 세상을 달라고 하지는 못할망정 솔로몬처럼 지혜라고 해도 되고 혹은 평화라고 해도 될 터였다. 그것도 참 좋은 것 아닌가. 나 같으면 믿음이라고 대답할 것 같았다─내게 이런 질문을 하실 리가 없지만─그것도 좋은 것들 아닌가. 그런데 십자가의 성 요한은 대답한다.

"모욕과 멸시요."

아직도 기억나는데 나는 이 구절을 읽다가, 책을 떨어뜨릴 뻔했다. 마음속에서 비명도 나왔다. 이건 너무한 것 같았다. 이 사람들 무슨 피학대 취미가 있는 사람들도 아니고 게다가, 십자가의 성 요한은 다른 성인들은 거의 겪을 수 없는 엄청난 시련을 이미 겪고 난 후였다.

나중에 신앙의 선배를 만나 이야기를 하다 보니 그 선배도 나와 똑같은 경험을 했다고 한다. 선배도 십자가의 성 요한의 이 말을 읽고 하루 종일 혼자서 중얼거렸다고 했다.

"미쳤어, 미쳤어."

우리는 약간의 안도를 나누며 웃었다.

그리고 시간이 지나갔다. 내 마음속에서 해결되지 않은 채 그 구절은 여전히 남아 있었다. 나는 그 후로 터무니없는 모함과 모욕, 그리하여 오는 멸시를 겪었다. 그리고 그때마다 생각했다.

"아무리 그래도 나는 모욕을 달라고 기도는 못 해. 모함과 모욕을 주시니 어쩔 수 없이 겪는 거야 하는 수 없지만."

그렇게 시간이 또 지나갔다. 내 기도가 길어지고 내가 평화로울수록 내가 매일 새벽미사를 가고 단식을 하고 기도 지향을 가지고 금주를 지켜낼수록 마음속에서 아주 은은하게 교만이 자라났다. 어느 날 호미질을 하다가 깨달았다. 내가 이럴진대, 프란치스코나 십자가의 성 요한은 자신 속에서 자라는 영적 교만을 어찌 몰랐을까. 게다가 그는 예수님을 뵙는 분이 아니었던가 말이다. 교만에 대한 최고의 약은 아마도 눈앞의 모욕일지도 모른다, 하고.

그래서 겨우 그 구절을 해결하던 무렵 그보다 한술 더 뜨는 샤를 드 푸코를 만났다.

그가 지향했던 가난, 그는 인생을 송두리째 거기에 바쳐 낮은 자가 된다. 단순한 가난이 아니라 거기에 비참까지 곁들인다. 그에게 이런 메모가 있었다.

모든 것을 빼앗기고 벌거숭이로 땅바닥에 넘어져 피투성이, 상처투성이가 되어 잔혹하게 순교 당할 것을 생각하여라. 그리고 그날이 오늘이기를 바라라. 이 무한한 은혜를 받을 수 있도록 충실하게 십자가를 지거라. 너의 생애는 바로 이 같은 죽음에 다다르지 않으면 안 된다는 것을 생각하여라.

— 샤를 드 푸코, 『사하라의 불꽃』

이것은 그가 신부가 되기 전 나자렛에 있을 때부터 그에게 들려온 목소리였다고 한다. 그리고 그는 실제로 그렇게 죽었다. 아무 저항도 하지 않고 두 손과 두 발이 묶여 알몸인 채로 총상을 입고 구덩이에

던져져 오랜 시간 후에 프랑스 군인들에게 발견되었다.

산골에서 거의 아무도 만나지 않고 살면서 나는 가끔 '내가 아프거나 다치면 어떻게 하지' 하는 걱정을 했다. '그때 아무도 없으면 나는 어떻게 하지.' 그런데 십자가의 성 요한은 메모에 이런 것을 썼다. "마지막에 아무도 없는 곳에서 홀로 쓸쓸히 죽어가기를 바랄 것."

샤를 드 푸코는 한술 더 떠서 처참하게 살해될 것을 각오하며 그것을 하느님의 어린양이 되어 자신을 바치는 일로 생각한다는 것이었다. 위의 모든 사람들이 내게는 이해되지 않았다. 절벽보다 더 높은 벽 같았다. 감히 따라하려고 생각할 수도 없을 뿐 아니라 이해도 어려웠던 분들. 그러나, 그러나 말이다, 분명히 어떤 도전은 있었다.

그분들은 우리의 모든 세계를 뒤집어엎어 전혀 다른 차원의 새하늘과 새 땅을 보여주었다. 그들은 가난을 칭송했고 모욕을 열망했으며 비참하게 죽어가는 것을 영예로 삼았다. 인류가 태어난 이래 이런 일이 어떻게 가능한 것일까. 이것이 혁명이 아니면 무엇이 혁명이라는 말일까. 권력자가 바뀌는 따위의 혁명은 이미 오래전에 실패하고 말지 않았던가. 그것이 내가 푸코의 자취를 찾는 이유였다.

잠시 후, 한 중년의 수녀님이 나오셨다. 대체 글라라 봉쇄 수녀원에는 왜 이런 분들만 사시는 것일까. 그 맑은 눈의 수녀님과 인사를 나누는데 나는 벌써 울고 있었다. 김애순 수녀님이 나보다 먼저 당

샤를 드 푸코가 남긴 자료를 설명해 주시는 수녀님. 대체 왜 이 봉쇄 수녀원에는 이토록 눈 맑은 분들만 사시는 걸까.

황하셨다. 나도 스스로 어이가 없었다. 그러나 눈물을 그칠 수가 없었다. 대체 누가 이런 황당함을 설명할 수 있단 말인가. 예전에 이해인 수녀님이 사시는 부산 광안리 수녀원에 찾아간 날 이렇게 운 일이 있었는데, 그때 역시 시인인 수녀님께서 멋진 해석을 하시긴 했었다.

"타지에서 고생하다가 고향 아버지 집에 오니까 눈물이 나는 거지, 왜 나겠어" 하고.

우리를 안내하시는 수녀님은 이탈리아 북부 베네치아 근방 출신이라고 자신을 소개하셨다. 김애순 수녀님과는 프랑스어로, 나와는 영어로 이야기를 나누셨다. 그분은 잔뜩 끼고 온 파일을 조심스레 펼쳐 샤를 드 푸코가 남기고 간 것들을 보여주셨다.

"아시겠지만 푸코 형제는 나자렛의 글라라 수녀원에서 3년, 여기 예루살렘 수녀원에서 1년을 보내셨어요. 그는 너무도 조용한 사람이었어요. 그런데 여기 원장이었던 수녀님께서 그를 알아보고 권유하셨죠. '파리로 가서 사제가 되십시오.' 푸코 형제는 하느님의 뜻을 알기 위해 여러 번 피정을 했고 기도를 했어요. 그리고 떠나 사제가 되었지요. 그때 그의 나이 벌써 43세였습니다."

수녀님은 당시 이 수녀원의 원장이 푸코를 알아봤다는 말을 할 때 자긍심에 빛나는 듯했다. 나도 함께 웃었다. 43세, 지금으로 환산해 생각해 보면 평균수명이 50세도 안 되었던 그때에 그건 거의 환갑도 더 지난 나이처럼 느껴졌을 것이다.

수녀님이 조심스레 우리에게 보여준 것은 우리나라에는 처음 소개되는 것들이 많았다. 그의 메모, 그의 필사, 그의 그림 들이었다. 화려한 파티 말고 값비싼 샴페인 말고 몸매가 아름다운 여자들 말고, 그는 여기서 낮엔 잡역부로 일하며 밤이면 종이를 얻어 연필로 그림을 그리고 노트를 구해 필사를 해나갔다. 그의 저녁이 얼마나 평화로웠을지 나는 이제 감히 짐작할 수 있다. 이것은 나이가 주는 선물일까 아니면 그저 은총일까.

두어 시간의 만남을 마치고 우리는 글라라 수녀원을 나왔다. 예루살렘 서쪽으로 이미 해가 지고 있었다. 저녁이라도 대접하고자 했으나 김애순 수녀님께서는 거절하셨다. 실은 수녀원에 급한 일이 있는데 나 때문에 아주 어렵게 짬을 내셨다고 했다. 어떻게 감사를 드려야 할지 몰랐다. 날이 더 추워져서 발까지 시렸다. 내가 걷기 힘들어하는 것을 아셨는지 가는 길에는 버스를 타자고 하셨다. 팔레스타인 버스라고 하셨다. "팔레스타인 버스요?" 하자 이들은 버스도 나누어 탄다고 하셨다. 그도 그럴 것이 거주지가 구별되기 때문에 굳이 구분하지 않아도 팔레스타인인 거주 지역으로 가는 버스에는 팔레스타인 사람들이, 유대인 거주 지역으로 가는 버스에는 유대인들이 탄다고.

우리가 타야 할 버스는 베들레헴 방향에서 퇴근하는 노동자들을 싣고 오는 버스라고 하셨다. 버스에 오르자 앳된 얼굴의 팔레스타인 남녀들이 타고 있었다. 생각 탓이었을까, 고요하고 조용한 버스 안 젊은 그들의 얼굴에는 피곤과 절망이 어려 있었다.

버스는 성문 조금 못 미친 곳에서 섰고, 나는 거기서 김애순 수녀님과 작별했다. 이분들이 내게 베풀어주신 호의와 환대를 나는 어찌 다 갚을 수 있을까 싶었다.

나는 샤를 드 푸코를 생각하며 걸었다. 그의 마지막 무렵의 편지, 죽기 5년 전쯤 그가 사랑하는 사람들이 약속이나 한 듯이 모두 죽었다. 그는 고독의 성자였다. 북아프리카의 사막 속에서 그가 만난 것은 오로지 고독이었다. 역시 사막의 은수자인 안토니오 성인도 오랜 시간 사막에서 은거했지만 그에게는 마귀라도 찾아왔었다. 그러나 푸코에게는 아무도 오지 않았다. 나는 그의 편지 구절들을 떠올렸다.

17개월 동안 비가 내리지 않았습니다(이곳은 아침 5시면 기온이 40도로 올라가는 곳입니다). 그것은 먹을 것이 없다는 것을 뜻합니다. 나는 쇠약해지고 있습니다.

미사를 드릴 수가 없다. 나 혼자이기 때문(그 당시 사제는 신자 없이 미사를 드릴 수가 없었다—저자 주)이다. 비관하지 않으려고 노력한다. 마지막 순간까지 나는 누군가 오리라고 희망했다. 그러나 아무도 오지 않았다. 한 명의 그리스도인 여행자도, 한 명의 군인도, 혼자서 미사를 드릴 수 있다는 허가도 오지 않았다. 21년 만에 처음으로 성탄 전야 미사를 드릴 수 없었다.

그가 유일하게 가졌던 욕심인 수도회의 창설도 절망적이었다. 몇 사람이 그에게 오긴 했었지만 그냥 떠나가버렸고, 그는 회원 한 사

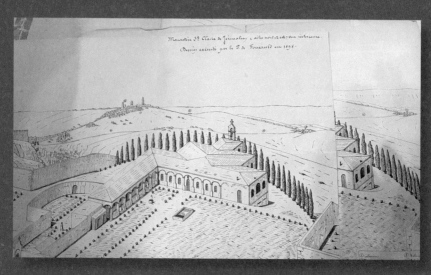

일과를 마친 저녁, 푸코가 종이를 얻어 그린 스케치들. 우리나라에 처음 소개되는 것들이 많았다.

Reproduction d'un tableau fait par le P. de Foucauld

Tableau peint par le R. P. Ch. de Foucauld
Sainte Claire de Jérusalem 1898-1900

Peinture du P. Ch. de
Foucauld (Tous droits réservés)
Jérusalem 1898-1900

람 없는 형제회의 창설자였다. 푸코는 썼다.

> 나는 점점 더 고독해진다. 나는 갈수록 이 세상에 혼자라는 것을
> 뼈아프게 느낀다. 마치 추수 때 잊혀진 홀로 남은 대추 한 알 같은.
> ─발터 닉, 『회심자들』

그는 자유로이 그곳을 떠날 수도 있었다. 파리로 돌아와 수도원에 들어가거나 교구 신부로 얼마든지 성실하게 살 수도 있었다. 그러나 그는 그러지 않았다. 그는 사막의 투아렉족 근처에서 살며 그들의 말을 프랑스어로 번역하는 사전을 만들었고 자매들에게 뜨개질을 가르쳤다. 그는 절대로 그들에게 전교를 강요하지 않았다. 그가 바란 것은 하나였다. "저 사람이 왜 저렇게 선한가. 그것은 그가 믿는 분이 선하기 때문이다"라는 것을 그들이 알아주기만을 바랐다.

그리고 그날이 왔다. 평소 우편 심부름을 하던 소년이 오두막에 있는 그를 불러냈다. 그는 평소처럼 문을 열고 나왔는데 그 순간 40명의 폭도가 그를 결박했다. 그들은 그의 오두막을 뒤지는 동안 15세 소년에게 총을 주고 그를 지키게 했다. 그는 두 손이 뒤로 묶이고 그것이 발목과 연결돼 온몸이 활처럼 휘어져 있었다. 그는 오직 침묵했다. 그런데 갑자기 마을 쪽에서 소란이 일며 경보가 울렸다. 소년은 겁에 질려 엉겁결에 그를 쏘았다. 약탈자들은 머리에 총상을 입은 그의 몸을 뒤지고 옷을 벗겨놓고 돌아갔다.

그의 죽음은 누구를 닮았다. 평소 잘 아는 소년이 적들에게 그를

넘긴 것, 결박 당한 것, 알몸이 된 것, 버려진 것, 그가 그토록 사랑했으므로 닮고자 했던 그 사람. 여기 예루살렘에서 죽은 그 사람.

그가 그토록 원했던 수도회는 그가 죽은 후에야 창설된다. 그것이 예수의 작은 형제회, 그리고 예수의 작은 자매들의 우애회였다. 내가 좋아하는 카를로 카레토의 글에 샤를 드 푸코가 죽은 후에 그를 기리며 설립된 예수의 작은 형제회 이야기가 나왔다.

카를로 카레토가 사막에 갔는데 거기서 원주민들과 함께 일하는 프랑스인들을 본 것이었다. 그가 파리에 있을 때 언젠가 어머니들이 예수의 작은 형제회 본부에 찾아와 하소연하며 울었다.

"우리 아들은 소르본을 나왔어요. 그런데 어느 날 샤를 드 푸코를 읽더니 사막으로 갔어요. 이럴 수가 있는 겁니까? 왜 꼭 그래야 하는 건가요? 내 아들을 돌려주세요."

발터 닉이라는 사람은 샤를 드 푸코를 따르는 예수의 작은 형제회와 자매회를 가리켜 "고요한 시위자들"이라고 했다. 그들은 십자군들처럼 칼과 창으로 이 세상과 맞서는 것이 아니라, 돈, 돈 하며 미쳐버린 이 세상의 이리 떼들 가운데서 양 떼들처럼 복음을 사는 "유순한 항쟁자"라고.

그들은 사막으로 가서 무엇을 했던가. 아무것도 하지 않았다. 그들은 대체 인생을 바쳐 몇 사람을 개종시켰던가? 몇 명 되지 않았고 때로는 아무도 개종시키지 않았다. 소르본을 나온 후 좋은 곳에 취직해서 가난한 아프리카의 사람들에게 기부를 할 수도 있었고 학교를 세워줄 수도 있었다. 그런데 그들은 거기로 가서 그들과 가난을 함께

했다. 그들이 유순한 양 떼였다라니, 꼭 그래야만 했을까? 파리의 수도회 본부에 찾아와 울부짖던 그 엄마들의 말은 일리가 있었다.

"왜 꼭 그렇게까지 해야 해요?"

사람들은 성자 프란치스코를 보고 물었다. 영양실조와 과로로 눈이 먼 그를 보면서 말이다.

"그렇게까지 해야만 하는 겁니까?"

십자가의 성 요한에게 그의 형도 물었다.

"그렇게까지 해야만 하는 것인가요?"

청력을 잃은 말년의 베토벤도 물었다. 자신의 악보에 낙서를 했던 것이다.

"꼭 그래야만 했을까?"

올리브산의 예수도 물었다.

"아버지, 꼭 이 잔이어야만 합니까?"

모든 것을 잃었다고 생각했을 때 나도 물었다.

"주님, 제게 꼭 이런 식으로 하셔야 했었나요?"

구글 맵을 켜보니 호텔까지는 30분 더 걸어가야 할 것 같았다. 밤바람도 많이 차가웠다. 발도 시려웠다. 투덜거리긴 했지만 나는 이 예루살렘의 여정에 대해 이루 말할 수 없는 감사를 드리고 있었다. 허락된다면 다시 가고도 싶다. 나는 사랑하고 흠모하는 분의 땅을, 그분이 밟았던 자취들을 볼 수 있었다. 다시 돌아와 기도할 때 성경을 읽을 때 그것은 얼마나 도움이 되었는지 모른다. 내가 어린 시절 읽던 고전 속의 나라들인 영국, 프랑스, 독일, 그리고 이탈리아를 볼 때보다 더한 현실감이었다.

예루살렘의 노을은 아름다웠다. 내가 보는 예루살렘의 마지막 노을이었다. 내일 이 시간, 나는 저 하늘 위를 날고 있을 테니까. 나는 시린 발을 동동 구르며 어둠이 내리는 예루살렘 거리를 뛰어갔다.

시간이 지나갔다. 고통이 닥칠 때마다 다시 평화를 찾기 위해 하느님이 곳곳에 설치한 허들을 넘으면서, 혹은 곳곳에 숨겨놓으신 퀴즈들을 풀면서 나는 자라났다. 확실히 성장을 한 것은 같다. 고통이 나를 키운 것이었다. 이제는 얼마간, 그게 무엇이든 내게 주셨다 도로 가져가신 것을 원망하지 않을 만큼 말이다.

샤를 드 푸코의 혁명 같은 삶을 뒤로하고, 예루살렘의 여정을 마쳤다.

'깨달은 후의 빨랫감'

내 안에서 소식이 올 때가 있다.

참으로 소중한 소식

우주의 비밀을 알려주는 소식

그것 말고 내가 반드시 알아야 할 정보는 없다.

— 헨리 데이비드 소로, 『고독의 즐거움』 중에서

    사실 앞에서 이야기하지는 않았지만 예루살렘으로 떠나려고 했을 때 나를 가로막는 것이 있었다. 강아지 동백이었다. 다행히 이웃 마을에 있는 후배 서영이 돌보아 준다고 선뜻 나섰다. 거의 한 달 동안 매일 우리 집에 두 번씩 들러 동백이를 돌보아주겠다고 말이다. 그리고 가끔은 아랫집 강아지 오복이 엄마도 동백이를 들여다보신다고 했다. 동백이가 서영이 이모를 아주 좋아하긴 했지만 엄마가 얼마나 보고 싶을까 싶어 떠나기 전부터 마음이 아팠다.

    떠나는 날, 동백이 이마에 성수를 뿌려주고 비행기에서 내내 동백이를 위해 묵주기도를 바쳤다. 집으로 돌아오니 동백이가 펄쩍펄쩍 뛰었다. 서영에게 전화하니 아무 일도 없이 잘 지냈다고 했다. 내가 아무도 만나지 않고 고독한 삶을 산다고 해도 이렇게 누군가 좋은 이웃의 도움이 없이는 아무것도 하지 못한다는 것도 다시 한 번 깨달았다.

집에 막 돌아와 피곤했지만 동백이가 제일 좋아하는 산책을 나가기로 했다. 엄마를 기다리며 한 달 동안 힘들었을 강아지를 위한 것이었다.

동네를 길게 산책하고 있는데 난데없이 내 눈앞으로 거친 손이 들어왔고 이어 그 손은 동백이의 등살을 잡아 비틀었다.

"여보, 칼 가져와! 이거 죽여버리게!"

난데없는 기습에 놀라 바라보니 거의 2년여 만에 마주친 동백이의 옛 주인이었다.

그는 두 손으로 동백이의 등근육을 잡아 죽일 듯 비틀었고 동백이는 목이 졸려 짖지도 못하고 있었다. 여기서 동백이를 뺏기면 동백이는 고문 받고 죽을지도 몰랐다. 무슨 방법을 동원해서라도 동백이를 지켜야 한다는 생각이 들었다. 길거리에서 소동이 벌어지자 박경리문학관과 드라마 〈토지〉 세트장에 왔던 한 무리의 관광객들이 우리 주위로 몰려들었다.

내가 소리쳤다.

"신고해 주세요! 경찰에 연락해 주세요!"

승강이는 계속되었다. 그는 동백이를 비틀고 잡아당기고 있었는데, 나는 어떻게든 동백이가 다치지 않게 하면서 또 한편으로 그가 데려가는 것을 막으려니 온몸으로 동백이를 안고 길에 주저앉을 수밖에 없었다. 경찰은 오지 않고 구경꾼들은 모여들었다.

"내가 그렇게 우스워? 네가 감히 내 집 앞을 지나가? 여러분들 여기 구경하세요. 이 여자가 그 유명한 공지영 작가입니다."

나중에 알고 보니 지난 2년 사이 그는 이사를 갔고 우물가에 작은 식당을 새로 차린 모양이었다. 내가 그걸 모르고 그 길로 들어섰던 것이다.

그 황망한 중에 한 가지 생각이 들었다. 일단 동백이는 동물이고 나보다 빠를 것이니, 지금 내가 잡고 있는 이 목줄을 어떻게든 풀면 동백이는 도망갈 기회를 잡을 것이었다. 그러나 그러려면 두 손이 필요했는데, 내가 목줄을 풀기 위해 두 손을 놓으면 그사이 그 사람이 동백이를 번쩍 들고 가버릴 수도 있었다. 한 손으로는 동백이를 뺏기지 않으려고 온몸을 다해 막고, 또 한 손으로는 겨우겨우 목줄 근처로 접근해 고리를 풀려고 했다. 그 시간이 1분은 될까. 그러나 내게는 길고 길었다. 드디어 목줄이 풀렸고 동백이는 잠시 버둥거리다가 그의 손을 빠져나가 도망쳤다. 나는 그 서슬에 뒤로 엉덩방아를 찧었다. 그래도 나는 소리쳤다.

"도망가! 동백아! 멀리 도망가!"

그러자 그 사람이 내 손목을 억세게 잡았다. 나이가 꽤 많다고 알고 있었는데 힘이 장사였다. 길 가던 관광객들 중 남자분 두엇이 와서 그 손을 풀려고 했으나 그는 놓지 않았다.

드디어 경찰차가 왔다. 그제야 그 남자는 내 손목을 놓아주었다. 예루살렘에서 지냈던 한 달보다 더 긴 시간처럼 느껴졌다.

동네 파출소 소장이 물었다.

"뭐, 폭력을 당한 건 아니지요?"

"이게 폭력이 아니면 뭐가 폭력인가요?" 하고 내가 되묻자, "아니 뭐, 그러니까 주먹으로 맞았다든가 이런 거가 폭력이죠" 했다. 맥이 쭉 빠졌다.

나중에 경찰이 시시티브이를 돌려보니 내가 당한 시간은 정확히 18분이었다고 한다. 관광객들이 봉변을 당하고 있는 나를 위해 112에 9건, 119에도 2건 신고를 했다고 한다.

동네 파출소에서 고소인 조사를 마치고 나는 집으로 돌아왔다. 동백이가 대문 앞으로 뛰어나왔다. 한순간만 잘못했으면 이 아이는 오늘 고문 당하고 죽었을지도 모른다고 생각하자 그제야 가슴이 철 렁했다. 다행히 동백이는 별 타격을 입지도 않고 그리 다치지도 않 은 것 같았다. 나는 온몸이 뻐근하고 아팠으며, 손등에 약간의 상처 가 났지만 큰 부상은 아니었다. 나는 동백이가 제일 좋아하는 치즈 를 꺼내 반을 주고 나도 맥주와 함께 반을 먹었다.

길거리에 주저앉다시피 해서 버티느라 더러워진 옷을 갈아입고 저녁을 지으며 천천히 내 마음을 점검했다. 약간 어이가 없었지만 신기하게 그에 대한 미움이나 분노 같은 것은 일지 않았다. 다행이었 다. 나는 고통이 주는 유혹에 넘어가지 않은 것이었다.

이제 모든 처리는 경찰이 해줄 것이었다. 그러면 됐다, 싶었다. 그 런데 왜 성지순례, 그것도 예루살렘 성지순례를 다녀온 바로 다음 날 이런 일이 일어난 것일까.

안식일이 지나자 막달라 (여자) 마리아와 야고보의 (어머니) 마리

318

아와 살로메는 (무덤에) 가서 예수께 발라드리려고 향료를 샀다. (……) 그들이 무덤으로 들어가보니 웬 젊은이가 흰 예복을 입고 오른편에 앉아 있었다. (……) 젊은이가 그들에게 이렇게 말했다. "너무 놀라지 마시오. 여러분은 십자가에 처형되신 나자렛 사람 예수를 찾고 있지만, 그분은 부활하시어 여기에 계시지 않습니다. 보시오, 그분을 안장했던 곳입니다. 그러니 가서 그분의 제자들과 베드로에게 '예수께서는 여러분에게 말씀하신 대로 여러분에 앞서 갈릴래아로 가실 것이니, 여러분은 거기서 그분을 뵙게 될 것입니다' 하고 말하시오."

—「마르코복음」 16장 1, 5~7절

별로 놀라지 않았다고 생각했는데 깊이 잠들지 못했다. 밤에 자꾸 잠이 깼다. 3시쯤 되었을까, 문득 올려다보았는데 별빛에 눈이 시렸다. 군청색의 맑은 하늘에 청백색의 광채가 보석처럼 찬연히 빛나고 있었다. 정말 아름다웠다. 잠이 깨어 일어나 앉은 나는 별자리 앱을 켜보았다. 큰개자리의 시리우스별이었다. 사냥꾼 오리온이 데리고 다녔다는 큰 개. 낮에 큰 소동이 있었는데도 침대 아래서 동백이도 새근새근 자고 있었다. 달도 없는 밤에 별빛이 홀로 저렇게 맑고 아름답게 빛날 수 있다는 것이 신비로웠다. 몸이 뻐근하고 아픈 건 아픈 거고 놀란 건 놀란 건데, 엄청난 행복감이 내게 밀려들었다. 그것은 크신 어떤 분이 내게 보내는 사랑의 눈빛 같았다. '이렇게 크고 밝은 눈으로 널 바라보고 있단다. 괜찮다. 다 괜찮다' 하고.

"그것은 크신 어떤 분이 내게 보내는 사랑의 눈빛 같았다. '이렇게 크고 밝은 눈으로 널 바라
보고 있단다. 괜찮다. 다 괜찮다' 하고."

천사가 일러준 대로 그분은 거기 계시지 않았다. 그분은 살아나셨고 우리보다 먼저 갈릴래아로 가셨다. 예수가 거룩하게 변모해서 초막을 지어서라도 머물고 싶은 타보르산이 아니고 갈릴래아, 권력층이 사는 예루살렘이 아니고 갈릴래아, 어부들이 그물을 손질하고 물고기가 잡히지 않아 허탕을 치고 목동들이 양을 모는 그곳, 그러니까 이곳, 걸어가는 강아지를 낚아채고, 욕설을 하고 싸움이 일어나고 시비를 걸고 이 시골에서 뒷담화해서 말도 안 되는 소문을 퍼뜨리고 폭력을 당해 간 경찰서에서 "폭력을 당한 건 아니지요?"라고 묻는 이곳, 여기 갈릴래아.

평사리로 깃들다

봄이라는 계절은 모든 것을 용서하기 위해 돌아온다.
— 헨리 데이비드 소로, 『고독의 즐거움』 중에서

나는 박경리문학관이 있고 드라마 〈토지〉 세트장이 있는 마을에 산다. 우리 집으로 진입하려면 거주민인지 아닌지 확인하는 경비원을 지나야 하는데, 거주민이 아니면 입장료를 내야 한다. 소녀 시절 문학에의 성지처럼 여기던 평사리라는 곳을 내 주소로 달고 말년을 보낼지 나는 생각이나 해보았을까.

　내가 이곳에 산다고 하면 사람들은 묻는다.

　"아, 박경리 선생님 따라가셨군요."

　처음에는 한 번도 생각해 보지 않은 일이라서 대답을 머뭇거렸다. 나는 박경리 선생보다 섬진강을 따라왔었다. 하지만 다시 돌아보면 그것은 대체로 맞는 말일 것이었다. 박경리 선생 덕분에 섬진강을 알게 되었고 평사리를 그려보았으며, 내 문학에의 꿈은 그녀로부터 시작됐으니까. 한때 그녀는 내 우상—지금도 존경하는 마음은 변함이 없다—이었고 멘토였다. 시인인 친구는 이렇게 말하기도 했다.

"연어처럼 그리로 갔구나. 네 문학이 잉태된 평사리."

선생과의 인연이 시작된 것이 초등학교를 졸업하던 겨울이었는지 중학교 1학년 겨울이었는지 아무튼 1974년 어느 즈음이었던 것 같지만, 지금은 확실히 기억나지 않는다. 어느 날 고모님 댁에 가서 하루 자고 올 일이 생겼는데 사촌 오빠가 철학도였다. 도스토옙스키 전집이 꽂혀 있던 그 집 서재에서 자게 되었는데, 그 저녁 오빠가 나에게 서재를 안내해 주며 당시 처음 발간된 『토지』 1부 세트를 권해주었다. 아니 오빠는 그저 자신의 집에 이런 책이 있다 정도로 내게 소개해 준 것이었는지도 모른다. 어쨌든 그날 밤을 새워 나는 『토지』 1부를 다 읽었다. 그리고 생각했다.

'세상에는 생을 걸고 도전해 볼 만한 일이 몇 가지 있는데, 그중 하나가 문학이라는 것이로구나.'

박경리라는 이름은 그렇게 내게 남았다. 그 후 그분의 책을 다 찾아 읽었다. 수필이며 잡문들, 인터뷰와 기사까지. 요즘으로 치면 은밀한 사생팬이라고나 할까. 그리하여 나는 그분을 알게 되었고 아는 만큼, 아니 그보다 더 많이 그녀를 사랑했다. 『토지』가 완간되었을 때, 나는 그 작품을 내가 여섯 번쯤 읽었고 많이 외운다는 사실을 깨닫게 되었으니까.

직접 만나 뵐 기회는 평생 두 번뿐이었다. 막상 처음 뵙고는 내 사랑의 백 분의 일도 표현하지 못했다. 나는 아직 너무나 젊은 소설가였고 선생은 나를 그냥 유심히 바라만 보셨다. 선생은 글에서 늘 말씀하셨다.

"홀로 있는 시간만이 내 창작의 원동력입니다. 그래서 나는 오늘도 문을 닫아겁니다."

사랑한다는 것은 그 사람을 존중하는 것이므로 그래서, 나는 어떤 경우에도 그분에게 찾아가지 않았다. 다른 작가들이 선생의 집 옆에 있는 원주 토지문화관에 가서 선생이랑 이야기하고 음식을 나누었다는 이야기를 들을 때도 가지 못했다. 이상한 부끄러움 때문이었고, 내가 사랑하는 그분을 그분이 원하는 방식대로 지켜드리고 싶은 마음도 진심이었다.

내게도 가끔 팬 사인회나 강연회에 와서 더듬거리며, "선생님, 저 선생님 작품 다 읽었어요. 진짜요. 그러니 사진 한번 찍어도 돼요?" 하는 독자들을 나는, 그러므로 아주 많이 이해한다. 그리고 그들이 나를 사랑하고 존중하기에 내 글을 읽고도 내게 방해가 될까 봐 조심스러워하는 그 사랑도 안다. 그들도 알게 되었으면 좋겠다. 내가 많이 고마워한다는 것을.

박경리 선생은 나이 마흔—지금 생각하면 너무나 젊으신—을 갓 넘어 문을 걸어 잠그고 지역 일에 일절 관여하지 않으시면서 『토지』를 쓰셨다. 오래전 처음으로 원주 단구동 선생 댁에 갔을 때, 선생께서 집 구경을 시켜주며 말씀하셨다. 집필실로 쓰는 안방에 생뚱맞게 놓여 있던 앉은뱅이 손재봉틀을 보여주시면서였다.

"내 책상 앞에 앉으면 바라보이는 데에 저걸 놓아두었어요. 일부러 그랬어요. 글 안 되면 손바느질을 한다. 타협하지 않는다. 그걸 잊

박경리문학관 뜰에 선생의 동상이 세워져 있다.

지 않으려고."

서른이 갓 넘은 초보 작가였던 나는 그 말씀이 선생이 하셨던 모든 말씀 중에 가장 기억에 남았다. 그것은 그분의 일생을 축약하는 말이었고, 그분의 남은 인생을 예언하는 말이었다. 그 모든 의미를 그때 다 알아채지는 못했지만 나는 알아들었다. 나는 그분의 모든 책—산문은 물론 모든 인터뷰 기사까지도—을 다 읽은 충실한 전작 독자였고, 그분을 흠모하며 닮고자 애가 탔던 문학도였으며, 인간적으로 그분을 이해하게 된 어린 여성 인간이었다.

선생은 외동딸이셨다. 아버지와 어머니는 일찍 결혼하셨는데, 아버지는 선생을 낳고 나서 다른 여자를 본 후 다시는 아내와 딸을 돌보지 않았다. 대학 등록금을 마련하려고 찾아간 아버지 집에서 모욕을 겪고 난 후 대학 입시는 좌절되었다. 그 후 선생은 아버지의 임종 때조차도 가지 않으셨다. 더 말하겠지만 선생의 일생에서 남성이라는 성은 얼마간 그녀에게 고통과 상처였다. 그리하여 그녀는 어머니의 권유대로 일찍이 결혼해서 남매를 두셨다. 그녀의 대표작 중하나인 『시장과 전장』—내가 지금도 정말 좋아하는 소설이다—을보면 그녀의 남편이 6·25전쟁 중 어이없게도 이데올로기 문제에 연루되어 죽은 이야기가 비교적 사실에 가깝게 나온다. 그녀가 이십대 중반일 때의 일이었다.

난데없이 가장이 되어 남매와 친정어머니를 모시고 살아야 했던 그녀에게 또 한 번의 시련이 닥친다. 두 아이 중에 아들이 6·25전쟁 중 병으로 입원했다가 수술 도중 사망한 일이었다. 그녀의 단편 「불신시대」에는 이 과정이 비교적 사실과 흡사하게 그려져 있다. 전쟁의 와중에서 무면허 의사—그는 사기꾼이었다—에게 머리를 '톱질 당해' 죽어간 아이의 엄마 입장에서 쓴 이 소설은 절망에의 절규로 가득 차 있다. 겨우 이십 대 중반의 여자가 겪기에는 너무 모진 일들이었다. 그리고 선생은 작가가 되신다. 선생은 어느 산문에선가 말씀하셨다.

"쓰는 일이라도 없었다면 살 수 없었을 것입니다."

역시 내가 존경하는 박완서 선생님의 경우, 아버지를 일찍 여의고 덧붙여 6·25전쟁 때 유일한 형제였던 오빠를 잃고 나중에는 남편과 아들을 같이 잃으셨던 것도 떠오른다. 가끔 나는 내가 존경하는 이 두 분의 삶을 생각하고 또 나를 생각해 보면서, 작가가 된다는 것은 '남자 복이 지지리도 없다는 의미일까' 혼자 생각한다.

그러나 이 사실들은 단순히 그런 통속적인 의미만을 가리키는 것만은 아닐 것이다. 그것은 아마도 그분들이 소위 '남성'이 지배하는 기득권 세계에서 여성들로만 이루어진 '이등 시민'으로서의 삶을 사셨다는 것을 의미한다. 소설이란, 문학이란, 영화나 연극, 드라마 같은 것은 모두 이런 이등 시민들의 이야기이다. 모든 세계 명작 중에 권력 있고 돈 많고 예쁘고 착하며, 먹어도 살 안 찌고 오직 한 사람만을 사랑하는 주인공 같은 것은 없다. 그러니 이제 나는 그분들의 일생, 그런 일들을 되짚으면서 슬픈 게 아니라 삶의 신비에 대해 생각할 만큼 나이를 먹었고 그게 참 좋다.

지금도 연로하신 분들은 '여류 작가'라는 말을 쓰는데, 그 말이 생겼을 때는 말하자면 여성 소설가는 따로 분류되어 '여류'라는 경멸적 수사가 따라다니던 시절이었다. '여류'라는 사람들은 주로 남녀 간의 미묘한 사랑 이야기나 가정사를 소재로 삼았다. 같은 사랑 소설이라도 남성 소설가가 쓰면 '인간의 심리를 파헤친' 명작이 되는 일을 생각해 보면 분통 터지는 일이지만, 어쨌든 박경리 선생은 글로써 가장 노릇을 하셔야 했기에 장편을 많이 연재─대개 여성잡지였다─했고 통속소설가라는 멸칭이 따라다녔다. 당시 여성들이 받던 멋진 문학상은 하나도 받지 못했다.

반면 선생은 각종 연재를 위해 원고지 수백 매를 쏟아내셨던 것이다. 한 편집자는 당시 온갖 문학상을 받던 한 여류 작가의 집을 방문했는데 그 여류 작가가 얼굴 앞에 모시 발을 내리고─왜냐하면 젊을 때의 사진보다 더 늙었기 때문이라고, 모시의 망사 뒤로 보이는 자신의 얼굴이 신비롭게 보인다고 생각했나 보다─편집자를 맞았다는 이야기를 전해주기도 했다.

선생의 옛 소설들을 읽으면 누구누구네 집에 초대받은 '댄스파티'라는 우스꽝스러운 말이 심심찮게 나오는데, 지금으로 치면 잘 꾸며진 룸 카페에 악사를 초청해 노는 일종의 파티라고나 할까. 당시 소위 여류 작가들은 그런 것들을 주최할 만큼 남편들의 재력이 있었고, 본인들도 여식을 이화여대나 숙명여대 같은 사립대학교에 보낼 만큼 재력이 있는 금수저 출신의 명문가 자제들이었다. 거기에 끼인 박경리 선생은 남편이 총살 당하고 하나 있는 아들은 의료사고로 죽은, 겨우 고졸의, 경상도 사투리를 버리지 못하는 촌스럽고 재수 없는 청상과부─죄송하다. 이런 표현이 누가 되지 않았으면. 세속적으로 나쁘게 말하는 사람들이 실제로 그러기도 했다. 경북 반가 출신의 문인들이 한때 그녀를 보고 갯가년이라고 칭하는 것을 보고 엄청난 충격을 받았던 기억이 난다─에 다르지 않았다.

지금 내가 사는 시대에도 가끔 여성 차별을 겪으며 어처구니없는 일을 겪기도 하는데 그 시대는 어땠을까. 그래도 선생은 썼다. 『김약국의 딸들』, 『시장과 전장』, 『표류도』 등으로 명성도 얻고 돈도 버셨다. 그 무렵 그분의 정릉 집은 술 잘 마시고 담배도 피우는 멋진 여성 소설가의 집일 뿐 아니라 술이나 음식이 고픈 문우들의 사랑방 같은 역할도 했나 보았다.

그러던 어느 날 그 일이 일어난다. 당시 박정희의 유신 폭압에 거의 홀로 맞서고 있던 청년 시인 김지하, 그가 반공법(지금의 국가보안법보다 더 엄중한) 위반 혐의로 구속된 것이다. 지금 젊은이들은 상상도 하지 못하리라. 당시 그것은 사형선고보다 더 심한 형벌이었다. 그 김지하 시인이 선생의 외동딸의 남편, 그러니까 선생의 사위셨다. 이 사실은 모든 신문의 1면에 대서특필되었고 모든 뉴스의 첫 꼭지였다. 시 한 줄 읽어본 적 없는 촌로들도 김지하의 이름은 알았다. 갖은 오명을 뒤집어쓴 반역의 상징으로 말이다.

그날 어린 아들을 어머니께 맡기고 형무소로 뛰어간 딸 대신 선생은 손주를 업고 원고를 쓰셨다고 했다. 그런데 정오가 다 될 즈음 약간 이상한 기분이 들었던 선생은 전화기를 들어보았다고 했다. 아침부터 울리던—선생이 소설 『김 약국의 딸들』의 영화화로 유명해진 다음이었다—전화벨이 한 통도 울리지 않았던 것이다. 전화기는 고장 나지 않았다. 결국 그날 저녁까지 단 한 통의 전화도 울리지 않았다고 했다.

저녁 무렵 선생은 손주를 업고 동네 가게로 약간의 생필품을 사러 나섰다. 그때 골목을 돌자 어제까지 자신의 집에서 먹고 마시며 문학과 삶을 논하던 동네 친구 문인 한 사람이 골목 저편에서 선생을 먼저 알아보고는 서둘러 고개를 외면하고 돌아서 가는 것을 발견하게 된다. 예수를 부인한 베드로가 돌아섰듯이 그렇게 돌아섰나 보다.

세상의 비정은 그렇게 선생을 쳤다. 젊은 할머니가 된 슬픔투성이 그녀의 생을. 생은 완전한 고립이었고 등에는 젖먹이 손주가 업혀 있었다. 사방이 절벽 같았다.

그 이후로 무서운 침묵이 집 안을 감쌌다. 한 통의 전화도 오지 않았고 한 사람의 방문객도 없었다. 졸지에 마치 나환자라도 된 양, 전염이 강한 역병을 앓는 사람들처럼 선생은 어린 손주들과 함께 버려진 것이었다. 그 무렵이었다고 그녀는 썼다. 사위는 감옥으로 가고 딸은 그 뒷바라지에 숨이 막히고 있는데 자신은 가장으로서 손주들을 살려야 했다. 할 수 있는 것이라고는 쓰는 일뿐인 그녀는 서울을 떠나 원주로 간다. 그리고 문을 닫아건다. 아들이 비참하게 의료사고로 죽어갔던 그 「불신시대」의 시간들처럼 그녀는 세상에 절망

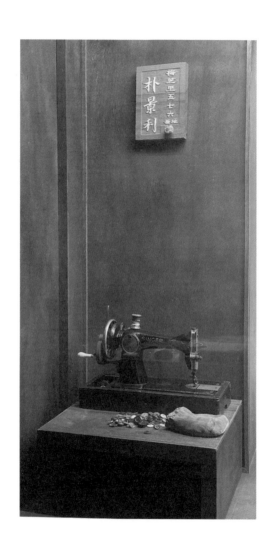

박경리 선생이 내게 보여주셨던 재봉틀. 현재 박경리문학관에 있다.

했을 것이다. 그런 그녀가 할 수 있는 일은 살아남는 일과 쓰는 일이었을 것이다.

그녀는 여기서 택한다. 고립을 당하는 것이 아니라 스스로 문을 닫아걸고 자발적으로 자신을 고립시킨 것이다. 이것은 완전히 다른 일이다. 절벽 같던 외로움은 창작에의 벼랑길로 변한다. 그녀가 그것을 당하지 않고 택했기 때문이다. 당하면 외로움이고 택하면 고독 아니던가. 오 리를 가자는 사람에게 십 리를 가주고 속옷을 달라는 사람에게 겉옷까지 벗어주듯이, 고문해서 죽이는 십자가 처형 앞에서 "내가 이러려고 왔다" 하며 스스로 걸어 들어가 잡히면서 인류의 구세주가 되듯이, 너를 따돌리겠다는 친구들에게 그냥 빗장을 닫아걸고 온 세상을 왕따시켜 버리는 것이다. 그러니 남는 것은 고독의 왕국, 그녀는 그곳의 여왕이 되어 대하소설 『토지』라는 하나의 '월드'를 창조한다. 그녀의 산문 「Q씨에게」를 보면 소설가는 인간이면서 신을 닮으려고 하는 그 이유 때문에, 그러니까 세계를 창조하고 인간의 운명을 좌지우지하려는 그 이유 때문에 결코 행복할 수 없다는 형벌을 받는다고 쓰여 있다.

그렇게 『토지』가 태어나고 어느 날 그녀는 자신의 집을 방문해 존경심을 어찌지 못해 얼어붙어 있는 젊은 여성 소설가에게 재봉틀을 보여주며 말한 것이다.

"내 책상 앞에 앉으면 바라보이는 데에 저걸 놓아두었어요. 일부러 그랬어요. 글 안 되면 손바느질을 한다. 타협하지 않는다. 그걸 잊지 않으려고."

타협한다는 것은 무슨 뜻이었을까. 이제 선생을 만났을 때의 선생만큼 나이를 먹은 나는 안다. 그 타협의 대상은 돈만은 아니다. 그 타협의 대상은 세상만이 아니다. 권력만이 아니고 인기나 명성만이 아니다. 그 타협의 유혹 중 가장 무서운 것은 자기 자신과의 타협이다. 지금 쓰고 있는 이 글에 진심을 다할 수 없다면 미련 없이 삿바느질을 하시겠다는 것이었다. 그것은 문학에의 지나친 고결주의가 아니라 자존감에 대한 이야기이다.

생각해 본다. 세상이 말하는 좋다는 것이 꼭 좋은 걸까, 세상이 말하는 나쁜 것이 꼭 나쁜 것일까. 그 당시 시인 김지하가, 그가 말년에 그랬듯이, 정권에 협조하고 그래서 박경리 선생도 온갖 문학상을 휩쓸고 덩달아 문화훈장을 받고 대통령이 보낸 귀한 양주를 하사받고 그러면 그녀의 서울 집에는 더 많은 문객이 드나들고 그녀는 더 호화로워졌겠지. 어쩌면 '댄스파티'를 열었을지도 모르겠다. 그게 좋은 걸까. 그녀는 '진짜로' 행복할 수 있었을까? 그러면 우리 문학이 『토지』를 가질 수 있었으며 우리는 그걸 읽을 수 있었을까. 무엇이 좋은 일이고 무엇이 나쁜 일일까.

나는 일어나 세수를 하고 천천히 하루를 시작할 준비를 했다. 여느 때처럼 새벽의 기도를 마치고 죽은 첼리스트의 부인에게 문자를 보냈다.

"힘들지? 기도밖에는 줄 수 있는 게 없구나. 일전에 어느 피정지에서 들었어. 불교에서 용맹정진(勇猛精進)이라는 수련이 있는데 그 용맹정진이 이런 거래. 힘겹고 아파서 더 이상 들어 올릴 수 없는 오른발을 들어 왼발 앞에 놓고, 더 이상 나아갈 수 없는 왼발을 들어 오른발 앞에 놓는 것. 그 한 발, 한 발, 그게 용맹정진이라고."

먼지가 앉은 책상 의자에는 허름한 관이 놓여 있었다. 고독의 왕관. 나는 그것을 쓰고 자리에 앉아 노트북을 열었다.

내게도 가끔 팬 사인회나 강연회에 와서 더듬거리며, "선생님 저 선생님 작품 다 읽었어요. 진짜요. 그러니 사진 한번 찍어도 돼요?" 하는 독자들을 나는, 그러므로 아주 많이 이해한다. 그리고 그들이 나를 사랑하고 존중하기에 내 글을 읽고도 내게 방해가 될까 봐 조심스러워하는 그 사랑도 안다. 그들도 알게 되었으면 좋겠다. 내가 많이 고마워한다는 것을.

악양 벌판의 둑길. 평사리 공원과 섬진강가 은모래톱으로 이어진다.

| 참고문헌 |

파커 J. 파머, 『삶이 내게 말을 걸어올 때』, 홍윤주 옮김, 한문화, 2019

박경리, 『문학을 사랑하는 젊은이들에게』, 현대문학, 2003

공지영, 『수도원 기행 2』, 분도출판사, 2014

비욘 나티코 린데블라드, 『내가 틀릴 수도 있습니다』, 박미경 옮김, 다산초당(다산
    북스), 2022

마이클 길모어, 『내 심장을 향해 쏴라』, 이빈 옮김, 박하, 2016

윌리엄 폴 영, 『오두막』, 한은경 옮김, 세계사, 2023

카를로 카레토, 『사막에서의 편지』, 신상조 옮김, 바오로딸, 2023

미리암 파인버그 바머시, 『예수 시대의 생활풍습』, 임숙희 옮김, 바오로딸, 2006

C. S. 루이스, 『고통의 문제』, 이종태 옮김, 홍성사, 2002

    The Problem of Pain by C. S. Lewis ⓒ copyright 1940 C. S. Lewis Pte Ltd

    Extract used with permission.

줄리아 윌튼, 『오늘의 자세: 행운을 부르는 법』, 이민희 옮김, 양철북, 2022

한나 아렌트, 『예루살렘의 아이히만』, 김선욱 옮김, 한길사, 2006

필립 얀시 · 폴 브랜드, 『고통이라는 선물』, 송준인 옮김, 두란노, 2010

엠마뉘엘 수녀, 『나는 100살, 당신에게 할 말이 있어요』, 백선희 옮김, 마음산책,
    2009

샤를 드 푸코, 『샤를 드 푸코 선집』, 조안나 옮김, 분도출판사, 2022

공지영, 『높고 푸른 사다리』, 해냄출판사, 2019

M. 스캇 펙, 『아직도 가야 할 길』, 최미양 옮김, 율리시즈, 2023

작은 형제회 한국 관구 엮음, 『아씨시 프란치스코와 클라라의 글』, 프란치스코출
　　판사, 2014

샤를 드 푸코, 『사하라의 불꽃』, 조안나 옮김, 바오로딸, 2022

헨리 데이비드 소로, 『고독의 즐거움』, 양억관 옮김, 에이지21, 2013

발터 닉, 『회심자들』, 정가밀라 옮김, 분도출판사, 1986

KOMCA 승인필

180쪽, 〈태양의 찬가〉, 김학송

너는 다시 외로워질 것이다

초판 1쇄 2023년 12월 22일
초판 5쇄 2024년 12월 5일

지은이 | 공지영
펴낸이 | 송영석

주간 | 이혜진
편집장 | 박신애 **기획편집** | 최예은 · 조아혜
디자인 | 박윤정 · 유보람
마케팅 | 김유종 · 한승민
관리 | 송우석 · 전지연 · 채경민

펴낸곳 | (株)해냄출판사
등록번호 | 제10-229호
등록일자 | 1988년 5월 11일(설립일자 | 1983년 6월 24일)

04042 서울시 마포구 잔다리로 30 해냄빌딩 5 · 6층
대표전화 | 326-1600 **팩스** | 326-1624
홈페이지 | www.hainaim.com

ISBN 979-11-6714-075-3